Sébastiane Grandélice

15 bd Gabriel Péri, 92240 Malakoff
ISBN : 979-1-0363-6330-6
Dépôt légal : mars 2025

Loi n° 49-956 du 16 juillet 1949 sur les publications destinées à la jeunesse.

Thomas Verdois

Sébastiane Grandélice

et les mystères de la gastronomagie

illustré par :
Gaëlle Autin

Bayard Jeunesse

Mise en bouche

1
« Petits glumens où êtes-vous cachés ? »
Sébastiane Grandélice

Au moment de glisser la clé dans la serrure de la remise, Sébastiane se demanda si elle n'était pas en train de commettre une énorme bêtise.

Le genre de bêtise que l'on regrette toute sa vie.

Pendant un quart de seconde, ce mauvais pressentiment lui fit presque faire demi-tour pour retourner en cuisine et se remettre derrière les fourneaux. En l'absence de Viola, sa grand-mère, et de Hap, son second cuisinier, tous deux partis au marché de Belnius, c'était elle, Sébastiane, qui était en charge du repas. Et les clients du *Relais des Merveilles* n'allaient pas tarder à arriver.

Mais il y avait tellement longtemps qu'elle attendait d'être enfin seule pour en avoir le cœur net… Sa curiosité était devenue comme un monstre qui exigeait d'être nourri.

Depuis que Hap lui avait révélé que, derrière cette porte, Viola Grandélice cachait des glumens purs, elle brûlait de les voir de ses propres yeux, et surtout… de les préparer. Vous imaginez ? Des glumens d'une rareté absolue ? D'une qualité incroyable ? Du genre que l'on ne trouvait normalement que dans les cinq restaurants gastronomagiques de Savoria ? C'était une occasion inouïe, à ne pas laisser passer. Le rêve de tout cuisinier.

Et Sébastiane était une sacrée cuisinière, tout le monde le disait. Bien qu'elle n'ait que quatorze ans, elle était sans doute la meilleure de tout Papillettes-Ville, presque aussi douée que sa grand-mère, ce qui n'était pas peu dire.

De cette dernière, elle avait hérité de la capacité de comprendre et accommoder les aliments, d'un petit nez tout arrondi en forme de cerise, et d'un sacré caractère de cochon.

Clic.

La clé tourna facilement dans la serrure, et la jeune fille fit quelques pas dans la pièce sombre qui, sous une forte odeur d'humidité, cachait un parfum d'épices et d'herbes séchées. Du bout du doigt, elle actionna l'interrupteur. Une ampoule grésilla, mettant à jour des dizaines de bocaux empilés sur des étagères poussiéreuses qui ne tenaient debout que grâce aux toiles d'araignées tissées autour d'elles.

– Mmm, voyons voir, dit Sébastiane à voix haute. Petits glumens, où êtes-vous cachés ? Hap Calijohnson, gare à toi si tu t'es payé ma tête.

Hap Calijohnson était ce qui se rapprochait le plus d'un grand frère pour Sébastiane. Grand et mince comme un fil de fer, toujours joyeux, ce garçon de vingt-deux ans arborait une étrange pelote blonde entremêlée, et ses yeux paraissaient toujours prêts à pouffer de rire. Tout en fouillant les rayonnages en bois, Sébastiane ne pouvait s'empêcher de penser qu'il lui avait fait une blague et qu'il allait bien se moquer d'elle en rentrant.

Après tout, pourquoi sa grand-mère cacherait-elle des aliments magiques qui valaient une fortune et possédaient des propriétés que la plupart des humains ne soupçonnaient pas ?

Lorsqu'elle lui avait posé la question, il avait répondu tout simplement :

– Tu l'ignores sans doute, mais ta grand-mère, avant de venir s'installer à Papillettes-Ville pour ouvrir le *Relais des Merveilles*, a travaillé pour *Tourbillon*, un des plus célèbres restaurants gastronomagiques, même s'il n'existe plus aujourd'hui.

– Bien sûr que je le sais ! avait-elle protesté. Mais c'était il y a plus de quarante ans, tout de même. Et puis, tu es sûr qu'il s'agit de glumens purs ? Pas des glumens de troisième catégorie que mamie Viola cuisine parfois pour les grandes occasions ? Seuls les gens les plus fortunés du royaume ont les moyens de s'offrir de tels mets !

– Je te jure, foi de Calijohnson, que je dis la vérité. Je les ai vus comme je te vois, derrière les bocaux d'olives confites !

À quatre pattes dans la remise, Sébastiane venait justement de tomber sur lesdits bocaux. Elle sentit son cœur hoqueter lorsque sa main effleura une boîte argentée, qui serait passée inaperçue si elle n'avait pas été aussi soigneusement cachée. Elle l'ouvrit doucement, ne sachant pas ce qu'elle allait découvrir. Après tout, elle n'avait jamais vu de glumens purs de ses propres yeux. Elle découvrit une vingtaine de graines en forme d'étoiles orangées, à peine plus grandes que des abricots séchés, soigneusement rangées au fond de la boîte. Une étrange lueur recouvrait la surface comme s'ils abritaient un minuscule noyau de lave.

À l'intérieur du couvercle, un étrange symbole représentait une flamme en train de tourbillonner sur elle-même. Et à côté, un nom : « Feu-Fou ».

– Feu-Fou, répéta-t-elle.

Elle le trouvait amusant ce nom. Elle en prit une demi-douzaine en espérant que mamie Viola ne remarquerait pas qu'elle s'était servie… Avec un peu de chance, et à en juger par la poussière qui recouvrait la boite, celle-ci avait sans doute oublié leur existence. Si ce n'était pas le cas, Sébastiane allait au-devant de gros soucis… Mais son envie de cuisiner des glumens purs était bien trop forte.

Sébastiane avait toujours été passionnée par la cuisine. Alors qu'elle n'avait que quelques mois on disait d'elle qu'elle avait un appétit d'ogre. Mais ce n'était qu'à l'âge de huit ans qu'elle avait découvert que cuisiner les plats était encore plus intéressant que les manger.

Le cœur battant, elle referma la boîte et la remit en place avant de remonter à l'étage pour se mettre aux fourneaux.

Il était encore tôt, et les rayons du soleil caressaient tout juste l'intérieur du restaurant, glissant entre les quatre tables, chacune entourée de quatre chaises, dont les pieds avaient fini par abîmer le parquet à force d'être traînées. « Pfiou. Seize clients, c'est bien assez, si on ne veut pas se faire emmieller » répondait toujours mamie Viola, lorsqu'on lui demandait pourquoi elle se contentait d'un établissement si petit. Son caractère bourru était l'exact opposé de sa cuisine si délicate. Mais l'un comme l'autre contribuaient à la réputation du *Relais des Merveilles*, qui s'étendait bien au-delà de Papillettes-Ville.

Sébastiane noua son tablier autour de la taille, glissa un bandeau dans ses longs cheveux couleur nougatine, puis agrippa une grande casserole en cuivre qu'elle mit sur le feu. Rapidement, les taches de rousseur dispersées sur ses joues s'empourprèrent au contact des brûleurs pour former une constellation rougeoyante, tandis que ses yeux d'un noir profond brillaient comme de la réglisse. Sébastiane aurait bien aimé mesurer quelques centimètres de plus pour ne plus autant avoir l'air d'une enfant, mais Viola, qui lui arrivait aux pommettes, lui répétait à l'envie que le talent d'un cuisinier ne se mesurait pas à sa taille, mais à son cœur.

La jeune fille hacha de la ciboulette, des champignons, quelques carottes et des oignons afin de préparer son bouillon.

Puis, elle malaxa quelques boulettes de viandes parfumées au gingembre qu'elle fourra ensuite dans une petite pâte. La recette de ses Ratavias s'arrêtait normalement ici, mais aujourd'hui, elle décida d'expérimenter un peu plus.

– Voyons ce que vous avez dans le ventre, petits Feux-Fous, dit-elle aux glumens, qu'elle inspecta en les tenant entre le pouce et l'index.

Oui, Sébastiane parlait aux aliments. D'après sa grand-mère, cela les rendait plus goûteux. Il n'y avait rien de pire que des aliments qui se sentaient mal aimés. Ils devenaient tout rabougris et gardaient toute leur saveur pour eux.

Après avoir étudié les étranges étoiles orangées, elle supposa que le Feu-Fou devait être une sorte d'épice. Il suffisait probablement de les hacher et les laisser infuser pour qu'ils libèrent leurs saveurs. Mais en les observant de plus près, elle remarqua qu'une fine peau les recouvrait et décida qu'il était peut-être plus prudent de les éplucher. Une opération hautement délicate, tant les glumens étaient petits, mais Sébastiane avait toujours été d'une adresse surprenante. En quelques minutes les glumens révélèrent un intérieur luisant qui dégageait une odeur… pétillante. Elle prit une grande inspiration, les moulut et en saupoudra légèrement ses boulettes avant de les enfermer dans la pâte.

– Allez les filles ! À vous de jouer maintenant ! dit-elle à ses Ratavias en les jetant dans un grand bain d'huile.

La poêle crépita, et quelques étincelles jaillirent des ravioles gorgées de lumière.

– Waow ! s'exclama-t-elle.

Une fois les pâtes bien dorées, elle les fit mijoter dans le bouillon.

Lorsque les premières bulles apparurent à la surface, elle baissa le feu. La clé des Ratavias réussies était de les laisser mijoter à feu doux et à couvert pendant une bonne heure, pour laisser le temps à leurs arômes de se révéler.

Rapidement, une odeur douce et épicée enroba le restaurant et se glissa jusque dans la rue.

Sébastiane en profita pour finir de dresser les tables et sortir le panneau de trottoir sur lequel était inscrit :

Aujourd'hui Le Relais des Merveilles
vous propose :
Entrée : Œuf poché à la crème de champignon
Plat : Bouillon de Ratavias farcies
Dessert : Gâteau à la mangue caramélisée

Bien évidemment Sébastiane s'était gardée d'indiquer la présence de glumens dans sa recette. Leur utilisation était réglementée par la Guilde des restaurateurs et elle ne voulait pas créer d'émeutes devant le *Relais des Merveilles*.

De toute façon, les quantités étaient tellement faibles que les clients risquaient de ne rien remarquer.

Au mieux, ses Ratavias feraient quelques étincelles…

2
« Eh bien, mon Gaston, tu ne te sens pas bien ? »
Madame Philibon

Comme d'habitude, la petite salle du Relais s'était remplie en quelques minutes.

Monsieur Drumel, l'opticien joufflu de Papillettes-Ville, et Josette Brailly, la pharmacienne, déjeunaient à la table une. Madame Philibon et ses trois neveux occupaient, comme tous les lundis, la table deux. Un couple de touristes, que Sébastiane n'avait jamais vu auparavant, se trouvait à la trois, tandis qu'à la dernière, monsieur Patoum, le maire de Papillettes-Ville, avait décidé d'inviter ses deux filles pour fêter leur diplôme de fin d'année.

– Viola n'est pas là ? demanda ce dernier un peu surpris.

– Non, mamie est au marché de Belnius, répondit Sébastiane. Mais ne vous en faites pas. J'ai pris les choses en main.

– Oh, je ne doute pas une seconde de tes talents, jeune fille.

Et les œufs pochés à la crème de champignon confirmèrent les dires du maire. Tous les clients se régalèrent, en dissertant joyeusement. Mais lorsque Sébastiane amena ses fameuses Ratavias dans un grand plat en porcelaine, le silence se fit, respectueux, solennel, presque religieux.

– Hmmm ! Excellent ! s'exclama monsieur Drumel en croquant une première bouchée. Ne le dis pas à Viola, mais je pense que tu as réussi à la dépasser. Vous sentez cette saveur, ma chère ?

– Divin, répondit Josette Brailly, la bouche pleine. Il y a même un petit goût différent de d'habitude que je n'arrive pas à identifier. Un régal !

– Merci bien, répondit Sébastiane, en affichant un sourire fier.

Elle appréciait que l'on commente sa cuisine, surtout quand il s'agissait de lui faire des compliments. Et puis, cela compensait les commentaires de sa grand-mère qui, elle, mettait toujours le doigt sur ce qui n'allait pas ou aurait pu être amélioré.

– Il a raison, confirma madame Philibon. Tes talents sont dignes d'une gastronomage !

– Ah ah ! Si vous le dites. La nourriture ne ment jamais, plaisanta la jeune cuisinière.

L'un des neveux, qui venait de tremper ses lèvres dans le bouillon, leva alors la tête.

– Dis tatie, t'as déjà mangé dans un des cinq restaurants gastronomagiques ? Avec des glumens purs et tout ?

– Non. C'est beaucoup trop cher mon chéri ! Tu sais, ce genre de restaurants n'est pas pour les gens comme nous. Il me faudrait économiser toute une année pour pouvoir m'offrir une simple entrée. Et puis, ça ne m'intéresse pas. Je n'ai que faire de leurs glumens purs avec leurs propriétés soi-disant magiques. Je préfère la cuisine simple et délicieuse des Grandélice !

Si vous saviez... se dit Sébastiane, qui trouvait tout de même que le Feu-Fou ne faisait pas beaucoup d'effet.

À chaque bouchée de ses clients, une pointe de déception la piquait un peu plus. Elle n'attendait rien de spécial de ce glumen pur, mais elle aurait bien aimé qu'il mette un peu de magie dans leurs assiettes. Elle n'avait sans doute pas le talent nécessaire pour les cuisiner.

Bouillon de Ratavias Farçies
AH AH
EH BIEN MON GASTON, TU NE TE SENS PAS BIEN ?
AH AH, TU AS DÛ CROQUER UN MORCEAU DE GINGEMBRE !
ÇA BRÛLE, HEIN?
TIENS, MANGE UN MORCEAU DE PAIN, ÇA VA TE CALM...

WOOOSH
!
Glup
SHAAAA

C'était un cauchemar !

En quelques minutes, dix clients du Relais des Merveilles venaient de se transformer en de véritables dragons humains, incapables de contrôler les flammes qui sortaient de leurs bouches sous forme de petits hoquets destructeurs. Seul le maire monsieur Patoum avait été épargné, grâce à sa vessie capricieuse qui l'avait forcé à aller aux toilettes avant de passer à table. Malgré les coups de torchon de Sébastiane, plusieurs tables commencèrent à prendre feu et la jeune fille réalisa qu'il était trop tard.

– Tout le monde à l'extérieur ! Vite ! Essayez de ne pas vous brûler !

Dehors, l'air était froid et piquant, typique des premiers jours d'hiver. Mais les nuages argentés survolaient les toits biscornus de la ville sans pour autant daigner éteindre les flammes.

Les neveux de madame Philibon sortirent en pleurs, leurs larmes s'évaporant sous l'effet de la chaleur. Ils ne comprenaient pas d'où leur venaient ces toussotements enflammés impossibles à maîtriser.

Sébastiane n'avait aucun doute. Si elle réalisait à ses dépens pourquoi le Feu-Fou portait ce nom, elle se sentait incapable d'avouer la vérité aux malheureux clients du *Relais des Merveilles* qui s'embrasait.

Aussi surprenant que cela puisse paraître, les clients n'étaient pas son principal souci pour le moment...

Malgré la dangerosité de la situation, elle fit demi-tour en direction des flammes, prête à franchir le rideau de feu pour se rendre dans l'arrière-cour du restaurant.

– Sébastiane ! Qu'est-ce que vous faites ? s'écria monsieur Patoum en la voyant pénétrer dans le restaurant.

– Attendez-moi ici, je reviens, dit-elle après avoir glissé son bandeau sur son nez.

À l'intérieur de la fournaise, les flammes léchaient les poutres qui menaçaient de s'effondrer d'un moment à l'autre, et rongeaient le plancher. Mais Sébastiane sauta par-dessus en criant :

– Papa ! Papa !! J'arrive !

À travers la fenêtre du petit appartement installé de l'autre côté de la cour, on apercevait Hectorio Grandélice, assis bien confortablement une épaisse couverture sur les genoux, immobile, les yeux dans le vague comme à son habitude, inconscient de la catastrophe qui se déroulait à quelques mètres de lui.

De toute façon il était incapable de bouger.

Depuis sept ans, le père de Sébastiane n'avait pas prononcé un seul mot, ni effectué le moindre mouvement de lui-même. Comme si son corps tout entier était devenu une énorme machine grippée qui refusait de fonctionner, plongée dans une sorte de stase permanente.

Sébastiane ne savait pas exactement ce qu'il lui était arrivé, mais le départ de sa mère y était sûrement pour quelque chose. Un beau matin, Silo les avait abandonnés tous les deux, avec en guise d'explications une simple lettre leur expliquant qu'elle avait besoin d'arpenter le monde, que la vie de famille n'était pas compatible avec son métier de journaliste. Et que peut-être un jour elle reviendrait… Sébastiane n'avait alors que cinq ans.

– Papa ! Viens ! Il faut sortir de là ! Le restaurant de mamie brûle !

Sébastiane venait d'ouvrir brutalement la porte de l'appartement où, à travers l'odeur de fumée, flottait encore celle de la cannelle. Sur la table, les restes du petit-déjeuner que Viola avait préparé attendaient sagement d'être nettoyés.

Hectorio ne bougea même pas la tête. Ses narines ne semblaient pas avoir remarqué l'odeur âcre qui commençait à se faire de plus en plus épaisse. Peu importe. La jeune fille agrippa les poignées du fauteuil roulant de son père et entreprit de le pousser vers l'extérieur.

– Papa ? Tu es prêt ? Ça risque de secouer un peu.

Hectorio ne broncha pas.

Elle replaça son foulard sur son nez, et fit de même avec le t-shirt de son père. Face à elle un tunnel de flammes jaune vif l'attendait, occupant à présent toute la salle du restaurant.

Sébastiane serra les poignées du fauteuil de son père, avala autant d'air qu'elle pouvait, et courut droit vers la fournaise.

3

« Dire que je pensais que tu étais une vraie Grandélice... »

Viola Grandélice

– Nom d'une citrabouille farcie ! Qu'est-ce que vous avez fait à mon restaurant ?!

La voix rauque de Viola résonna depuis le bout de la rue comme un coup de tonnerre. Sébastiane, encore essoufflée et les sourcils roussis après sa traversée du restaurant, tourna la tête ; sa grand-mère était de retour du marché en compagnie de Hap. Elle remontait la rue pavée, bordée de petites maisons à colombages, faites de briquettes ressemblant à du pain d'épices. Son chignon couleur cendre dépassait à peine des trois cagettes débordantes de légumes qu'elle portait à bout de bras.

Comme si les années la faisaient rétrécir, le chignon de Viola frôlait à peine les pommettes de Sébastiane, mais ses grands yeux aux pupilles caramélisées lui donnaient un air juvénile, accentué par son utilisation exagérée du maquillage.

À cette distance, la jeune fille ne distinguait pas les traits de son visage, mais au ton de sa voix elle devinait que sa grand-mère était furieuse. Extrêmement furieuse même. Comment aurait-il pu en être autrement ?

En confiant son restaurant à sa petite-fille ce matin, elle n'imaginait pas le retrouver… transformé en brasier.

– Mamie ! Je… je suis désolée. Je…

Sébastiane aurait voulu pleurer, mais depuis l'abandon de sa mère, et la maladie de son père, il ne lui restait plus le moindre sanglot. Comme si elle avait épuisé son stock de larmes.

– Tu m'expliqueras plus tard ! lança la grand-mère en arrivant à la hauteur du restaurant, où elle déposa ses courses à même le sol. Il faut éteindre cet incendie tout de suite ! Hap, va chercher de l'aide nom d'une cuillère en bois !

Viola retroussa ses manches, pendant que son second tambourinait déjà aux portes voisines.

Dans la rue, les cracheurs de feu involontaires tentaient tant bien que mal de retenir leurs souffles enflammés. Monsieur Drumel était celui qui faisait le plus d'efforts. Les joues gonflées, les yeux écarquillés, il ressemblait à un enfant qui s'efforçait de retenir son souffle le plus longtemps possible. Lorsque se contenir devint insupportable, il fit comme les autres et leva la tête pour propulser un immense jet de flammes vers le ciel, en essayant d'éviter le pigeon malheureux qui passait par là, et de ne pas embraser la cime des arbres qui bordaient la rue.

Sébastiane aurait voulu les aider, mais elle était complètement dépassée par la situation. Elle d'habitude si sûre d'elle, si téméraire, n'avait aucun contrôle sur les évènements.

En quelques minutes, la moitié des habitants de Papillettes-Ville avait débarqué dans la rue, à la fois pour assister au spectacle et prêter main-forte. Plusieurs d'entre eux portaient de lourds seaux d'eau qu'ils commencèrent à jeter contre les flammes.

Papillettes-Ville n'était qu'une petite bourgade et la caserne de pompier la plus proche était située à presque vingt kilomètres.

– Allez ! Plus vite ! Plus vite ! les encourageait Viola. Éteignez-moi ça !

Sébastiane, les yeux rougis, réalisait l'ampleur des dégâts.

Il fallut plus d'une heure pour que la dernière flamme ne disparaisse dans un sifflement d'agonie humide. Quand tout fut terminé, il ne restait du *Relais des Merveilles* que quatre murs calcinés et puant la suie.

Tout avait brûlé.

Face à ce désastre, Sébastiane n'osait pas croiser le regard de sa grand-mère. Comment avait-elle pu lui faire ça ? Comment avait-elle pu trahir sa confiance et détruire ce restaurant qui représentait toute sa vie ? Ce restaurant dans lequel elle et son père avaient été accueillis lorsque ce dernier était tombé malade.

Comment avait-elle pu infliger une telle chose à Viola qui les avait installés dans le petit appartement situé dans l'arrière-cour, et qui lui avait appris tout ce qu'elle savait ?

Sébastiane se souvenait encore du jour de ses huit ans, où Viola lui avait mis entre les mains son premier livre de cuisine qu'elle avait dévoré comme d'autres dévorent les romans d'aventure. Très vite, elle avait lu toute la bibliothèque de sa grand-mère, jusqu'à ce qu'elle décide qu'elle aussi voulait servir ses premiers clients.

Tout le monde dans le *Relais des Merveilles* s'amusait de cette gamine aux longues tresses dorées qui portait des plats trop grands pour elle, et était capable d'expliquer la composition du menu du jour comme si elle l'avait elle-même concocté.

Mais sa véritable révélation avait eu lieu le jour où Viola, pour son anniversaire, avait préparé une sauce arc-en-ciel qui formait une bulle multicolore flottant sur son gâteau.

– Comment fais-tu ça ? avait demandé Sébastiane, les yeux écarquillés.

– Ça, ma délicieuse, c'est la magie des glumens, lui avait annoncé sa mamie. Mais il faut être très prudents avec eux.

Ce jour-là, Viola lui avait parlé de ces aliments aux propriétés magiques, très rares et très chers. On racontait qu'ils avaient été créés par un peuple mystérieux venu de l'autre côté de l'océan, aujourd'hui disparus. Elle lui avait expliqué qu'il en existait de trois catégories différentes, toutes contrôlées par la Guilde des restaurateurs : les glumens de troisième catégorie aux propriétés purement esthétiques, les glumens hybrides, capables de magie pendant quelques secondes, et enfin les glumens purs que l'on trouvait uniquement dans les restaurants gastronomagiques, à la puissance redoutable. Son visage s'était alors assombri et elle l'avait mise en garde : « Ils sont particulièrement durs à maîtriser. Mieux vaut éviter de s'en servir. Crois-moi, j'en sais quelque chose. »

À cet instant, pourtant, Sébastiane avait décidé qu'elle voulait devenir cuisinière pour pouvoir, elle aussi, faire de la magie. Si de simples glumens de troisième catégorie pouvaient former des bulles arc-en-ciel, elle n'imaginait pas les merveilles dont étaient capables des glumens purs.

Pourtant, face aux restes cramés du *Relais des Merveilles*, elle comprit que ses rêves de petite-fille, à l'instar du restaurant de sa grand-mère, venaient sûrement de partir en fumée.

Tout comme les derniers glumens de la remise qui devaient valoir une fortune.

Mamie Viola poussa un long soupir et posa un regard sombre sur sa petite-fille.

– Maintenant, tu vas m'expliquer ce qu'il s'est passé. Même si je crois déjà avoir ma petite idée…

– Eh bien, je…

Sébastiane ne savait pas par où commencer.

– Tu as trouvé le Feu-Fou de la remise. Je me trompe ? C'est Hap qui t'en a parlé ?

Elle hocha la tête en silence, honteuse.

– Je… je voulais juste tenter de cuisiner quelques glumens. Je… je ne pensais pas…

– Tu ne pensais pas ?! Mais évidemment ma pauvre enfant que tu n'as pas pensé ! Tu ne réalises donc pas, nom d'une courgette à lunettes ?! Des glumens purs ?! Je t'avais pourtant mise en garde : ces choses-là sont dangereuses. Combien en as-tu utilisé ?

Le regard de Viola était tellement perçant que Sébastiane sut qu'il était impossible de lui mentir.

– Pas beaucoup… à peine quatre étoiles… ou cinq…

– Quatre ou cinq étoiles ?!!!

Sébastiane crut que sa grand-mère allait elle-même se mettre à cracher du feu.

– Quatre ou cinq étoiles de Feu-Fou ?! répéta Viola. Mais tu ne te rends pas compte ? Le Feu-Fou a été utilisé pendant la guerre des Trois Hivers pour transformer nos soldats en dragons. Une telle quantité suffisait normalement pour un groupe de dix combattants. Dire que je pensais que tu étais une vraie Grandélice… En fait, tu ne réfléchis pas plus que ton idiote de mère !

Quand Viola était en colère après sa petite-fille, elle trouvait toujours un moyen de mettre cela sur le compte de Silo, même si elle ne l'avait quasiment jamais connue. La grossesse de Silo avait d'ailleurs été inattendue, mais Hectorio avait insisté pour qu'elle garde l'enfant en lui promettant de s'en occuper. Il refusait de parler de Sébastiane comme d'un accident, mais c'était pourtant ce qu'elle était : un accident qui leur était arrivé alors qu'ils étaient bien trop jeunes. Et souvent, Sébastiane se disait que c'était à cause d'elle que sa mère était partie.

D'après Viola, c'était simplement parce que Silo était une imbécile écervelée qui avait fui ses responsabilités… En réalité, elle n'avait simplement pas renoncé à sa carrière.

Les deux premières années, Silo avait même envoyé des cartes postales des pays où la conduisaient ses investigations : le Benshar, l'Astringie, le Gragrastan. Autant de noms aux sonorités exotiques. Elle prenait des nouvelles de sa fille et lui en donnait en échange.

Mais tout s'était arrêté lorsque Sébastiane avait eu sept ans.

Du jour au lendemain.

Et Hectorio, à force de chagrin, avait fini par être incapable de parler ou de se mouvoir. Comme enfermé dans sa tristesse.

– Avec quatre étoiles, ces malheureux en ont pour plusieurs semaines à cracher du feu ! ajouta Viola. C'est tout Papillettes-Ville qui risque de partir en fumée.

Comme pour appuyer ses dires, une immense gerbe orangée monta dans le ciel, produite par les deux filles du maire.

– Plusieurs semaines ? cria ce dernier, qui, pour une fois, se félicitait de ne pas avoir eu le temps de goûter aux Ratavias. On ne peut pas laisser mes filles comme cela ! Vous entendez Viola, il faut les aider. Trouvez-leur un médecin.

Les pauvres filles de monsieur Patoum faisaient peine à voir. Cracher des flammes paraissait les épuiser.

– Hélas, monsieur le maire. Je crains qu'un médecin ne soit d'aucune utilité pour annuler les effets de glumens purs.

– Dans ce cas, que peut-on faire ?

Viola fronça un sourcil et plissa ses lèvres.

– Il ne reste qu'une solution : prévenir la Guilde des restaurateurs.

La Guilde des restaurateurs ?

Autant que Sébastiane sache, sa grand-mère s'était toujours tenue autant éloignée que possible de ceux qu'elle qualifiait de « groupe de voleurs, tout juste bons à fourrer leur nez dans vos affaires et vous prendre votre argent ».

La Guilde des restaurateurs était l'organisation qui chapeautait les restaurants gastronomagiques. D'après Viola, elle avait été créée après la Révolte des Casseroles pour s'assurer du bon équilibre entre les restaurants, et éviter qu'un des chefs gastronomagiques ne s'accapare trop de pouvoirs. Mais aujourd'hui, la Guilde était presque aussi puissante que le roi de Savoria lui-même.

Elle griffonna un message sur un morceau de papier qu'elle tendit à monsieur Patoum.

– Tenez, envoyez-leur ce message par télégraphe ! Il n'y a pas une seconde à perdre.

Pendant que Viola transmettait son message pour la Guilde, Hap en profita pour s'approcher discrètement de Sébastiane.

– Seb, qu'est-ce qu'il t'a pris de cuisiner du Feu-Fou toute seule ? Tu es devenue folle ?

– Je ne sais pas, confessa-t-elle. J'ai eu envie d'essayer, de les mélanger à mes Ratavias… Je pensais que ça ferait quelque chose comme la sauce arc-en-ciel. Je ne m'attendais pas à un tel résultat.

– Ah ben ça… Si la situation n'était pas aussi catastrophique je t'aurais félicitée. Un peu plus et tu réussissais une recette de transfo-dragon. Tu ne savais donc pas que le gingembre est le premier réactif du Feu-Fou ?

Non, elle ne le savait pas. Comment aurait-elle pu ?

– Oui, ben, crois-moi je m'en serais passé. Qu'est-ce qu'on va faire pour le restaurant ? Et pour eux ? fit-elle en montrant les clients.

– Espérons que la Guilde trouve une solution, chuchota Hap. Viola ne les aime pas beaucoup, mais eux seuls peuvent faire quelque chose pour ces malheureux.

– Comment ?

– On verra bien.

Interrompant leur conversation, Viola appela son second d'une voix sèche, sans un regard pour sa petite-fille. L'heure des représailles avait sonné.

– Tu as prévu de m'aider ou tu passes ta soirée dehors ?

– J'arrive, répondit Hap. Allons ranger le Relais.

– Mouais. Ce qu'il en reste tu veux dire…

Le froid au-dehors commençait à se faire mordant, alors Sébastiane installa son père chez les voisins. Ces derniers étaient encore sous le choc d'avoir vu leur habitation échapper de justesse à l'incendie.

– Je vais aider mamie à nettoyer. Tu ne bouges pas, hein ?

Évidemment qu'il n'allait pas bouger. Le regard d'Hectorio était désespérément fixé sur un horizon invisible. Sébastiane était infiniment triste de le voir dans cet état, mais, comme d'habitude, elle n'en montra rien.

Depuis que son père était tombé malade, elle avait appris à se montrer forte comme sa grand-mère. Viola était ainsi. Elle râlait beaucoup mais ne s'apitoyait jamais sur elle-même. Pour la grand-mère et sa petite-fille, la cuisine était ce qui leur donnait de la force et une raison de s'émerveiller. D'après Viola la cuisine offrait du bonheur aux gens, et en remplissant leur estomac, elle enrichissait aussi leur âme.

Qu'allait-elle devenir, maintenant que Sébastiane avait brûlé son restaurant ?

La jeune fille voulut aider et rejoignit Hap qui tentait de balayer les montagnes de cendres qui recouvraient le plancher. « Autant essayer de vider la mer », se dit Sébastiane tant la tâche était immense. Mais elle se saisit d'un balai prêté par un voisin et l'imita.

Pendant plusieurs heures, ils nettoyèrent, rangèrent, jetèrent les débris sans que Viola ne lui adresse une seule fois la parole. Sébastiane ne cessait de lui jeter des coups d'œil, dans l'espoir de lui dire combien elle était désolée, même si cela n'aurait rien changé. Le mal était trop grand et elle n'avait aucun moyen de se faire pardonner.

À moins de pouvoir remonter le temps, les dégâts étaient irréversibles. Et au-delà de la colère de Viola, ce qui lui faisait le plus de mal était de lire la déception dans ses yeux.

– Ne t'inquiète pas, dit Hap à mi-voix. Ça lui passera.

Sébastiane n'en était pas si sûre. Mais elle cessa de se poser des questions lorsque le sol se mit soudainement à trembler.

4

« Eh bien tu n'y es pas allée de main morte ! »

Isidore Véribon

Il ne s'agissait d'ailleurs pas d'un simple tremblement.

Mais plus exactement d'un martèlement. Comme si un troupeau d'éléphants était en train de foncer sur Papillettes-Ville.

À l'extérieur, le panneau de trottoir qui affichait le menu du jour glissa au sol dans un fracas sec. Sébastiane, Viola et Hap s'étaient précipités dehors.

Les passants qui essayaient tant bien que mal de s'occuper du groupe de cracheurs de feu détournèrent les regards pour apercevoir un peu plus loin sur la route, de l'autre côté du pont, la silhouette immense d'un bâtiment qui marchait dans leur direction.

Sébastiane cligna des yeux plusieurs fois, pour s'assurer qu'elle ne rêvait pas.

DON
Relais des Merveilles
DON
DON
MAMIE, TU SAIS CE QUE C'EST?
HMPF.

DON
DON
WOOOSH

Aussi grand que la colline bordant l'entrée de la ville, une sorte de château perché sur d'étranges pattes d'araignées mécaniques approchait grâce à un impressionnant système de rouages et de tuyaux d'où s'échappait une fumée opaque. Pourtant, au lieu de produire une odeur âcre et désagréable, une délicieuse senteur de sauce aux champignons embauma subitement toute la rue.

Le cœur de Sébastiane s'emballa à mesure que le bâtiment s'approchait à pas lourds, dodelinant légèrement sur lui-même comme un étrange animal peu assuré. Il était tellement grand qu'il aurait pu piétiner entièrement Papillettes-Ville.

– Si je ne me trompe pas, lui souffla Hap, la Guilde des restaurateurs nous a envoyé un restaurant gastronomagique.

– Vraiment ? s'étonna Sébastiane.

– Oui. Et je dirais même qu'il s'agit du plus prestigieux d'entre eux : la *Tour d'Or*.

Sébastiane avait du mal à y croire. La *Tour d'Or* était le plus célèbre des restaurants gastronomagiques. Le seul restaurant gastronomagique royal, autorisé à opérer à Agraria, la capitale de Savoria. Un endroit unique, encore plus célèbre que le palais du roi Delicius IX ou la cathédrale de Saint-Gustativo, où tout le monde rêvait de manger au moins une fois dans sa vie.

– Ils ont envoyé la *Tour d'Or* ? répéta-t-elle, incrédule. Pour réparer mes bêtises ?

À chaque seconde, l'étrange château s'approchait et paraissait de plus en plus imposant. Sébastiane n'en revenait pas. La *Tour d'Or*, le plus puissant des restaurants gastronomagiques de Savoria, et le préféré du roi, venait de faire son entrée à Papillettes-Ville.

Étonnamment, Viola ne paraissait guère enthousiaste. Mais le fait que le *Relais des Merveilles* ne soit plus qu'un tas de débris fumants ne l'aidait sûrement pas à s'émerveiller.

Alors que la *Tour d'Or* s'arrêtait à une centaine de mètres de son restaurant, elle bougonna dans son menton ridé :

– Hmpf. La *Tour d'Or*. Évidemment, j'aurais dû m'en douter… Ils n'auraient pas pu m'envoyer quelqu'un d'autre…

Sébastiane distinguait à présent clairement les dorures ciselées sur la façade gigantesque, les multiples étages empilés comme les différentes couches d'un gâteau crémeux, percé d'innombrables fenêtres qui réfléchissaient le soleil.

La *Tour d'Or* s'immobilisa lentement, tanguant comme un bateau brassé par les vagues, avant de se poser au sol dans un grincement extraordinaire de rouages et de pistons.

Tous les yeux étaient rivés sur l'immense porte en bois et or mêlés sur laquelle étaient dessinés d'étranges symboles, disposés comme des constellations dans le ciel. Sébastiane en reconnut un seul, qu'elle aurait souhaité oublier : celui qui était dans la boîte en métal contenant le Feu-Fou.

Tous ces symboles étaient donc des glumens ?

Lentement, la porte s'ouvrit en grinçant sur un tapis rouge qui en jaillit telle la langue d'un monstre et roula au sol sur quelques mètres. Un petit homme s'avança, coiffé d'une toque dorée qui devait faire deux fois sa taille, et dont l'aura n'avait d'égal que l'embonpoint surdimensionné. Sa fine moustache blonde formait de petites vaguelettes qui lui caressaient presque les oreilles et accentuaient son regard perçant.

En l'apercevant, la foule de Papillettes-Ville poussa une exclamation de surprise, comme si le roi de Savoria en personne se trouvait devant eux.

– Alors, quel est le problème ? demanda-t-il de son accent chantant qui faisait rouler les « r ». La Guilde m'a signalé un début de transfo-dragon à endigu…

Il s'interrompit soudainement. Les yeux rivés sur la grand-mère de Sébastiane, qui l'attendait au pied du restaurant.

– Mais… crénom… ce visage m'est familier.

Viola le regardait fixement, sans le moindre sourire. Le coin de sa bouche tressaillait discrètement, comme si elle essayait de contenir une forme de fureur intérieure.

– Ne serait-ce pas… Viola Grandélice ?!! Pour une surprise. Je ne pensais pas te revoir un jour.

Elle hocha la tête.

– Moi non plus Isidore.

– Ça par exemple ! La Guilde ne m'avait rien dit ! Eh bien pour une boulette, c'est une sacrée boulette. C'est toi qui en es à l'origine ?! Finalement, tu n'étais pas si douée que ça avec les glumens.

– Non. C'est ma petite-fille. Sébastiane.

Sébastiane leva timidement la main, gênée. Elle était à la fois impressionnée de se retrouver devant un authentique gastronomage, très surprise de découvrir qu'il connaissait sa grand-mère, et un peu honteuse de ce qu'elle venait d'accomplir.

– Enchantée jeune Grandélice. Je suis le grand chef gastronomage Véribon, dit-il sur un ton ampoulé qui ne laissait aucun doute sur sa modestie. J'imagine que tu as déjà dû entendre parler de moi.

– Pas vraiment, non, confessa-t-elle.

Il balaya l'air de la main et braqua ses petits yeux perçants sur sa grand-mère.

– Hum. Ça ne m'étonne guère. Cela fait combien de temps qu'on ne s'est pas vus, Viola ? Pas loin de quarante ans si ma mémoire est bonne.

– Quarante-quatre. Et je ne m'en portais pas plus mal.

Le gastronomage sourit. Le genre de sourire dénué de toute sympathie, que l'on adresse à son meilleur ennemi.

– Je vois que tu n'as pas perdu ton franc-parler. Bon alors c'est ta petite-fille qui est responsable de cette cagade ? Décidément, vous avez ça dans le sang.

Viola parut se retenir pour ne pas se jeter sur Véribon, mais, derrière elle, les clients du *Relais des Merveilles* continuaient de cracher leurs flammes à tour de rôle à la manière d'une troupe de cirque.

– Tu es venu te moquer ou nous aider ?

– Tu as raison. Je ne vais pas les laisser comme ça. Joli travail jeune fille, dit-il en se tournant vers Sébastiane. Tu as obtenu ce résultat avec du Feu-Fou ? Combien en as-tu utilisé ?

– Cinq… étoiles, répondit Sébastiane du bout des lèvres.

– Cinq ?! Eh bien, fillette, tu n'y es pas allée de main morte ! Bon, on va se mettre au travail et réparer tout cela, foi de Véribon.

Sur ces mots, il lissa sa moustache et se retroussa les manches.

– Oui s'il vous plaît, implora monsieur Patoum. Je suis le maire de cette ville et mes filles là-bas n'en peuvent plus.

Sans lui répondre, Véribon sortit un sifflet de sa poche et souffla de toutes ses forces à l'intérieur.

Aussitôt, un groupe d'étranges créatures sortit par la porte du restaurant ambulant et accourut. De petits hommes avec des têtes toutes rondes et blanches, semblables à des bulbes d'oignons. Leurs yeux étaient de simples billes noires, et de longues feuilles vertes leur faisaient office d'oreilles. Ils étaient, en outre, vêtus de tabliers de cuisine aux élégants motifs brodés.

– Mes mirmitons vont prendre les choses en main. Allez, installez-moi une table, là, fit-il en désignant l'espace devant la devanture du *Relais des Merveilles*. Je reviens tout de suite.

Alors que le chef gastronomage disparaissait à l'intérieur de son restaurant, les choses s'enchaînèrent à une vitesse fulgurante à l'extérieur. En quelques secondes, les mirmitons apportèrent dix tables en marbre qui furent dressées à distance suffisante pour que personne ne se brûle. Les petites créatures couraient dans tous les sens, braillant des ordres incompréhensibles pour les villageois.

Soudainement, l'une d'elles, à la tête toute rouge et aux oreilles feuillues, s'arrêta devant Viola.

– Ça alors ? Viola Grandélice ? Eh bien, t'as pris un sacré coup de vieux !

– Masha… Toi tu n'as pas changé. Toujours aussi moche, répondit du tac au tac la grand-mère de Sébastiane.

Sébastiane ne savait pas ce qui était le plus surprenant. Que sa grand-mère soit capable de différencier ces étranges créatures ou qu'elles se prennent dans les bras l'une de l'autre, telles deux amies se retrouvant, après s'être copieusement dénigrées.

– Mamie connaît tout le monde ou quoi ? demanda discrètement Sébastiane à Hap.

Elle comprenait que sa grand-mère n'avait pas toujours été la cuisinière de Papillettes-Ville que tout le monde connaissait. Et elle se trouva bête de n'avoir jamais réfléchi à ce que Viola avait pu faire dans sa jeunesse.

D'ailleurs Hap paraissait aussi surpris qu'elle.

– Je savais qu'elle avait travaillé pour un restaurant gastronomagique, répondit-il. Mais de là à connaître personnellement le grand gastronomage Véribon ? C'est probablement le plus célèbre de tout le royaume. C'est fou qu'elle n'en ait jamais parlé.

« Oui », pensa Sébastiane. C'était fou.

Une fois les tables prêtes, les portes de la *Tour d'Or* s'ouvrirent à nouveau et deux jeunes cuisiniers, à peine plus âgés que Sébastiane, s'avancèrent en portant une énorme soupière en or. En les voyant faire, la cuisinière ne put s'empêcher de se demander comment ils avaient pu intégrer, si jeunes, un restaurant si prestigieux. Instantanément, elle les envia.

Véribon les suivait, l'air solennel, une louche dorée à la main.

À l'aide de celle-ci, il remplit une à une les assiettes d'un étrange breuvage qui étincelait comme le soleil se reflétant dans la mer. Tout à coup, de minuscules nuages firent leur apparition au-dessus de chaque plat et firent tomber une petite neige miniature.

– Braves gens, je vous invite à déguster cette soupe de blizzard qui devrait mettre fin à vos tourments. Elle a été concoctée à partir de cœurs de glaciero, un glumen dont vous devinerez aisément les propriétés…

Rapidement, monsieur Drumel, madame Brailly, madame Philibon, ses trois neveux, les deux visiteurs dont Sébastiane ignoraient toujours le nom et les filles de monsieur Patoum se jetèrent sur la soupe tels des malheureux égarés dans le désert découvrant enfin une source d'eau potable.

Dès que la préparation du gastronomage entra en contact avec leurs palais brûlants, ils poussèrent des soupirs d'extase. Ils n'avaient jamais rien mangé d'aussi bon. Et surtout… ils s'arrêtèrent instantanément de cracher du feu. Quelques flocons de neige s'envolèrent même de leur bouche, avant de disparaître.

– Et voilà le travail, annonça Véribon.

Le maire de Papillettes-Ville s'approcha de ses filles, prudemment. Lorsqu'il fut certain qu'elles avaient cessé de se comporter comme des chalumeaux ambulants, il les prit dans ses bras et se tourna vers Véribon.

– Merci mille fois, monsieur le grand gastronomage. Vous avez sauvé nos citoyens. Papillettes-Ville saura s'en souvenir, déclara-t-il de manière solennelle.

Papillettes-Ville n'avait beau être qu'une bourgade de taille plus que modeste, située tout au sud du royaume de Savoria, monsieur Patoum prenait son rôle très au sérieux.

– Je n'en doute pas, monsieur le maire. D'ailleurs… concernant le règlement, c'est la ville qui s'en occupe ?

– Le règlement ? Quel règlement ?

Un mirmiton apparut alors et tendit un petit plateau argenté dans lequel se trouvait une note dans un écrin de cuir.

Le maire l'ouvrit, en tira un morceau de papier qu'il consulta, et manqua de se décrocher la mâchoire.

– Qu'est-ce que cela veut dire ?

– C'est la note, pour dix soupes de blizzards servies à domicile, expliqua le mirmiton.

– Dix soupes de… quoi ? À domicile ? Mais… je… V…Viola, vous étiez au courant ?

– Les services des restaurants gastronomagiques ne sont pas réputés pour être abordables.

– La qualité a un prix, confirma Véribon. Et les Glacieros sont parmi les glumens les plus rares, confirma Véribon. Si vous saviez ce que nous devons faire pour les récolter… Cela a bien évidemment un impact sur le prix.

– Mais, c'est-à-dire que Papillettes-Ville ne dispose pas de cette somme.

Monsieur Patoum était décomposé. L'idée que le budget tout entier de sa ville ne soit pas suffisant pour rembourser dix repas de la *Tour d'Or* lui faisait réaliser à quel point ils étaient pauvres.

– Ah. C'est embêtant ça. Il va falloir trouver un arrangement, soupira le gastronomage.

– Écoutez, la responsable de tout ceci, c'est Viola Grandélice, après tout. C'est à elle de régler la note !

À la manière dont son chignon s'agitait, Sébastiane devinait que sa grand-mère crépitait de l'intérieur. Comme si la destruction de son restaurant n'avait pas suffi, on lui demandait à présent de payer une somme colossale ?

– Il y aurait bien une solution capable de satisfaire tout le monde…, laissa entendre Véribon, en esquissant un sourire glaçant.

– Laquelle ?

Le maire Patoum paraissait prêt à tout pour sauver sa ville.

– Que Viola Grandélice vienne travailler avec moi pour la *Tour d'Or* le temps de me rembourser ce que vous me devez. Qu'en dites-vous ?

– Excellente idée ! s'exclama le maire en tapant dans ses mains. N'est-ce pas Viola ? La *Tour d'Or* ! C'est une chance pour vous !

Celle-ci jeta un regard noir à Véribon, qui souriait d'un air satisfait. Il paraissait très fier du tour qu'il venait de jouer à Viola. Comme s'il avait prévu cet arrangement depuis le début.

Celle-ci se tourna vers sa petite-fille, mais étonnamment, il n'y avait plus de colère dans ses yeux, juste une forme de tristesse.

– Très bien, dit-elle d'une voix grave. J'accepte.

Sébastiane voulut protester, mais elle savait que sa grand-mère ne l'aurait pas écoutée.

Viola serra donc la main de Véribon qui affichait un sourire satisfait.

– Parfait, je vous laisse trois semaines pour régler vos… affaires, fit-il en jetant un œil aux vestiges du *Relais des Merveilles*. Passé ce délai, je vous enverrai un Truc-Toque afin que vous nous rejoigniez.

Sur cet échange, le gastronomage salua le maire de Papillettes-Ville – soulagé que ses filles soient guéries sans qu'il ait eu à payer quoi que ce soit –, puis il remonta à bord de la *Tour d'Or* en compagnie de ses mirmitons.

La porte se referma et, lentement, les pattes qui soutenaient la bâtisse se déployèrent en couinant. Mais une fois debout, le restaurant magique bondit au-dessus de Papillettes-Ville, frôlant les toitures en ardoise brillante, et disparut dans le lointain.

Le maire prit alors la parole :

– Viola, si vous avez besoin de quoi que ce soit, la ville sera heureuse de… euh…

– Ouais, c'est ça. Tu viens Hap ? On a du pain sur la planche.

5

« Qu'est-il vraiment arrivé à papa ? »

Sébastiane Grandélice

– Eh bien, je crois que ce n'est pas si mal, déclara Hap alors qu'il donnait le dernier coup de peinture à l'enseigne du *Relais des Merveilles*. Qu'est-ce que tu en penses, Sébastiane ?

– Mouais. Pas mal. C'est presque plus beau qu'avant. Pas comme le reste du restaurant.

Grâce aux habitants de Papillettes-Ville, le restaurant de Viola avait été rapidement déblayé, les débris calcinés évacués, les murs shampouinés, et le parquet rénové. La partie de la toiture endommagée avait été réparée, et les tuiles neuves et anciennes formaient désormais un damier hétéroclite.

Quant à la cuisine, seul le four avait résisté aux flammes, ce qui représentait en soi un petit miracle.

Jour après jour, Sébastiane n'avait pas ménagé ses efforts pour aider sa grand-mère, trop désireuse de se faire pardonner. Aux côtés de Hap, elle avait brossé, pelleté, colmaté, cloué, repeint, afin de redonner au Relais son apparence d'origine. Au bout de trois semaines, elle était loin d'y être arrivée, mais le restaurant commençait à reprendre forme.

– Où est mamie ? Je pense qu'elle sera contente.

– Avec ton père, répondit Hap. Mais ne te fais pas trop d'illusions, tu la connais. Elle est capable de bouder très très longtemps. Elle a la tête aussi dure qu'un moulin à poivre.

– Je sais, il paraît que je tiens d'elle. De toute façon, je ne peux pas la blâmer. À cause de moi, le Relais n'est plus que l'ombre de lui-même… Par contre, je ne comprends pas pourquoi elle déteste autant l'idée de partir pour la *Tour d'Or*… Il s'agit tout de même du restaurant gastronomagique le plus célèbre de Savoria. Le rêve de tout cuisinier.

– Tu sais, elle n'est plus toute jeune. Elle ne se sent peut-être pas la force de travailler dans un tel endroit. C'est loin d'être aussi tranquille qu'ici.

Sauf quand les clients se mettent à cracher du feu, pensa Sébastiane.

– Et puis ce genre de lieu a l'air féerique vu de l'extérieur, mais à l'intérieur ce doit être terriblement dur.

Sébastiane ne savait, à vrai dire, pas grand-chose sur les restaurants gastronomagiques. Elle n'avait eu qu'un bref aperçu de la puissance des glumens purs et n'osait pas imaginer les miracles qu'ils pouvaient accomplir. Hap lui avait parlé de quelques rumeurs qui couraient sur Isidore Véribon, mais elle n'osait pas les croire. On racontait par exemple qu'il avait réussi à éviter une nouvelle guerre avec le Nord en préparant un simple banquet, ce qui paraissait invraisemblable.

– Excusez-moi, j'ai un colis pour mademoiselle Grandélice.

Sébastiane se retourna et vit un jeune facteur coiffé d'une casquette ailée d'un rouge impeccable.

– Il me faudrait une signature, s'il vous plaît.

Elle se saisit du stylo que lui tendait le facteur, surprise de voir que, pour une fois, sa mère lui envoyait un paquet et non une simple carte postale – qui d'autre aurait pu lui écrire ? En lisant l'étiquette, elle réalisa sa méprise :

Viola Grandélice

Relais des Merveilles

Papillettes-Ville.

Oui, la grand-mère de Sébastiane affectait de se faire appeler « mademoiselle » par tout le village depuis que son mari Georgio n'était plus de ce monde. C'était un moyen pour elle d'entretenir sa jeunesse. Ça et le fard à paupières dont elle abusait un peu trop au goût de sa petite-fille.

– Qu'est-ce que c'est ? demanda Hap en se penchant par-dessus son épaule.

Sur la boîte, un étrange sceau doré représentait un château perché sur six pattes d'araignée.

– On dirait la *Tour d'Or*, fit-elle remarquer.

Elle défit le ruban blanc autour de la boîte et révéla son contenu : un petit gâteau doré en forme de macaron sur lequel était imprimée une petite aile d'hirondelle.

– Un gâteau ?

Un message était glissé juste derrière. Une simple carte en papier vélin, à la sobriété luxueuse. Là encore, le symbole de la *Tour d'Or* était clairement visible tandis qu'au centre était inscrit un message.

Viola,
merci de croquer ce Truc-Toque
en extérieur avant le 16 Grisaine
pour venir acquitter ta dette.
Isidore Véribon

Sébastiane prit le gâteau dans sa main et examina attentivement ses bords dorés.

– Un Truc-Toque ? Et à quoi ça sert exactement ?

– C'est un gâteau voyageur, expliqua Hap, fabriqué à partir de Farinel. Un glumen en poudre qui, cuit à la bonne température et mélangé à des nœufs, permet à celui qui le mange de s'envoler jusqu'à un point précis.

– Eh bien, tu m'étonneras toujours…

– Eh quoi ? N'oublie pas que j'ai étudié la cuisine à l'école de Saint-Fumet pendant deux ans avant de me faire renvoyer.

– C'est vrai. Pourquoi t'ont-ils mis dehors déjà ?

– Je manquais un peu de discipline. Un jour j'en ai eu marre de me faire crier dessus par mes professeurs, alors je lui ai dit d'aller se faire cuire un nœuf.

– Ouch, et alors ?

– Il m'a répondu qu'un nœuf ne se faisait pas cuire mais pocher. Puis il m'a demandé de faire mes valises et de partir. Mais on n'est pas là pour parler de moi. Tu ferais mieux de le remettre dans sa boîte et de l'apporter à Viola.

– Ouais. T'as raison.

Sébastiane traversa la salle du restaurant, meublée de tables et de chaises dépareillées données par les généreux voisins, puis elle ouvrit la porte menant à la cour arrière. À travers la fenêtre à moitié givrée du petit appartement, elle vit son père, assis au chaud, les genoux sous une épaisse couverture, une tasse fumante à la main. À ses côtés, Viola découpait de petits morceaux de tarte à la rhubarbe.

La jeune fille s'apprêtait à frapper aux carreaux lorsqu'elle entendit la voix de sa grand-mère à travers les murs trop fins pour bloquer complètement les sons.

– Ne t'en fais pas mon Hectorio, je dois partir, mais je reviendrai très vite. Je sais que je ne suis plus toute jeune, mais j'en ai vu d'autres. Et puis… ce sera peut-être l'occasion de trouver un remède à ton état… Qui sait ?

Sébastiane sursauta. En sept ans, c'était bien la première fois qu'elle entendait Viola parler de guérir son père. Sans réfléchir, elle ouvrit la porte et sa grand-mère se retourna, avec l'air d'un enfant surpris en pleine bêtise.

– Qu'est-ce que tu viens de dire ?! Tu penses qu'il existe un moyen de guérir papa ?

– Sébastiane !? Tu… tu m'as entendue ?

Elle devait être sacrément décontenancée pour enfin adresser la parole à sa petite-fille.

– Je ne comprends pas mamie. Tu m'as toujours dit qu'il n'y avait rien que nous puissions faire. Qu'il avait dû recevoir un choc psychologique après le départ de maman.

– Eh bien c'est vrai… mais…

– Mais quoi ?! Qu'est-il vraiment arrivé à papa ?

Viola hésita. Elle observa son fils, toujours les yeux dans le vague, un morceau de tarte au coin de la bouche.

– Oh, et puis, nom d'une cuillère en bois, j'imagine que tu es assez grande à présent pour entendre la vérité.

– La vérité ?

Étrangement ce mot eut, à cet instant, la même signification que « mensonge ».

– La maladie de ton père n'est pas arrivée par hasard.

– Je ne comprends pas.

– Lorsque ta mère est partie, mon pauvre Hectorio s'est retrouvé profondément déprimé. Il était devenu incapable d'aller de l'avant et de s'occuper de toi. Alors, un jour, il a décidé de tirer un trait définitif sur Silo et de la sortir une fois pour toutes de sa mémoire.

– Mais, on ne peut pas oublier volontairement une personne, fit remarquer Sébastiane.

– Si. Avec l'aide de quelques glumens. Après avoir fouillé dans mes vieux livres de recettes, il se mit en tête de préparer… un ragoût d'oubliettes. Un plat capable de vous faire oublier vos souvenirs les plus désagréables. Malheureusement pour lui, les glumens qu'il se procura au marché noir devaient être frelatés, et c'est ce ragoût qui l'a plongé dans cet état.

Sébastiane observa son père, immobile, qui ne semblait avoir nullement conscience que cette conversation le concernait.

– Tu veux dire que c'est à cause de ce ragoût d'oubliettes qu'il est tombé malade ? À cause des glumens ?

– Oui. Tu comprends pourquoi j'ai toujours caché ceux qu'il me restait ? Ces choses-là sont dangereuses.

En effet, Sébastiane avait compris à ses dépens à quel point les glumens pouvaient être redoutables.

– Pourquoi ne m'avoir rien dit ? Pourquoi m'avoir caché la vérité ?

La colère frémissait en elle, comme du lait sur le feu qui ne demandait qu'à déborder.

– Je ne sais pas. Pour ne pas te faire de peine j'imagine. Je ne voulais pas que tu penses que ton père avait voulu t'oublier. Tu sais, il voulait simplement effacer le souvenir de ta mère pour ne plus souffrir…

– Et tu n'as jamais cherché à le guérir ? Si des glumens l'ont mis dans cet état, tu devais te douter qu'il existait un antidote.

Le ton de Sébastiane était empli de reproches.

– D'abord je ne suis sûre de rien. Je n'ai jamais entendu parler d'une recette capable d'inverser les effets des ragoûts d'oubliettes. Et ensuite, tu as vu le prix des glumens purs ? Même si je le voulais, je n'avais pas les moyens de préparer un remède. Surtout sans être sûre du résultat. Et pas question de m'en procurer au marché noir.

Eh bien tu aurais quand même dû essayer…, se dit Sébastiane.

À leurs côtés, Hectorio ne bougeait pas, et sa tasse de chocolat fumant embaumait l'air.

– Oh ma délicieuse ! Je suis désolée, s'exclama Viola. Jamais je n'ai voulu te cacher quoi que ce soit.

Après des jours de fâcherie, la grand-mère prit pour la première fois sa petite-fille dans ses bras potelés. Elle enserra la taille de Sébastiane dans un geste un peu maladroit mais plein de tendresse.

Sébastiane se laissa faire, mais elle ne parvenait pas à chasser sa rancœur. Comment Viola avait-elle pu laisser son fils dans cet état toutes ces années, sans chercher à le guérir, alors qu'elle connaissait la cause de sa maladie ?

– Et tu penses que si tu pars dans la *Tour d'Or*, tu pourras faire quelque chose ?

– Je ne sais pas. Véribon veille sur ses glumens comme sur un trésor. Et… la dernière fois, nous ne nous sommes pas vraiment quittés en très bons termes.

– Que s'est-il passé ?

Viola hésita, jeta un œil par la fenêtre comme si elle pouvait y apercevoir son passé.

– Rien d'important. J'ai l'impression que c'était dans une autre vie. Dire que je pensais ne plus jamais avoir affaire à ces maudits restaurants gastronomagiques…

– Mais je ne comprends pas, ces restaurants ne sont-ils pas merveilleux ?

– Si, en apparence. Mais personne ne peut deviner à quel point ce monde est impitoyable. Toute cette magie, tout ce pouvoir, à portée de mains des gastronomages, les conduit à faire… des choses affreuses. Je suis bien placée pour le savoir.

– De quoi veux-tu parler ?

– Rien. Tout ceci appartient au passé.

Qu'avait-il donc bien pu se passer à l'époque pour que Viola déteste autant ces restaurants gastronomagiques ? Sébastiane tenta de décrypter le regard de sa grand-mère, dans l'espoir vain d'y découvrir un secret enfoui. Était-ce la raison pour laquelle elle n'avait quasiment jamais évoqué le sujet ?

– Je compte sur toi pour t'occuper du Relais et de ton père pendant mon absence, hein ?

– Oui ne t'en fais pas.

Hectorio mastiquait consciencieusement son morceau de tarte à la rhubarbe. Sébastiane reconnaissait là le savoir-faire de Viola, la seule capable de faire réagir son fils en lui préparant son dessert préféré.

– Attention, mon fils, dit cette dernière en tendant une serviette à Hectorio. Tu en mets partout. Là, laisse-moi t'aider. Mais, dis-moi Sébastiane, tu voulais me dire quelque chose ?

Sébastiane hésita. Elle tenait toujours le colis dans son dos, celui avec l'en-tête de la *Tour d'Or*.

– Euh… non. Juste que Hap avait fini de repeindre l'enseigne.

– Très bien. Préviens-le que j'arrive tout de suite. Je passe encore un peu de temps avec mon Hectorio.

– Ok. Dis mamie… on est plus fâchées ?

Un fin sourire se dessina sur le visage de sa grand-mère.

– Non, ma délicieuse.

Alors Sébastiane embrassa à nouveau Viola, puis elle se pencha, et, de sa main libre, enlaça le cou de son père.

Pendant une micro-seconde, elle crut qu'il allait lui aussi la serrer dans ses bras. Mais il se contenta de terminer le morceau de tarte que Viola lui avait fourré dans la bouche.

Sébastiane partit alors dans sa chambre et, en deux minutes, fourra dans son sac quelques affaires indispensables. Son cœur palpitait à toute allure alors qu'elle s'interdisait de réfléchir à ce qu'elle faisait. Si elle s'autorisait un moment de réflexion, elle risquait de renoncer à son projet.

Dehors, Hap contemplait son travail de peinture.

– Alors ? Tu lui as dit ? fit-il en la voyant.

– Euh… oui bien sûr.

– Vraiment ? Dans ce cas, pourquoi tu as toujours le paquet ? Et que fait ce baluchon dans ta main ?

– Euh… rien du tout. Ne t'inquiète pas.

– Sébastiane… je te connais. Tu manigances quelque chose.

Hap était si gentil, si innocent, elle ne pouvait pas lui mentir.

– Je t’en prie. Ne dis rien. Mais je… je vais partir à la place de Viola, dit-elle dans un chuchotement.

– Quoi ?! Tu comptes prendre sa place ? Mais tu ne peux pas faire ça !!

– Je ne peux pas la laisser partir. Regarde-la. Elle est trop vieille et n’a aucune envie de retourner là-bas. Et puis tout est de ma faute. C’est à moi de racheter ma dette.

Bien sûr, deux autres raisons l’avaient motivée à prendre cette décision. La première était qu’elle brûlait de découvrir la *Tour d’Or* de l’intérieur, et la deuxième (et sans doute la plus importante) était qu’elle voulait être celle qui trouverait un remède pour guérir son père. Quelque chose lui disait que la *Tour d’Or* devait forcément abriter un antidote au ragoût d'oubliettes. Ou au moins de quoi le préparer.

– Tu penses vraiment que le grand gastronomage Véribon va accepter ? Dès qu’il va réaliser ce que tu as fait il va te renvoyer ici !

Elle se campa sur ses jambes, et donna un petit coup de menton en avant.

– Je ferai tout pour le convaincre. Après tout, beaucoup de gens disent que je cuisine aussi bien que mamie.

Avant que Hap ne réplique quoi que ce soit, Sébastiane se jeta dans ses bras pour mettre fin à toute contestation de sa part. Il y avait tellement longtemps qu'il travaillait à ses côtés qu'elle se demandait si elle pourrait seulement survivre sans lui. Mais au moins, en le sachant au Relais, elle avait le cœur moins lourd d'abandonner sa grand-mère.

– Bon, allez, je dois me dépêcher avant que mamie n'arrive.

Elle ouvrit la boîte et prit le gâteau. Celui-ci paraissait simple et délicieux, et ne laissait pas un instant supposer qu'il était sur le point de changer sa vie.

– Comment ça fonctionne ?

– Euh… c'est un gâteau, expliqua Hap. Il te suffit de croquer dedans.

– Et il va se passer quoi ? Je vais me mettre à gonfler et m'envoler comme un ballon de baudruche ? Et comment je vais savoir où se trouve la *Tour d'Or* ? demanda Sébastiane, inquiète.

– Ne te pose pas tant de questions. Tu es sûre de vouloir faire ça ? dit-il en levant un sourcil interrogateur.

– Certaine.

De l'autre côté de la cour, elle entendit la voix de Viola qui sortait de l'appartement de son père.

– Dans ce cas, tu ferais mieux de sortir, ajouta Hap.

Dehors la rue était fraiche et humide comme un typique mois de Grisaine.

Une pluie fine venait de se mettre à tomber, et les quelques gouttelettes fines dessinaient des cheveux d'eau sur le tablier de Sébastiane. Les nuages commençaient tout juste à s'effilocher. Sébastiane avait l'impression de se trouver tout en haut d'une falaise, prête à plonger dans l'eau. Elle ne pouvait totalement faire abstraction du picotement qu'elle ressentait dans les jambes, comme si elle était prise de vertige.

– Bon, et bien à bientôt ! dit-elle après une profonde inspiration.

Hap l'embrassa sur la joue.

Elle ferma les yeux, croqua dans le gâteau et attendit quelques secondes.

Le Truc-Toque était délicieux. De petits grains de caramel étaient cachés dans la pâte moelleuse et légèrement acidulée. Au moment où ils glissèrent dans sa gorge, elle sentit l'espace se distordre autour d'elle, les gouttes de pluie s'écartèrent tandis qu'elle fut aspirée à la vitesse de l'éclair.

Elle eut à peine le temps de crier qu'elle se retrouva propulsée dans les airs à plusieurs centaines de kilomètres de Papillettes-Ville. Alors qu'elle s'éloignait dans les cieux, elle entendit, en dessous, la voix de Viola, qui s'était précipitée dans la rue et lui criait de revenir immédiatement.

6

« Crotte de crotte en chocolat, le service vient de commencer. »

Cooky

Selon mamie Viola, un plat réussi devait vous faire voyager. À ce titre-là, le Truc-Toque entrait directement dans la catégorie « succulent ».

Plongée dans un tunnel de vent qui l'entraînait à une vitesse vertigineuse, Sébastiane se cramponna à son baluchon.

Étrangement, le goût du Truc-Toque était si savoureux qu'il l'empêchait de complètement paniquer, comme si une chose aussi délicieuse ne pouvait être véritablement dangereuse. Elle se surprit même à remarquer pendant sa traversée qu'une pointe de fraise des bois se cachait à l'intérieur de la pâte de Farinel, et cette découverte l'apaisa.

Au bout de quelques secondes, elle eut le sentiment d'atteindre le bout de ce tunnel aérien alors que le monde autour reprenait consistance.

Elle se retrouva entourée de nuages, tandis qu'en dessous d'elle, un large cours d'eau dessinait des nervures dans le paysage. Elle frôla le sommet d'une montagne et comprit qu'elle entamait sa descente en direction d'une ville immense, la plus grande qu'elle ait jamais vue. Celle-ci était bâtie à flanc de colline.

À en juger par le château posé à son sommet comme la couronne sur la tête d'un roi, il devait s'agir d'Agraria, la capitale du royaume de Savoria.

Jusqu'à présent, Sébastiane ne l'avait vue que dans les livres d'histoire, ainsi que dans le livre de sa grand-mère intitulé : *Les recettes des rois*, qu'elle adorait lire étant petite.

Elle glissait toujours dans les airs, tirée par une force invisible. Au sol, les lampadaires allumés dans les rues formaient un chemin de lumière tout autour des toits pointus, qui luisaient après le passage de la pluie.

Elle vola en direction d'un immense palais aux murs blancs, dont les drapeaux aux couleurs de Savoria flottaient dans le vent.

C'était là que devait vivre le roi Delicius IX ainsi que sa femme, la reine Merveilla. Papillettes-Ville avait beau être loin de la cour, tout le monde adorait le roi, qui avait la réputation d'être juste, bienveillant, et surtout fin gourmet.

Derrière les hautes murailles, à quelques centaines de mètres du château, la *Tour d'Or* se dressa, majestueuse, posée sur ses six pattes repliées, tel un insecte au repos.

Sébastiane glissa le long des vingt-trois étages du restaurant, et atterrit tout en douceur devant l'entrée.

Une fois le pied au sol, le monde autour d'elle tournoya, et elle inspira de profondes goulées d'air pour reprendre ses esprits.

La *Tour d'Or* la dominait de toute sa hauteur.

À l'intérieur se trouvait le monde mystérieux de la gastronomagie. Et probablement un remède pour guérir son père.

– Bonjour, vous avez une réservation ? demanda une sorte de maître d'hôtel engoncé dans une queue de pie en satin impeccable. Le service n'a pas commencé, mais vous pouvez patienter dans notre lobby.

Il se pencha en avant par-dessus son pupitre, sur lequel était posé un énorme livre à la couverture en cuir. Un nœud papillon lui frottait le menton mais s'accordait avec sa fine moustache blonde.

– Je… euh… j'ai reçu une invitation pour venir… euh… travailler ici, balbutia Sébastiane.

Devait-elle révéler d'emblée qu'elle n'était pas exactement la personne attendue, ou attendre que quelqu'un s'en rende compte ? Mieux valait d'abord franchir les portes.

– Hum. Votre nom ?

– Grandélice. Mademoiselle Grandélice.

Au moins, elle pourrait toujours jouer les innocentes et prétendre qu'elle n'avait pas menti. L'homme parcourut son registre, le sourcil levé, faisant glisser son index sur une liste de noms.

– Ah oui, vous voilà. Effectivement vous êtes attendue. Suivez-moi, je vous en prie, un mirmiton va s'occuper de vous.

Le maître d'hôtel de la *Tour d'Or* fit franchir à Sébastiane les gigantesques portes en bois noir, où brillaient d'étranges constellations. En s'approchant un peu plus, elle remarqua que chaque étoile semblait symboliser un glumen.

– Voici ce que l'on nomme la galaxie des glumens. Comme vous pouvez le voir, ces constellations représentent les différentes combinaisons possibles entre glumens, annonça le maître d'hôtel.

– Impressionnant.

À l'intérieur, les trois murs d'un hall somptueux étaient recouverts d'un immense triptyque dont les panneaux de gauche et de droite représentaient un champ de bataille encore fumant d'explosions et portant les vestiges d'une guerre. Si les soldats sur le mur de gauche se distinguaient par leurs uniformes aux couleurs d'Agraria (du bordeaux teinté de vert), ceux du mur de droite portaient d'épais manteaux blancs, typiques des habitants d'Astringie, les terres du Nord. Au centre, un gigantesque banquet avait été dressé, où les généraux des deux armées célébraient un armistice autour d'un magnifique confit.

L'air réjoui, ils se faisaient servir par un petit homme portant un bouc argenté et une toque démesurée.

– Le confit de la paix.

– Pardon ?

– C'est ainsi que l'on nomme cet épisode. Vous ne le saviez pas ? demanda le maître d'hôtel d'une voix tellement précieuse qu'on avait l'impression que chaque mot lui avait été mis dans la bouche avec une cuillère en argent.

Sébastiane secoua la tête, vaguement gênée d'afficher son ignorance.

– Eh bien, cet épisode remonte à presque cinquante ans. On dit que, lorsque les restaurants gastronomagiques apprirent que les armées d'Astringie tentaient une nouvelle incursion, ils se rendirent sur place. Notre grand gastronomage Véribon parvint à négocier une trêve et mit fin au conflit en préparant pour tous les soldats un redoutable confit préparé à base de glumens placidia qui absorbèrent toute pulsion guerrière chez eux. En quelques heures, les combattants fraternisèrent, et le Nord finit même par s'allier au royaume de Savoria. Astringie est d'ailleurs aujourd'hui notre premier partenaire commercial.

Incroyable, se dit Sébastiane. *On pouvait réellement mettre fin à une guerre grâce à la cuisine ?* À la lueur d'un lustre majestueux, qui avait la forme d'une pièce montée, elle était en train de s'attarder sur les détails du tableau illuminé, lorsqu'une voix nasillarde l'apostropha.

– Elle se croit au musée la gamine ? Vite, faut grouiller ! Adalbert, tu n'es pas censé être derrière ton pupitre pour accueillir les clients ?

Un mirmiton paniqué, au visage tout en longueur et légèrement violacé, les surplombait depuis une volée de marches.

– Du calme, Cooky. Il n'y a personne encore.

– Comment peux-tu le savoir, puisque tu n'y es pas ? Allez, à ton poste, vite ! Et toi gamine, dépêche-toi de me rejoindre. Oh là là, on va être en retard.

Sébastiane s'étonna de voir l'élégant maître d'hôtel se faire ainsi rabrouer par une créature à tête d'oignon, mais il s'éclipsa aussitôt.

– Tu te magnes ?! aboya le gnome en fusillant la jeune fille du regard. Je vais pas te porter quand même.

– Euh oui oui. J'arrive.

– Dépêche, dépêche, on a pas beaucoup de temps !

À cet instant, un carillon tintinnabula dans tout le restaurant. Sébastiane entendit les cloches de la *Tour d'Or* se répondre et former une mélodie.

– Et voilà ! Je savais que t'allais me mettre en retard ! Crotte de crotte en chocolat, le service vient de commencer. Allez, vite, suis-moi !

– Je fais ce que je peux.

Elle se lança sur les talons du mirmiton qui gravissait quatre à quatre un gigantesque escalier longeant les parois intérieures du restaurant. Rapidement, ils bifurquèrent sur une deuxième volée de marches avant de redescendre d'un palier. Perdue, dans les méandres de la *Tour d'Or*, Sébastiane se demanda comment autant d'escaliers pouvaient s'enfoncer dans le restaurant, alors qu'elle était entrée par le rez-de-chaussée, et que le restaurant était monté sur pattes.

– Eh bin, j'espère que t'es plus rapide pour cuisiner, la héla Cooky qui gambadait devant.

– Ne vous en faites pas pour moi, rétorqua-t-elle en accélérant le pas pour le rattraper.

Elle savait qu'elle devait faire profil bas, mais elle fut prise d'une envie de hacher ce petit oignon sur pattes.

– Et où allons-nous au fait ? En cuisine ?

– En cuisine ?! Ah elle est bien bonne celle-là. Tu n'imagines quand même pas que tu vas travailler en cuisine pour ton premier jour ici. Mes ordres sont très spécifiques : accueillir la nouvelle, et la conduire dans la réserve, avec les autres apprentis. On dirait bien que tu es de corvée de Patavols.

Sébastiane eut l'impression de s'enfoncer encore plus dans les profondeurs de la *Tour d'Or*. Ils débouchèrent enfin dans une vaste salle aux murs gris, dénués du moindre ornement. Aux murs, des dizaines d'ustensiles, principalement des éplucheurs et des couteaux, étaient suspendus au-dessus de bacs aussi profonds que larges. Une seule table en bois occupait l'espace. Autour de celle-ci une dizaine de jeunes cuisiniers à peine plus âgés qu'elle étaient assis et la dévisagèrent. Les regards semblaient hésiter entre l'incrédulité et la franche hostilité.

– Et alors ? Vous croyez que c'est la pause bande de feignasses ?! hurla le mirmiton. Z'avez pas entendu la sonnerie ? Au boulot les mollusques ! Vite vite ! Oh là là, ça y est, on est en retard.

– On y va Cooky, répondirent deux jeunes en se levant. Pourquoi tu es toujours stressé ?

– Vous voulez vraiment que je vous explique ?! fit-il d'une voix aussi douce que les aboiements d'un chien enragé.

Sébastiane sentit une boule se former dans sa gorge. S'agissait-il d'un restaurant ou d'une prison ?

Comment pouvait-on accepter de se faire parler de la sorte par une créature aussi malingre ?

Le mirmiton tendit à Sébastiane un éplucheur au manche en bois gravé.

– Tiens, les Patavols doivent être prêtes dans une heure !

– Euh… ok. C'est quoi les « Patavols » ?

Un rire moqueur s'échappa du groupe de jeunes cuisiniers.

– Elle sort d'où celle-là ?

– Ce sont pas vos échaflottes ! Vous avez un travail à faire, les mollusques ! Vous croyez peut-être que ces courpelés vont se couper toutes seuls ? fit le mirmiton en indiquant une montagne d'aliments rosés aux formes arrondies.

– Il paraît que certains le peuvent, répliqua une jeune fille dont les bouclettes dépassaient de sa toque.

Sous son tablier de cuisinière on devinait des épaules carrées, et des biceps à faire pâlir certains garçons de Papillettes-Ville.

– Merci Angéline, on se passe de vos commentaires. En attendant, conduis notre nouvelle recrue aux Patavols. Je croyais que Véribon nous avait amené du premier choix, on dirait bien que le grand gastronomage s'est trompé.

Lorsque le mirmiton prononça ces mots, Sébastiane sentit les cuisiniers s'offusquer comme s'ils venaient d'être témoins du pire des blasphèmes. Puis l'oignon repartit en sens inverse à la vitesse de l'éclair.

Angéline dévisagea un instant Sébastiane.

– Viens avec moi, fit-elle.

Sébastiane obtempéra.

– Dis, ils sont toujours aussi désagréables ces...

– Les mirmitons ? Ah ah oui. Et encore Cooky est loin d'être le pire. Lui, il est toujours paniqué.

– Ça promet.

– Alors, c'est toi la surprise ?

– Pardon ?

– Il y a des rumeurs qui prétendent qu'une cuisinière surprise doit rejoindre la *Tour d'Or*. Celle qui nous a valu le déplacement jusque dans le village paumé au sud du royaume. C'est toi ?

Sébastiane hésita. Que répondre à une telle question ? Devait-elle s'enfermer dans son mensonge ou espérer trouver une alliée auprès de cette Angéline en lui avouant tout ? Elle choisit une voie médiane en décidant de rester évasive.

– Oh, je n'ai rien d'une cuisinière surprise.

– Tu as l'air drôlement jeune en tout cas. Tu viens de quelle école ? Bonne-Louche ? Saint-Fumet ? Hors-d'Œuvre ? Moi, je suis en dernière année à Bonne-Louche, et je suis apprentie ici depuis six mois.

– Aucune. J'ai tout appris dans mon restaurant de famille…

– Ah ouais ? Mais c'est génial, dit-elle en ouvrant une porte en bois. J'adorerais avoir mon propre restaurant ! Par contre, c'est un peu dommage de ne pas pouvoir cuisiner de glumens purs. Tes plats doivent être un peu tristes…

Elle poussa la porte d'une remise qui sentait la farine. Au sol, des sacs en toile de jute étaient béants tandis qu'une cinquantaine d'étranges boules flottaient dans les airs, tourbillonnant tels des insectes autour d'une source lumineuse.

Angéline entra, les repoussa de la main, et attrapa une épuisette qu'elle tendit à Sébastiane.

– Tiens, tu vas voir, le plus fatigant avec les Patavols, c'est pas de les éplucher, mais de les attraper…

7

« On n'entre pas dans les cuisines de cette façon !! »

Antonio Gusta

Contrairement à ce que beaucoup s'imaginaient, la cuisine était une activité physique, notamment lorsqu'il s'agissait de hacher à la chaîne ou de porter des cagettes garnies de légumes pesant la moitié de son poids. Mais jamais Sébastiane n'aurait imaginé qu'il fallait autant d'endurance et d'énergie pour capturer de simples Patavols. Ces glumens en forme de pommes de terre avaient beau être de seconde catégorie, ils n'en étaient pas moins facétieux et imprévisibles.

Sébastiane comprit d'où Angéline tirait sa musculature : disputer un match de tennis l'aurait moins épuisée.

La jeune apprentie lui montra d'abord comment s'y prendre : il suffisait de faire tournoyer l'épuisette dans sa main, comme on attrape un papillon, puis de faucher une Patavol. Elle la rangea aussitôt dans une boîte dotée d'une ouverture circulaire qui empêchait le glumen de ressortir.

– Tu as compris ? Allez à toi de jouer. Moi, il faut que j'aille aider chef Aigredou.

Une fois l'apprentie sortie, Sébastiane tenta de l'imiter.

Son épuisette à la main, elle asséna de grands moulinets dans l'espoir d'effectuer le plus de prises possibles. En apparence cela n'avait pas l'air compliqué, mais Angéline n'avait pas menti. La plupart du temps, les Patavols étaient trop rapides, et plusieurs fois, Sébastiane termina au sol, son tablier sur la tête après avoir manqué son coup.

Quand elle avait de la chance, elle réussissait à en capturer deux d'un coup, qu'elle s'empressait de ranger avec les autres.

Après trois torsions du poignet, une crampe à l'épaule, deux bleus aux genoux, Sébastiane finit par toutes les attraper.

Toutes ? Non, du coin de l'œil, elle en aperçut une qui tentait de se carapater hors de la remise, réussissant l'exploit d'ouvrir la porte en rebondissant contre la poignée.

– C'est pas possible, maugréa la jeune fille entre ses dents.

Prenant son élan, Sébastiane poussa un cri et lança son épuisette en avant.

Mais, fatiguée par ses deux heures intenses, elle manqua sa cible de peu et s'affala au milieu du couloir tandis que la Patavol voltigeait à l'horizon.

– Reviens ici, toi ! lança-t-elle au glumen par réflexe, alors que celui-ci ne la comprenait sûrement pas.

Ou s'il la comprenait, il l'ignora copieusement et poursuivit son vol en haut d'un escalier.

– Toi, tu ne perds rien pour attendre, dit-elle en se remettant debout.

Elle agrippa son épuisette à deux mains, et s'élança à toutes jambes dans une course-poursuite. Elle gravit les marches qui serpentaient en direction d'un couloir. Et plongea vers la Patavol, qui filait vers deux larges portes battantes en bois. Cette fois, elle ne manqua pas sa cible. Lorsque le filet enveloppa la Patavol à la perfection, Sébastiane afficha un sourire de satisfaction qui ne dura pas longtemps.

Emportée par son élan, elle venait de percuter de plein fouet la porte battante qui s'ouvrit dans un fracas incroyable de porcelaine et d'argenterie.

Elle s'écrasa sur un serveur, qui se tenait juste derrière et dont le plateau ainsi que tout ce qu'il contenait se répandirent au sol, dans un chaos indescriptible.

– Non mais t'es marteau ?! hurla ce dernier. On n'entre pas dans les cuisines de cette façon !! Faut prévenir. Regarde mon plat, tout est fichu !

Le garçon, à peine plus âgé qu'elle, remit ses cheveux bruns en ordre et ajusta son nœud papillon, mais ses pupilles étaient vertes de rages. Sébastiane se demanda un instant s'il n'allait pas se mettre à pleurer. Elle se releva aussi vite que possible et réalisa soudain qu'elle venait de faire irruption dans la cuisine de la *Tour d'Or*.

L'ensemble dégageait une impression d'ordre et de propreté presque intimidante. Et elle sentit bien qu'elle venait d'en perturber le fonctionnement.

– Excuse-moi. C'est… euh… à cause de cette Patavol, là, répondit-elle en montrant le filet de l'épuisette gonflé par le glumen qu'il contenait.

– C'est pas possible d'être aussi bête ! Grand gastronomage ! lança-t-il. Cette furie vient de renverser la commande pour la table dix-sept.

Un souffle de surprise traversa la cuisine. Sébastiane se crispa tandis que tous les cuisiniers s'interrompaient pour lever les yeux en direction d'une plateforme qui les surplombait. Pour l'atteindre, il fallait emprunter un escalier en colimaçon conçu en fer forgé, ou l'un des innombrables monte-plats qui glissaient à l'aide de poulies.

Par-dessus la rambarde, elle vit une toque dorée s'approcher lentement, et un visage se pencha.

Sébastiane reconnut aussitôt les grosses joues rouges, les sourcils broussailleux, et la longue moustache dorée du grand gastronomage.

– Et alors ? Quel est le problème ? demanda Isidore Véribon de sa voix musicale mais glaçante. Antonio ? Qu'est-ce que ce plateau fait par terre ? Après tant de temps, vous ne savez donc toujours pas comment le stabiliser. Vos parents seraient très déçus…

Le serveur serra le poing de rage, tout en essayant de nettoyer les dégâts.

– J'y suis pour rien, grand gastronomage. Cette tarée m'a fait tomber. Elle a déboulé dans la cuisine comme un… comme un éléphant enragé ! Je n'ai rien pu faire pour l'éviter.

– Tut tut tut. Un bon servitor doit pourtant anticiper toute éventualité, surtout lorsqu'on passe une porte… Bon, relancez la préparation pour la table dix-sept ! lança-t-il à travers la cuisine. Il ne faut pas faire attendre le général Krogan. Et que les mirmitons viennent me nettoyer ce bazar.

Il s'arrêta un instant et plissa les yeux qu'il venait de braquer sur Sébastiane.

– Quant à toi jeune fille, tu… mais attends… Ton visage m'est familier. Comment t'appelles-tu ?

– Sébastiane Grandélice, dit-elle à demi-mots.

Elle, habituellement si fière de son nom, aurait voulu pouvoir le taire. Depuis l'incident avec le Feu-Fou, sa confiance en elle s'était évaporée ; elle n'était plus la cuisinière surdouée de Papillettes-Ville mais une simple fillette ayant encore beaucoup à apprendre.

– Pardon ? Je n'ai rien entendu.

– Sébastiane Grandélice.

– Grandélice... Attends... Mais... Mais oui ! Je te reconnais maintenant. Tu es la petite-fille de Viola ! La gamine qui a voulu cuisiner des Feux-Fous. Mais qu'est-ce que tu fabriques ici ?!

– Eh bien... euh... j'ai reçu une invitation et...

– Qu'est-ce que tu racontes !? demanda-t-il d'une voix subitement tranchante comme un couteau en acier. Je ne t'ai jamais invitée !

Sébastiane ne savait que répondre. Elle se sentait à la fois coupable et prise au piège.

Le grand gastronomage pointa du doigt un jeune cuisinier qui se trouvait juste à côté d'elle. Un garçon au visage tout en rondeur et aux boucles blondes qui dépassaient d'une toque verte. Il respirait la bonne humeur et la décontraction, et ses lèvres fines affichaient un petit sourire satisfait.

MÉDUGRA ! AMENEZ-MOI LA GAMINE IMMÉDIATEMENT !
ET LES AUTRES, REPRENEZ LE TRAVAIL! LE GÉNÉRAL KROGAN NE VA PAS TARDER À FINIR SES ENTRÉES!
EH BIEN, TU AS DE LA CHANCE.
À PEINE ARRIVÉE, ET TE VOILÀ DÉJÀ INVITÉE DANS LES QUARTIERS DE VÉRIBON EN PERSONNE.
AU FAIT, MOI C'EST MAXIM MÉDUGRA, PREMIER COMMIS PÂTIMAGE.

Le bien-nommé Médugra lui fit signe de le suivre. Elle obtempéra. D'une part parce qu'elle n'avait pas vraiment le choix, mais également parce qu'il était la première personne à lui sourire depuis son arrivée. Malgré son air juvénile, il dépassait en taille la plupart des cuisiniers présents dans la pièce.

C'était la première fois qu'elle entendait quelqu'un appeler le grand gastronomage par son simple nom, et elle s'étonna de ce manque de considération.

– Euh… Moi c'est Sébastiane Grandélice… Cuisinière.

Elle se trouvait subitement si ordinaire devant tous ces gastronomages et ces… pâtimages. Au moins, Maxim n'eut pas l'air de se moquer. Pas comme les apprentis qu'elle avait croisés en arrivant, et tout le personnel de la cuisine qui avait les yeux rivés sur elle.

Elle suivit Maxim et traversa l'immense salle où tout le monde s'affairait, faisait frémir, revenir, bouillir ou saisir plusieurs préparations sur de larges brûleurs pendant que des dizaines de marmites mijotaient tranquillement.

En d'autres circonstances, Sébastiane aurait adoré observer chacun des gastronomages pour découvrir les merveilles qu'ils étaient en train de concocter. Mais pour l'heure, elle était simplement pressée de sortir d'ici et d'arrêter de se faire dévisager avec autant de mépris. Elle se sentait comme une petite souris prête à se faire chasser à coups de balai.

Heureusement, les mirmitons couraient partout et braillaient leurs ordres avec aussi peu de délicatesse que possible, ce qui détourna l'attention des cuisiniers et des gastronomages.

Maxim, lui, paraissait terriblement à l'aise ici, saluant tous les cuisiniers qu'ils croisaient avec la même bonhommie, qu'il s'agisse de chefs gastronomages ou de simples apprentis. Sa démarche et son ton impressionnèrent Sébastiane qui l'envia aussitôt. Elle aussi aurait aimé se sentir aussi à l'aise.

Ils contournèrent un énorme four circulaire en fonte garni de symboles mystiques tout en relief et dans lequel on aurait presque pu faire rôtir un dragon tout entier, puis ils grimpèrent les marches qui menaient sur la plateforme d'où leur avait parlé le grand gastronomage. Les quartiers de Véribon.

Là-haut, une collection d'objets hétéroclites évoquait l'antre d'un magicien, comme si le grand gastronomage possédait une cuisine privée au sein de la cuisine principale. Sébastiane sonda les diverses boîtes, et bocaux au contenu scintillant, et se demanda si des glumens purs étaient rangés là, quelque part.

Véribon les attendait derrière un immense plan de travail, sur lequel il préparait une ribambelle de légumes confits et étincelants.

Puis à une vitesse vertigineuse, il se saisit de longs filaments dorés qu'il tissa aussi finement que s'il s'agissait de dentelles. En quelques secondes il se retrouva avec une préparation qui tenait autant de la broderie que de la cuisine, et il y incorpora ses légumes.

À ses côtés, un second gastronomage, les joues creusées, le sourcil sévère et le menton orné d'une barbichette argentée, de la même couleur que les longs cheveux qui tombaient dans son cou, mettait la touche finale à une dizaine d'autres plats, tous plus appétissants les uns que les autres. Au-dessus de son œil droit, Sébastiane aperçut une petite tache dorée, comme si on lui avait renversé un peu de safran juste au-dessus de l'arcade sourcilière.

– Sébastiane, je te présente Sigil Aigredou, chuchota Maxim. Le second chef gastronomage. Le bras droit de Véribon.

Sigil ne semblait pas avoir remarqué leur arrivée, à la différence du grand gastronomage Véribon, qui les attendait de pied ferme, sa louche dorée à la main. Ses yeux fulminaient tellement qu'elle se demanda s'il n'allait pas la lui jeter à la figure.

– Alors crénom, qu'est-ce que c'est que ce cirque ?! rugit-il. C'est ta grand-mère que je voulais voir ! Je n'ai nul besoin d'une pyromane dans ma *Tour d'Or*.

Sébastiane prit une profonde inspiration. Viola lui avait toujours appris que, dans la vie, il ne fallait pas se laisser intimider. Surtout pas par des hommes qui se croyaient puissants sous prétexte qu'ils portaient la moustache.

– Écoutez-moi, ma grand-mère mène une vie simple et tranquille dans son restaurant. Et elle n'est pas responsable de ce qu'il s'est passé. Laissez-la tranquille, je vous en prie !

Visiblement surpris par son franc-parler, Isidore Véribon esquissa un sourire, et tira sur les poils de sa moustache dorée.

– C'est embêtant, il faut bien que quelqu'un me rembourse pourtant…

– Je vous promets de travailler autant que possible pour rembourser ma dette.

Un petit rire s'échappa des lèvres pincées du gastronomage.

– Ah ah ! Travailler ? Toi ? Je ne vois pas ce que tu pourrais faire…

– Comment ça ? Cuisiner évidemment. Vous savez je suis aussi douée que ma grand-mère. Certains prétendent même que je suis encore meilleure.

– Si par meilleure, tu veux dire que tu es capable de faire cramer son restaurant, alors en effet, ils doivent avoir raison. Vous entendez ça Sigil ?

– Hum ?

– La petite-fille de Viola Grandélice prétend cuisiner pour nous, expliqua Véribon.

Le second gastronomage à la tête chenue leva les yeux de sa préparation et transperça Sébastiane de son regard.

– La petite-fille de Viola ? Ce n'est pas exactement ce qui était prévu, non ? demanda-t-il d'une voix monotone et caverneuse. Mais elle a peut-être des prédispositions…

Lui aussi avait connu sa grand-mère ? Décidément.

Pendant que les deux gastronomages étaient en pleine réflexion, la pendule installée dans un coin de la pièce se mit à sonner. Aussitôt, un monte-charge s'ouvrit et un mirmiton apparut, recroquevillé à l'intérieur.

– Grand gastronomage ! Vite, le général Krogan vient de terminer ses entrées. Il veut passer aux plats !

– Par la cocotte de Saint-Fumet, tu nous as mis en retard avec tes bêtises. Il faut que je termine ma ballottine ! Vite, Sigil, envoyez le sanglier… cela devrait l'occuper !

Le second gastronomage se saisit d'un large pinceau qu'il plongea dans une marmite emplie d'une sauce semblable à l'or en fusion. Il badigeonna le sanglier rôti, dessinant des symboles dorés qui se mirent à briller de mille feux.

– C'est bon, il est prêt, dit-il d'une voix sereine.

Le mirmiton se saisit du plat avec une agilité déconcertante et l'enfourna dans le monte-charge, avant de se glisser à ses côtés pour disparaître vers les étages inférieurs du restaurant.

– Bon, voilà de quoi l'occuper quelques minutes. Quant à toi… fit Véribon en jetant un regard à Sébastiane. Qu'est-ce que je vais décider ?

– Hmm, eh bien, si je puis me permettre, grand gastronomage, intervint Maxim Médugra. Elle pourrait nous aider à préparer les desserts du général. Vous savez comme il est friand de sucreries, et depuis… hum… la disparition de Janus, il nous manque quelqu'un pour nous aider.

Une lueur s'alluma dans le regard du gastronomage.

– Excellente idée, mon petit Médugra. Tu t'y connais en desserts ? demanda-t-il en se tournant vers Sébastiane.

– Euh oui, un peu. Dans le *Relais des Merveilles*, je m'occupais de tout.

– Sigil ? Vous en pensez quoi ?

– Vous pouvez toujours essayer…, répondit-il de sa voix glaçante. C'est vous qui décidez.

Sébastiane sentit une lueur d'espoir s'allumer alors que le grand gastronomage faisait quelques pas en direction de la rambarde, qu'il agrippa de ses doigts fins et étonnamment graciles pour un cuisinier.

– Votre attention s'il vous plaît.

Aussitôt, tous les visages se levèrent cérémonieusement en direction du maître des lieux.

– Mademoiselle Grandélice, ici présente, pense pouvoir s'occuper des desserts du général Krogan. Nous allons donc voir cela. Elle s'en chargera seule, et nul n'est autorisé à l'aider, les mirmitons vous auront à l'œil.

Un murmure outré traversa les rangs. Sébastiane aperçut une belle femme d'une quarantaine d'années, une toque dorée à pois verts posée sur ses cheveux courts rouge vif. Elle s'avança d'une démarche assurée, poussant les autres cuisiniers avec une large spatule en bois qu'elle tenait dans sa main droite. Elle glissa la tête entre les épaules de ses collègues pour tenter de croiser le regard de Véribon. Ses grands yeux bleus furieux auraient fait blêmir un oignon.

– Pardonnez-moi grand gastronomage mais... vous plaisantez ?! Le général est particulièrement exigeant avec ses desserts ! On ne va pas laisser n'importe qui s'en occuper !

À grandes enjambées, elle vint se placer directement sous la passerelle sur laquelle était installé Isidore Véribon.

– Cheffe Sansell, je comprends votre inquiétude. Mais votre commis-pâtimage m'assure que cette jeune fille a les capacités pour s'en occuper.

– Hein ? J'ai juste suggéré qu'elle nous aide, protesta Maxim. Pas qu'elle fasse tout le travail.

– Oui, et puis pardonnez-moi, ô grand gastronomage, mais ce n'est tout de même pas Maxim qui décide.

– Vous avez raison, cheffe Sansell. Ce n'est pas Maxim qui décide. C'est moi.

Pendant quelques microsecondes, un duel silencieux opposa le grand gastronomage à la cheffe-pâtimage. Cette dernière finit par céder, et brandissant sa spatule en bois, elle s'écria :

– Faites comme vous voulez. Mais ne venez pas vous plaindre si votre petite idée tourne au désastre. Et poussez-vous, vous ! fit-elle à l'attention d'un cuisinier qui gênait le passage.

Sébastiane aurait dû se sentir découragée face à l'immensité de la tâche qui l'attendait. Mais elle savait qu'elle tenait là l'occasion d'impressionner Véribon et de lui montrer l'étendue de ses capacités. Et de toute façon, elle ne pouvait pas faire autrement.

Elle s'étira le cou et fit craquer ses doigts.

– Bon, dit-elle. Je veux bien essayer.

Le grand gastronomage sourit et, tandis qu'il leur tournait le dos pour reprendre sa cuisine, il ajouta :

– Si le général Krogan est satisfait de ses desserts, alors cette demoiselle pourra rester avec nous. Si ce n'est pas le cas, bien évidemment, elle retournera dans son village. Et Maxim Médugra sera également renvoyé pour nous avoir fait perdre notre temps.

Sébastiane jeta un regard horrifié au jeune homme à la toque verte. Certes, elle avait confiance en ses talents de cuisinière, mais elle ne voulait pas être responsable de son sort.

– Et maintenant, au travail. Nous allons voir si tu es aussi forte que tu le prétends.

8
« Alors c'est toi, la célèbre gamine qui a fait déplacer la *Tour d'Or* »
Régine Sansell

– Je… je suis désolée, balbutia Sébastiane. Je ne voulais pas te mettre dans l'embarras, déclara Sébastiane, tandis qu'ils faisaient demi-tour pour redescendre dans la cuisine principale et se mettre au travail au plus vite.

Une partie d'elle aurait d'ailleurs souhaité filer tout droit jusqu'à la sortie.

– Je me doute. Il ne reste plus qu'à espérer que tu saches vraiment préparer des desserts, répondit-il avec un grand sourire et un clin d'œil facétieux.

Comment faisait-il pour être aussi détendu ?

– Tu n'as pas peur de te faire renvoyer ? hasarda-t-elle, curieuse, alors qu'ils traversaient les cuisines en sens inverse. Tu as l'air si serein…

– Qu'est-ce que je peux changer à la situation ? Pas grand-chose. Alors il ne sert à rien de s'angoisser. Et puis, si je commence à te stresser, je vais te mettre de la pression et tu risques de louper ta préparation.

Sébastiane admirait cette forme de confiance doublée de résignation. En chemin, ils croisèrent le serveur (ou plus exactement le servitor) qu'elle avait malencontreusement renversé. Il la fusilla d'un regard aussi pointu qu'une fourchette.

– Alors Médugra, t'as voulu jouer les preux chevaliers ? On dirait bien que cela va te coûter ta place. Au fait, voilà ta Patavol, lança-t-il à Sébastiane, en lui tendant le glumen responsable de toute cette histoire. Elle s'était nichée dans un bol de crème.

En la prenant dans sa main, Sébastiane remarqua que le glumen était devenu spongieux et tout boursouflé. Son volume avait doublé.

– Occupe-toi de servir tes clients, Antonio. Et fais attention en passant les portes, rétorqua Maxim sur un ton débonnaire. On ne sait jamais ce que tu pourrais trouver derrière.

Le servitor eut un petit rire moqueur mais jeta tout de même un rapide coup d'œil à la porte battante pour s'assurer qu'il ne craignait rien.

– Ne t'inquiète pas pour Antonio. Il joue les durs, mais c'est juste un imbécile qui a manqué d'amour dans son enfance.

Sébastiane aurait aimé en savoir plus, mais elle n'avait pas le temps.

– Et qu'est-ce que je fais de mes Patavols ? fit-elle en montrant du doigt la boîte dans laquelle s'agitaient les glumens qui l'avaient conduite ici.

– Ne t'en fais pas. Un mirmiton va s'en occuper.

En y réfléchissant, Sébastiane réalisa subitement qu'il était étrange qu'on lui ait confié une telle tâche. Car si Véribon s'attendait à ce que Viola se montre à la *Tour d'Or*, pourquoi lui demander de peler de simples Patavols alors qu'elle était une grande cuisinière, capable de beaucoup plus ?

Mais elle interrompit ses réflexions en pénétrant dans une pièce attenante à la grande cuisine, beaucoup plus colorée. Il y flottait une odeur de fraise, de chocolat et de mille autres parfums sucrés.

Au plafond, une dizaine d'orbes lumineux suspendus à des chaînes chamarrées diffusait une lumière douce et énergisante.

D'immenses frigos multicolores alternaient avec des étagères dont les portes vitrées protégeaient des aliments, épices et poudres aux couleurs tout aussi chatoyantes. Au centre de la pièce, une gigantesque pyramide en verre abritait déjà un nombre incalculable de gâteaux dont les formes ne pouvaient sortir que de l'esprit d'un artiste. À l'intérieur un ingénieux système de plateformes mobiles faisait office de monte-plats et emmenait directement les créations vers les étages inférieurs du restaurant.

– Sébastiane, voici le Desserteur, notre manufacture à dessert. Et j'en profite pour te présenter Régine Sansell, notre cheffe-pâtimage, que tu as pu apercevoir tout à l'heure.

Malgré ses protestations quelques minutes plus tôt, la femme aux cheveux rouges sourit à Sébastiane de manière sincère et dépourvue de rancune. Elle lui proposa même une douceur au chocolat que la jeune fille accepta.

– Le chocolat, c'est parfait pour la concentration, expliqua Sansell.

Son regard, furieux quelques minutes plus tôt, pétillait à présent d'une étrange quiétude.

C'était impressionnant comme les pâtimages paraissaient plus chaleureux que les gastronomages. Travailler avec des sucreries rendait-il plus heureux ?

– On dirait que tu nous as mis le grand gastronomage en pétard, jeune fille. Rien que pour ça, je te félicite.

– Ah, répondit Sébastiane, surprise. Eh bien, merci.

Visiblement, tout le monde au sein de la *Tour d'Or* ne vénérait pas Isidore Véribon comme elle se l'était imaginé.

– Et puis, c'est bien toi qui as fait déplacer la *Tour d'Or* pour soigner des cas de transfo-dragons ?

– Euh… en effet, dit-elle sans savoir réellement si cet exploit devait être une source de fierté ou de gêne. Mais je ne l'avais pas fait exprès.

– Oui oui oui. Bien sûr. En tout cas, tu as compris que c'est un sacré défi que Véribon vient de te lancer. D'ailleurs, non. Ce n'est pas un sacré défi, mais une tâche impossible. Chocolat ?

Elle lui tendit à nouveau sa boîte nacrée qui paraissait toujours aussi pleine.

– Merci. Hm. Oui, mais je ne suis pas trop mauvaise pour ce qui est de préparer des desserts. J'ai cru comprendre que le général Kro… Kro…

– Krogan.

– Oui. Krogan. Il est exigeant ?

Sansell laissa échapper un petit éclat de rire velouté.

– Exigeant ? Oh, avec lui, ce n'est pas vraiment la qualité de ses desserts qui compte. Mais la quantité. Si le général n'est pas particulièrement… raffiné, il est par contre très compliqué de rassasier son appétit d'ogre.

– Il mange… tant que ça ?

La cheffe-pâtimage, dans un élan de familiarité, l'agrippa par le bras et l'entraîna en haut d'une alcôve entièrement vitrée, lui rappelant une minuscule verrière.

– Regarde, dit-elle.

Sébastiane s'appuya contre la rambarde et découvrit en contrebas une salle de restaurant, immense, garnie de lustres multicolores, telles des grappes de raisins arc-en-ciel. Elle était l'exacte opposée de celle du *Relais des Merveilles*. De grandes fenêtres incurvées laissaient pénétrer une lumière éclatante qui se reflétait sur les tables en diamant réparties avec une précision mathématique. Tout autour, d'immenses sculptures à l'aspect végétal apportaient une touche organique au lieu. Pourtant, un seul client occupait les lieux, attablé devant une montagne de plats.

Sébastiane ne distinguait que son dos, massif comme un volcan en éruption. Immense, et surtout très… vert.

– Tu vois ? demanda Sansell. Le général Krogan n'a pas simplement un appétit d'ogre… C'EST un ogre.

Une bouffée d'angoisse submergea Sébastiane. Elle avait entendu de nombreuses histoires sur ces créatures qui vivaient dans les montagnes à l'est du pays, mais n'en avait encore jamais rencontré. Les ogres étaient célèbres pour leur force, leur combativité, mais avant tout, leur appétit.

Parmi les histoires que lui racontait sa grand-mère, elle adorait celle de « L'ogre qui avait dévoré le monde ». Et en voyant le général Krogan, elle comprit pourquoi Viola lui disait : « les ogres, vaut mieux les avoir dans les livres qu'en pension ».

– Alors tout ceci est… pour lui ? demanda-t-elle en montrant du doigt les monceaux de nourriture disposés devant lui.

– Oui, quand le général Krogan se rend à la *Tour d'Or*, toutes nos ressources sont mobilisées pour lui.

– Mais comment fait-il pour payer ? Je pensais que les glumens étaient hors de prix.

– Cela fait partie de ses privilèges, expliqua Maxim, les bras croisés. Un repas offert à la *Tour d'Or* une fois tous les six mois, pour reprendre des forces. Le général Krogan est le chef des armées de Savoria, et les plats que nous lui servons le rendent quasiment invincible.

– Allez, mettons-nous au travail, annonça Régine Sansell en retournant dans le Desserteur. Il ne va pas être facile à contenter. La dernière fois, il a… tenté de dévorer l'un de nos servitors sous prétexte qu'il avait encore trop faim.

Sébastiane sentit le sang refluer de ses joues. Dans quoi s'était-elle donc embarquée ?

– Mais il a le droit de faire ça ?

– Les clients de la *Tour d'Or* ont tous les droits. Ou presque… Allez, au travail !

Une fois revenue devant la table de préparation, Sansell et Maxim lui présentèrent la liste des desserts qu'ils comptaient préparer pour le général. Il devait en avoir cinquante au bas mot. Tous différents, et surtout tous extrêmement riches.

– Bon courage. Étant donné l'avancée du repas, je dirais qu'il te reste un peu plus d'une heure pour tout terminer, annonça Régine Sansell. Heureusement nous avons déjà bien entamé le travail. Nous t'aiderons à suivre nos recettes et nos mirmitons sont là pour t'apporter ce dont tu auras besoin.

Cooky, le mirmiton à la mine d'oignon renfrogné qui l'avait accueillie, venait de les rejoindre et émit un grognement qui devait vaguement signifier « Vous êtes sérieux ? Elle va vraiment cuisiner pour le général ? »

Un rapide calcul fit comprendre à Sébastiane que jamais elle n'aurait le temps de tout préparer. Il n'y avait aucune chance pour qu'à elle seule elle parvienne à concevoir autant de desserts différents en soixante minutes. Mais elle devait essayer d'en faire le plus possible. Sébastiane n'était pas du genre à s'avouer vaincue sans même avoir essayé.

Alors, elle se retroussa les manches, se saisit d'un fouet de pâtisserie, et commença à préparer une île flottante tout en réfléchissant à ce qu'elle pourrait faire par la suite : une tarte au chocolat, un flan, des boules de ganache…

Au moment où elle se mit à cuisiner, toute son angoisse s'évapora comme par enchantement. Son esprit n'était tourné que vers une seule chose : faire les meilleurs desserts possibles.

En combinant les aliments, en leur donnant forme, elle mettait de l'ordre dans le chaos qui l'entourait. Elle devenait comme une déesse capable des plus grandes prouesses.

La préparation de desserts était un art particulièrement délicat, lui avait toujours expliqué Viola, qui demandait de maîtriser un parfait équilibre entre moelleux et croustillant, chaud et froid, sucré et salé.

– Pas mal, l'encouragea Sansell devant les desserts qui commençaient à s'accumuler. Tu t'en sors plutôt bien. Quel dommage que nous ne puissions pas t'aider. Chocolat ?

Sous l'œil méfiant de Cooky, Sébastiane accepta une nouvelle douceur chocolatée, et prit quelques minutes de pause.

– Dites, fit-elle remarquer, je ne vois aucun glumen dans vos recettes. C'est normal ?

– Oui. Il y a déjà beaucoup de glumens dans les plats. Il ne faudrait pas non plus provoquer une réaction.

Elle ne put s'empêcher de penser à son père, dévorant son ragoût d'oubliettes.

– Ce n'est pas plus mal, répondit-elle d'un air concerné. En toute honnêteté, les glumens sont la seule chose que je ne maîtrise pas.

– Oui j'ai cru comprendre, répondit Sansell en partant dans un éclat de rire sonore.

Pourtant, si elle voulait avoir une chance de guérir Hectorio, elle allait bien devoir apprendre à les préparer. Ce qui signifiait avant tout : RÉUSSIR l'épreuve de Véribon.

Au bout de cinquante minutes, une brioche tressée sortie du four et porta à douze le nombre de desserts qu'elle venait de confectionner. Son record personnel en si peu de temps, même si elle doutait que cela soit suffisant pour satisfaire un général ogre.

Une sonnette retentit et Cooky effectua de petits bonds autour de la table rectangulaire.

– C'est l'heure ! Et à ce que j'ai compris, le général a encore très faim.

Le mirmiton chargea les desserts sur un immense plateau, grand comme une table de banquet qui aurait pu nourrir des dizaines de convives, et hurla de sa voix nasillarde à vous faire saigner les tympans.

– Antonioooo ! C'est prêt !

Le servitor accourut, rectifia son nœud papillon et se saisit du plateau aussi facilement que s'il s'agissait d'une feuille de papier. Avant de partir, il lança un regard plein de défi à Sébastiane. L'air de dire « toi ma grande, tu ne vas pas faire long feu ici… »

– Vous pensez vraiment que le général pourra avoir encore de l'appétit après tout ça ? demanda Sébastiane, pleine d'espoir.

– Allons voir, proposa Maxim.

Ils se précipitèrent dans l'alcôve pour observer le général ogre engloutir les desserts un à un sans même prendre le temps de les mâcher. Mécanique, résolu, et surtout affamé.

À chaque bouchée Sébastiane se décomposait un peu plus.

– Ce n'est pas possible. On dirait un gouffre sans fond.

– Oui. Les plats de Véribon sont riches en Potenca, un glumen qui renforce ses muscles mais qui, paradoxalement, a une fâcheuse tendance à lui ouvrir encore plus l'appétit. Pour te dire la vérité… Krogan n'est encore jamais ressorti de la *Tour d'Or* complètement rassasié.

– Ah. C'est rassurant.

Les desserts disparaissaient les uns après les autres dans un bruit de mastication terrifiant, et avec eux, les espoirs de Sébastiane de rester à la *Tour d'Or*. À ce rythme-là, elle serait à Papillettes-Ville avant le coucher du soleil, si le général ne décidait pas de la dévorer avant.

– Tu n'aurais pas une autre idée ? demanda Maxim qui, malgré son apparente décontraction, devait commencer à envisager de faire ses bagages également.

Sébastiane réfléchit. Il y avait forcément une solution, un moyen de combler un estomac béant. Elle pensa à sa grand-mère. Qu'aurait fait Viola à sa place ? Quel dessert pouvait-elle préparer, qui soit à la fois rapide et capable de satisfaire le plus insatiable des appétits ?

Elle se rappela comment les recettes de sa grand-mère étaient les seules capables de lui couper la faim quand elle n'était qu'un bébé. Après tout, on disait bien d'elle qu'elle avait un appétit d'ogre.

Elle chercha dans sa mémoire quels plats Viola Grandélice avait conseillé à son fils de préparer, lorsque Sébastiane se réveillait plusieurs fois par nuit, tiraillée par la faim.

N'y avait-il pas quelque chose qu'elle pouvait utiliser ?

– Dites, demanda-t-elle au mirmiton, les Patavols que j'ai capturées, vous savez où elles sont passées ?

– À côté. Elles ont dû servir à préparer une purée.

– Et tu penses qu'il en reste un peu ?

– Je vais voir, répondit Cooky en bougonnant.

Pendant que le mirmiton partit chercher la purée de Patavols, elle demanda également des œufs, de l'huile, de la farine, et des fraises.

Par chance, il restait un fond de Patavols cuites à la vapeur. Elle les écrasa vigoureusement avec sa fourchette avant d'ajouter les œufs, l'huile et la farine. Puis elle modela le mélange en une pâte homogène et mit de l'eau à bouillir.

Elle disposa les fraises devant elle, tel un carabinier préparant ses munitions.

D'une main leste, elle décrocha des morceaux de pâte qu'elle enroula autour des fraises, puis les plongea dans l'eau bouillante.

En quelques minutes, les morceaux de pâte durcirent et elle les fit frire un dernier instant dans une poêle pleine de beurre mélangé à de la chapelure.

– Alors, j'espère qu'il reste d'autres desserts, annonça Antonio en revenant dans la cuisine, son plateau vide à la main. Parce qu'il a encore faim.

– Ne t'inquiète pas…

Sébastiane lui indiqua le bol de gnocchis à la fraise qu'elle venait de faire cuire. Il les considéra d'un air dubitatif, mais les chargea malgré tout sur son plateau.

Avant qu'il quitte la pièce, Sébastiane le héla.

– Attends ! Voilà une bouteille de lait à lui servir en accompagnement.

– C'est ça, on verra, marmonna le servitor.

– Non, le lait fait partie du dessert, c'est indispensable.

Régine Sansell s'interposa subitement devant lui et posa un index sur le torse du servitor.

– Vous avez compris Antonio ? Vous lui servez le lait.

– Euh… oui, oui m'dame Sansell.

Une fois qu'Antonio eut franchi la porte, Maxim entraîna Sébastiane derrière la vitre pour observer Krogan. Celui-ci parut surpris en voyant arriver ce dernier dessert qui tenait dans un bol.

Il saisit le premier gnocchi qu'il avala directement sans prendre le temps de le croquer. Puis un deuxième… un troisième. En quelques minutes, l'ogre ingurgita les trente gnocchis qu'elle venait de préparer.

Non, se dit Sébastiane. *Ce n'était pas possible*. Ce genre de plat servait normalement à nourrir toute une famille. Comment pouvait-il manger autant ?

Elle cogna au carreau pour attirer l'attention d'Antonio.

– Le lait ! Pense au lait !

Le garçon entendit les bruits contre la vitre, leva la tête et sourit sournoisement à Sébastiane, laissant entendre qu'il ferait bien comme il l'entendait. Mais, fort heureusement le général ogre se saisit lui-même de la bouteille posée sur le plateau et la but d'une traite. Il restait encore six gnocchis dans son assiette. À priori pas de quoi le sustenter…

Une moustache de lait sous son nez aux énormes narines, il en attrapa un, entre le pouce et l'index et l'avala. Mais, au moment d'en prendre un second, il s'arrêta, sa main en suspension au-dessus du bol.

Un énorme rot sortit alors de ses entrailles et fit trembler les fenêtres du restaurant. Krogan poussa ensuite un profond soupir qui marqua la fin du repas.

Le général était repu.

9

« Eh alors ? Qu'est-ce que tu fais là, toi ? »

Sébastiane Grandélice

– Alors là, jeune fille, je suis estomaquée, la complimenta Régine Sansell. On dirait bien que tu as vaincu l'appétit légendaire du général. Comment as-tu accompli cet exploit ?

Épuisée et euphorique, Sébastiane la regarda avec des yeux brillants. Ses taches de rousseur paraissaient pétiller autour de son petit nez.

– Je me suis rappelée la recette de gnocchis que me faisait ma grand-mère quand j'étais enfant. Et tout à l'heure, en capturant mes Patavols, j'ai remarqué que l'une d'elles avait gonflé et sentait le lait. J'en ai donc conclu qu'il devait y avoir un lien entre les deux.

Quelqu'un se mit à applaudir dans son dos. Sébastiane se retourna et vit que le grand gastronomage Véribon les avait rejoints. Sa toque dorée arrivait à peine à hauteur de l'épaule de Régine

Sansell, mais l'aura qu'il dégageait le faisait paraître beaucoup plus grand.

– Eh bien, joli raisonnement et formidable capacité d'adaptation. Tu es bien la petite-fille de Viola Grandélice. Pleine d'initiatives et de surprises, dit-il.

– Alors... je... je peux rester ?

Maxim et Régine braquèrent leurs yeux sur Véribon qui lissait ses longs poils de moustache afin de ménager le suspense. Son visage était impassible et Sébastiane n'aurait su dire s'il exprimait la satisfaction ou le regret.

– Le grand gastronomage Véribon n'a qu'une parole, déclara-t-il en posant une main sur sa poitrine. Comme promis, j'accepte donc de te garder dans la *Tour d'Or* pour que tu puisses éponger ta dette. Et crois-moi, cela risque d'être long. En attendant, je te nomme dès à présent apprentie-pâtimage temporaire. Tu travailleras sous les ordres de Régine Sansell, jusqu'à ce que j'en décide autrement.

– Génial ! s'exclama Sébastiane. Je veux dire... merci grand gastronomage.

– Bien, maintenant excusez-moi, je dois aller saluer notre cher général.

Avant de partir, il se tourna vers le mirmiton qui avait accompagné Sébastiane pendant toute son épreuve.

– Cooky ! Conduis Sébastiane dans sa chambre. Tu n'as qu'à lui donner celle de l'apprenti qui a...

qui est parti. Il est évident qu'il ne reviendra plus parmi nous. Tu en profiteras pour lui expliquer le fonctionnement de la *Tour d'Or*.

Sans ajouter un mot, il tourna les talons et disparut à travers les portes battantes. Sébastiane était encore sous le choc de ce qu'elle venait d'accomplir. Elle n'en revenait pas et se sentait comme une crème fouettée par un tourbillon d'émotions, toute légère et incapable de toucher terre.

– Eh bien, on a eu chaud, fit Maxim avec un sourire narquois. Grâce à toi, je ne vais pas devenir la honte de la famille.

– Tant mieux, balbutia-t-elle.

– Oui, ajouta Régine Sansell, je n'aurais pas aimé me retrouver face aux époux Médugra, à devoir expliquer pourquoi leur petit prodige s'était fait renvoyer.

Sébastiane observa Maxim. De quelle famille venait-il donc pour que la cheffe-pâtimage de la *Tour d'Or* redoute ainsi ses parents ?

– Tu viens ? J'ai pas que ça à faire, aboya Cooky, qui se tenait dans l'embrasure de la porte et fixait Sébastiane d'un air impatient.

– Euh ou… oui. J'arrive.

– On se voit plus tard, annonça Maxim.

– Euh… ok.

– Au pas de course, alors ! lui ordonna Cooky.

Le mirmiton avait beau mesurer moins d'un mètre, et sans doute peser plus de quatre-vingts kilos, il cavalait comme un léopard. Sébastiane crut qu'elle allait perdre sa trace dans le dédale d'escaliers et de couloirs qu'ils empruntèrent.

Elle avait beau tenter de se repérer, comptant les étages, et estimant son emplacement par rapport aux cuisines, rapidement elle dut bien avouer que ce bâtiment lui paraissait labyrinthique. Si elle avait eu quelques miettes de pain sur elle, sans doute les aurait-elle semées pour retrouver son chemin. Cooky ne lui accordait pas une seconde de répit et ne cessait de cavaler devant elle. Il ne serait pas allé plus vite s'il avait décidé de la semer.

Elle eut l'impression de gravir des milliers de marches, d'emprunter une dizaine de couloirs, avant de parvenir vers ce qu'elle estimait être l'arrière du restaurant, à un étage situé tout en haut sous les toits.

La *Tour d'Or* était traversée par un mélange d'odeurs improbables, donnant l'impression d'effectuer un véritable voyage olfactif à la fois appétissant et déroutant. Des senteurs vanillées des effluves de roses, des parfums de champignons, achevaient de donner aux différents étages une véritable identité, comme si les murs mêmes de la bâtisse suintaient la cuisine.

Tout était tellement démesuré, gigantesque, à l'opposé du petit appartement qu'elle occupait avec son père.

– Et… euh… vous ? Ça fait longtemps que vous travaillez ici ? demanda-t-elle dans l'espoir vain de faire un peu la conversation à Cooky (et accessoirement de lui faire ralentir le pas).

Le mirmiton se contenta d'un haussement d'épaules comme si la question était absurde, avant d'ajouter :

– On se grouille. Je suis pas là pour la discute, moi.

Finalement, ils arrivèrent dans un couloir où une rangée de petites portes ovales faisaient penser à l'entrée de terriers soigneusement alignés. Il y en avait au moins une vingtaine, et Sébastiane se demanda s'il s'agissait des logements pour cuisiniers ou mirmitons.

– C'est ici. Voilà ta chambre, dit Cooky en lui indiquant une porte sur laquelle le numéro 6 avait été gravé sur une plaque d'or. L'accès au bout du couloir permet d'atteindre la cave directement. Tous les matins, les cuisiniers sont attendus pour déjeuner à cinq heures. Les corvées commencent trente minutes plus tard. Alors tu es priée d'être en tenue.

– Euh… ok, mais… cinq heures ?! C'est pas un peu tôt ?

– C'est un restaurant gastronomagique, pas un hôtel. Tu peux repartir si ça te pose un problème.

– Ça va, ça va. Pas la peine de le prendre sur ce ton. Je faisais juste une remarque.

– Les cuisiniers cuisinent. Ils sont pas là pour faire des remarques.

– Et les mirmitons ? Ils mirmitent ? répondit Sébastiane du tac au tac.

– Continue sur ce ton et tu finiras comme Janus, le précédent occupant de cette chambre…

Il ouvrit la porte de la chambre, aussi étriquée qu'un garde-manger. Voilà au moins un endroit qui n'était pas plus grand que chez sa grand-mère. Le sol était recouvert d'un plancher doux et chaleureux qui donnait envie de se promener pieds nus, et une minuscule fenêtre ronde y projetait un cercle de lumière. Un lit simple se trouvait contre le mur, à côté d'une une table faisant office de bureau, table de nuit, et table de cuisine. Une horloge à pendule imposante égrenait son tic-tac lancinant. Dans une minuscule pièce attenante, elle aperçut la plus petite salle de bain qu'elle ait jamais vue, mais d'une propreté impeccable.

– Dans le placard, tu trouveras trois tenues de pâtimage. Tous les soirs, tu les laisseras dans cette panière, afin que nous puissions les laver. Ici, les apprentis obéissent aux ordres. Ton supérieur direct est la cheffe-pâtimage Sansell, mais il est fort probable qu'elle n'ait pas le temps de s'occuper de toi, et te demande d'aider l'un de ses commis. Sauf ordre contraire, tu travailleras dans le Desserteur, où tu feras ce que l'on te dit. Et surtout, surtout, tu ne dois sous aucun prétexte déranger le grand gastronomage Véribon, est-ce que c'est clair ?

– Euh… oui. Comme de l'eau de roche.

Sur ces quelques mots encourageants, le mirmiton s'éclipsa en bougonnant que de toute façon, il y avait peu de chances qu'elle tienne une semaine ici. Sébastiane n'avait pas complètement saisi l'utilité des mirmitons, mais bougonner était vraisemblablement l'une de leurs attributions principales.

– Bon…

Sébastiane fit quelques pas dans sa nouvelle chambre en réfléchissant aux paroles de Cooky : « *Tu finiras comme Janus…* » Qu'est-ce que le mirmiton avait bien pu vouloir dire ? Qu'était-il arrivé à l'apprenti-pâtimage qui avait dormi ici auparavant ?

Dans le placard à la porte grinçante, trois tenues de cuisinière l'attendaient effectivement, soigneusement pliées, ainsi que des draps et une serviette, tous brodés du symbole de la *Tour d'Or*.

Elle sortit un drap, déplia la couverture qui sentait la crème brûlée, et fit son lit en pensant aux tartes de sa grand-mère. Que faisait Viola à présent ? Était-elle en colère après sa petite-fille pour avoir pris sa place ? Ou comprenait-elle pourquoi elle avait fait cela ?

Elle se souvint de la fois où elle avait accompagné Aribert, le petit voisin qui voulait lui montrer un étang empli de truites perlées, sur la route de Belnius. Elle n'était partie que quelques heures mais bien assez pour que mamie Viola soit dans tous ses états et traverse Papillettes-Ville en hurlant qu'on lui avait enlevé sa petite-fille.

Elle eut subitement envie de la voir, ainsi que Hap et son père. De leur raconter tout ce qu'il venait de se passer, de les rassurer, leur expliquer qu'elle avait passé le test de Véribon en nourrissant un général ogre.

Elle s'approcha de la fenêtre et observa les toits d'Agraria disséminés sur la colline. Certains bâtiments faisaient plusieurs étages de haut et la plupart des façades paraissaient encore plus ouvragées que la mairie de Papillettes-Ville.

Cette fois, ça y est, se dit-elle. *Je suis dans la* Tour d'Or. *Demain commence ma première journée en tant que pâtimage... Ou, plus exactement, apprentie-pâtimage...*

Une seconde pensée survint, lui laissant entendre que finalement, si elle n'avait pas fait brûler le *Relais des Merveilles*, elle ne serait jamais arrivée ici... Mais elle s'efforça de la chasser bien vite.

Non, se dit-elle, *je suis ici pour deux choses : rembourser ma dette et trouver une recette pour guérir papa...*

Elle repensa à l'affliction d'Hectorio. S'agissait-il d'un simple accident ? D'un problème de dosage dans la préparation du ragoût d'oubliettes ? Ou avait-il réellement souhaité tout oublier ? Jusqu'à sa propre fille, jusqu'à sa propre vie ?

Malgré son excitation, les dizaines de pensées s'accumulaient dans sa tête, tel un orage d'électricité. Allongée sur son lit, épuisée par sa journée, Sébastiane sentit le sommeil la gagner.

Alors que son corps s'abandonnait à la fatigue, une chose vint soudainement se poser sur son front pour lui gratter le nez.

– Hmm ? murmura-t-elle à moitié endormie.

Elle ouvrit péniblement un œil et écarquilla le second dès qu'elle réalisa qu'un petit lézard aux écailles rouges était couché sur elle. Elle voulut crier, mais se retint en voyant que le reptile arborait une expression presque… familière.

Elle se redressa, tandis que la créature reculait sur les draps, sans la quitter des yeux.

– Et alors ? Qu'est-ce que tu fais là, toi ?

Elle se serait presque attendue à ce qu'il lui réponde (après tout, les mirmitons parlaient bien, pourquoi pas les lézards ?). Mais l'animal se contenta de la fixer avant de finalement disparaître entre les lattes du plancher.

– Bizarre… dit-elle dans un bâillement avant de s'endormir pour de bon.

Lorsque l'horloge sonna, Sébastiane avait presque oublié ce moment, et se demanda si elle n'avait pas rêvé. Quoi qu'il en soit, elle aurait bien dormi quelques heures de plus, et se leva péniblement, l'esprit encore embrumé. La chambre était encore plongée dans la pénombre…

Une douche fraîche lui remit les idées en place, et, vêtue de sa nouvelle tenue un peu trop large d'épaules, elle sortit de sa chambre. Au bout du couloir, à l'opposé des escaliers qu'elle avait empruntés la veille, elle vit avec surprise un jeune apprenti plonger à l'intérieur d'une gigantesque bouche qui l'avala goulument.

Quand elle ne fut plus qu'à un mètre de l'ouverture, elle comprit qu'il s'agissait de l'entrée d'un large toboggan qui serpentait dans les entrailles de la *Tour d'Or*. Comme elle hésitait, une jeune fille l'effleura.

Elle reconnut Angéline, la cuisinière qui lui avait expliqué comment attraper les Patavols.

– Ça peut paraître impressionnant, mais il ne faut pas hésiter à se lancer. Tu vas voir, ça réveille !

Sur ces mots, elle s'élança en avant, et disparut dans le conduit. Sébastiane comprit qu'il n'y avait aucune autre issue et la suivit en espérant arriver dans le réfectoire.

10
« On ne mélange pas les torchons et les serviettes »

Maxim Médugra

La descente ne dura que quelques secondes mais Sébastiane eut l'impression d'être baladée dans les entrailles de la *Tour d'Or*. Une odeur de fraise embaumait le toboggan et la jeune fille se sentait comme une bille lancée dans un tuyau empli d'air parfumé.

Lorsqu'elle arriva à destination, elle fut projetée dans les airs et tenta d'atterrir maladroitement sur ses deux jambes. Malheureusement, elle avait mal calculé son élan, et s'étala, le tablier par-dessus tête, à quelques mètres de trois immenses tables où tout le personnel était assis devant des tasses fumantes. Tous la dévisagèrent.

La pièce était plongée dans un silence monacal à peine perturbé par les bruits des employés buvant de longues gorgées.

Gênée, Sébastiane imita Angéline qui venait de récupérer une tasse emplie d'une boisson fumante auprès d'un mirmiton. Lorsque la jeune fille à l'imposante carrure s'assit à la grande table centrale, Sébastiane la suivit.

– Je peux m'asseoir là ?

Sébastiane avait posé la question par simple politesse. Jamais elle n'aurait imaginé l'embarras qui se lut sur le visage de son interlocutrice, qui jetait de petits regards anxieux autour d'elle.

– Eh bien… euh… en fait, cette place est… prise, et…

– Sébastiane ! Par ici !

Maxim Médugra, bras levé, lui fit signe de s'approcher à sa table. Pour la deuxième fois, il venait de la tirer d'une situation inconfortable.

– Et alors ? Qu'est-ce qu'il te prend ? Tu comptais t'asseoir avec les gastronomages ?

Les jeunes gens assis autour de lui pouffèrent de rire. Sébastiane, elle, ne voyait absolument pas ce qu'il y avait de drôle.

– Mais on ne mélange pas les torchons et les serviettes, voyons. Allez tiens. Assieds-toi là. Les gars, je vous présente Sébastiane Grandélice, notre nouvelle recrue. Elle remplace Janus. Sébastiane, voici Prune Lalouche, la chouchoute de Régine Sansell.

– Pff n'importe quoi, fit cette dernière, avec un sourire de satisfaction.

Prune avait une quinzaine d'années, des yeux de chat auburn, et elle était coiffée d'une petite frange brune impeccable.

– Et à côté d'elle, voici Viggo Pilondor et Lucas Gustino. Prune est une commis pâtimage comme moi, tandis que Viggo et Lucas sont des apprentis-pâtimages, comme toi. Mais nous sommes tous sous les ordres de cheffe Sansell.

Viggo était le plus grand de la troupe et son sourire aussi brillant que du sucre glace tranchait avec sa peau mate qui évoquait un croissant sorti du four. Lucas, coiffé de petites lunettes rondes, lui fit l'impression d'être un jeune élève studieux.

– Salut, fit Prune, Alors c'est toi la nouvelle dont Maxim nous parle depuis ce matin ? Il paraît que tu n'es passée par aucune école, et pourtant tu as réussi à nourrir le général Krogan à toi seule ?

Malgré elle, Sébastiane devina que le rouge lui montait aux joues, mais elle s'efforça de ne rien laisser paraître, et se contenta de sourire. Elle ne savait pas ce qui l'embarrassait le plus : sa réputation, ou le fait que le commis pâtimage ait déjà parlé d'elle.

Trempant les lèvres dans son breuvage au goût d'amandes amères, elle eut soudainement l'impression que la couche de sommeil qui l'enveloppait venait de lui être arrachée. Une vague de vie et d'énergie l'emplit soudainement, comme poussée par une houle inattendue.

– Ouah, qu'est-ce que c'est que ce truc ? demanda-t-elle en plissant les yeux.

– Du jus de Tonuflor, répondit Maxim. Avec ça, on peut tenir toute la journée sans le moindre coup de fatigue.

– Par contre, on a tendance à s'écrouler le soir, ajouta Prune. Tu verras.

Sébastiane observa les lieux autour d'elle. La table d'Angéline était deux fois plus grande que celle où elle se trouvait. À la troisième, elle aperçut Antonio, qui laissa aussitôt transparaître son hostilité, visiblement irrité qu'elle soit toujours parmi eux.

– Et donc, vous ne mangez qu'entre pâtimages ? demanda-t-elle, curieuse.

Maxim poussa un profond soupir.

– Oui, c'est un peu triste, mais c'est ainsi. Tu as la table des gastronomages, des pâtimages et des servitors. Nous n'échangeons que pendant le service, et le reste du temps, nous ne faisons que nous croiser.

– Il faut dire que ces gastronomages se croient sortis d'une soupière en argent, fit Prune. Pour eux, nous ne sommes que des rigolos. Tout cela parce qu'ils ont beaucoup plus recours aux glumens que nous.

– Sans parler des servitors, ajouta Viggo. Ceux-là sont jaloux de tout le monde, et se prennent pour les détenteurs des bonnes manières. Mais ce sont juste des casse-pieds.

– C'est un peu triste quand même, fit remarquer Sébastiane.

Dans le *Relais des Merveilles*, Hap, sa grand-mère et elle se partageaient toutes les tâches, sans distinction. L'ambiance en cuisine y était beaucoup plus chaleureuse.

Alors que Sébastiane terminait sa tasse de Tonuflor, une sonnerie retentit, doublée par les vociférations des mirmitons signifiant que « le petit-déjeuner était terminé et qu'il était temps de gagner les cuisines, et plus vite que ça bande de feignasses ». Les employés de la *Tour d'Or* s'exécutèrent, Sébastiane se contenta de suivre le mouvement.

– Dis, je ne saisis pas le rôle exact des mirmitons ? demanda-t-elle à Maxim. On dirait à la fois des serviteurs et des gardiens.

– Tu as tout compris !

Les apprentis-gastronomages, qui représentaient la moitié des effectifs, partirent pour les cuisines, tandis que les servitors se dirigèrent vers la salle de restaurant. Les apprentis-pâtimages, eux, se dirigèrent vers le Desserteur.

Sébastiane avait le sentiment d'être un poisson balloté par les courants. Elle cherchait tant bien que mal à s'approprier le lieu, à retenir les noms, à comprendre qui faisait quoi.

Dans le Desserteur, Régine Sansell passait le temps en dévorant un énorme chou au chocolat, prélevé à l'intérieur de la pyramide de verre. Maxim l'avait prévenue : Régine vouait une passion sans borne au chocolat. Elle ne s'en cachait pas et mâchait avec délice, tout en attendant que son équipe composée de treize individus (Sébastiane incluse) prenne place devant elle.

– Bonjour tout le monde. J'espère que vous avez bien dormi parce que la journée va être longue. Nous recevons aujourd'hui les membres de l'Académie des Sciences qui comptent sur nos plats pour développer leurs capacités cognitives et sensorielles.

– Ça veut dire quoi ? demanda Sébastiane à Maxim.

– Les scientifiques ne mangent que des plats qui leur permettent d'avoir une mémoire extraordinaire.

– Oui, et les astronomes développent des capacités leur permettant d'observer les étoiles à l'œil nu, ajouta Prune.

– Les glumens peuvent vraiment faire cela ?

– Bien sûr. Et bien plus encore.

Régine Sansell fit claquer sa langue entre ses dents.

– Un peu de concentration s'il vous plaît.

– Pardon, s'excusa Sébastiane.

– Bien, que tout le monde se mette à son poste de travail. Et je compte sur vous pour aider Sébastiane qui vient de nous rejoindre et va remplacer Janus. Je vous abandonne, j'ai une réunion avec mes collègues gastronomages.

Sitôt le coup d'envoi donné, tous les apprentis-gastronomages se dispersèrent devant leurs postes respectifs, la laissant seule au milieu du Desserteur. Au fond de la pièce, la liste des desserts conçus par Régine Sansell était affichée sur un immense tableau.

– Excusez-moi, demanda Sébastiane. Qu'est-ce que je suis censée faire ?

– Par ici, l'appela Prune, qui remarqua son désarroi. Si tu dois prendre la place de Janus, occupe-toi donc des génoises. C'était sa spécialité.

– Merci. Où est-ce que je peux me mettre ?

Prune lui indiqua un poste de libre et tourna les talons, vraisemblablement pressée par le temps.

Autour d'elle, tout le monde s'activait silencieusement, multipliant les allers-retours et les consignes, comme les rouages d'une mécanique parfaitement huilée.

Et Sébastiane se sentait comme un grain de sable.

Certes, elle s'était plutôt bien débrouillée avec le général Krogan, mais elle était seule aux commandes.

Quant à son expérience dans le *Relais des Merveilles*, elle revenait à travailler avec deux personnes. Rien à voir avec une brigade complète de douze cuisiniers habitués à collaborer. Personne ne semblait avoir le temps de lui expliquer quoi que ce soit, pas même Maxim qui s'était pourtant montré si accueillant avec elle. Et elle avait l'impression de se trouver là où elle n'aurait pas dû être, c'est-à-dire dans le passage.

Décidant qu'elle n'allait pas passer la matinée à s'apitoyer sur son sort, elle prit les choses en main et s'attela à sa génoise. La difficulté était de trouver où étaient rangés les ingrédients car ce lieu était immense et ne ressemblait en rien à la petite cuisine de son restaurant.

Lors de l'épreuve pour nourrir le général Krogan, les mirmitons étaient à sa disposition mais ce matin, aucun d'entre eux ne se trouvait dans le Desserteur.

Elle fureta discrètement et finit par trouver ce dont elle avait besoin : des œufs, du sucre et un peu de farine. Faire une génoise était assez technique, mais les ingrédients qui la composaient étaient tout ce qu'il y avait de plus simple.

Sébastiane fouetta donc les œufs et le sucre jusqu'à ce que la pâte forme un ruban, puis elle incorpora la farine délicatement avant de la verser dans un moule beurré. Elle répéta l'opération une dizaine de fois, et se retrouva devant dix magnifiques préparations qui n'attendaient qu'à être enfournées.

Vingt-cinq minutes de cuisson. Et hop, elle recommença jusqu'à obtenir trente génoises, prêtes pour le service de midi.

Lorsque les commandes arrivèrent en cuisine, Sébastiane comprit que son rôle d'apprentie ne lui permettrait pas de confectionner véritablement les desserts. Elle était là pour assister les commis pâtimages et bien évidemment, Régine Sansell, qui était de retour pour mettre la touche finale aux entremets les plus complexes.

Du coin de l'œil, elle l'observa faire tournoyer son caramel, gonfler les blancs d'œufs, ciseler les grains de cacao avec l'aisance d'une danseuse. Arriverait-elle à ce niveau de perfection un jour ? Elle en doutait. Mais une chose était certaine, elle ferait tout pour y parvenir.

Malheureusement, elle fut prise d'un doute quant à son avenir au sein de la *Tour d'Or* lorsque Masha, le mirmiton au visage joufflu et aux oreilles feuillues qui avait connu sa grand-mère, déboula en panique alors que le premier service était en train de se terminer.

– Non mais les mollusques, qu'est-ce que vous avez fabriqué ?!

– Pardon ?! demanda Régine, offusquée.

– Vos desserts là. Y a un problème avec vos desserts !

Le mirmiton sautait d'un pied sur l'autre comme si quelque chose le démangeait.

– Comment ça « il y a un problème » ?

– Le grand gastronomage Véribon est dans tous ses états. Ça s'est produit au moment du dessert. Plusieurs de nos convives se sont mis à gonfler… et… maintenant on ne peut plus les faire redescendre du plafond !

Sur ces mots, le personnel du Desserteur se rua vers la verrière qui permettait de scruter la salle du restaurant, et Sébastiane avec eux. Plusieurs apprentis-gastronomages étaient là également, hilares.

– Alors les pâtimages ? On a du mal avec les glumens ? On dirait que l'un d'entre vous a un peu forcé sur la Farinel…

La Farinel ?! Sébastiane fut prise d'un horrible doute. Se pouvait-il qu'elle ait confondu la farine avec la Farinel ? Après tout, elle n'y connaissait encore rien aux glumens. Mais personne ne lui avait rien expliqué non plus.

– Eh bien ? demanda Régine. Est-ce que l'un de vous daigne m'expliquer ?

Sébastiane sentit son pouls battre plus vite qu'un fouet de cuisine. Devait-elle avouer à la pâtimage qu'elle était responsable de cette nouvelle bévue ? Dans ce cas ce serait le renvoi assuré, et sa grand-mère n'aurait d'autre choix que de venir travailler ici.

– Je crois que c'est ma faute, fit soudain une voix derrière elle.

– Maxim ? Sansell paraissait aussi surprise que si Véribon en personne s'était trompé.

Que fabriquait-il ? se demanda Sébastiane. *Pourquoi se dénoncer ainsi à sa place ?*

– Oui… je… j'ai mal rangé les pots et, dans la précipitation, j'ai confondu la farine avec la Farinel, fit-il en croisant le regard de la jeune cuisinière. Laissez-moi aller m'excuser auprès d'eux.

Régine Sansell fit une moue embêtée, se gratta la tête et avala un bonbon au chocolat. Cela l'aidait à réfléchir.

– Hmm, ce n'est pas la peine Maxim. Bon, j'imagine que tout le monde peut se tromper, mais faites en sorte que cela ne se reproduise plus. En attendant, préparez des glaces de lave pour nous faire pardonner.

– Vous avez entendu ? lança Masha. La récréation est finie ! Tout le monde en cuisine.

Tandis qu'ils reprenaient le chemin de leurs postes de travail, Sébastiane s'approcha de Maxim et lui chuchota :

– Pourquoi tu as fait ça ? Je pouvais me débrouiller toute seule.

– J'ai juste voulu t'éviter d'avoir des ennuis.

– C'est gentil de ta part mais je n'ai pas besoin de chevalier servant.

– Je n'en doute pas, dit-il. Mais je sais aussi que le Desserteur peut être déroutant la première fois que l'on y met les pieds. Et personne n'a pris le temps de t'expliquer comment il fonctionnait. Alors dans un sens, c'est un peu notre faute.

– Hum… Ce n'est pas faux. Mais tu ne vas pas avoir de problèmes à cause de moi ?

– Ne t'inquiète pas. Il en faut plus que ça pour que j'aie des problèmes.

Elle ne le connaissait que depuis peu, mais Sébastiane avait l'étrange impression que Maxim cherchait justement à voir jusqu'où il pouvait pousser le bouchon. Elle se garda bien de lui faire la remarque.

Au moment où ils s'apprêtaient à bifurquer pour rejoindre leurs postes dans le Desserteur, Antonio surgit subitement dans leur dos.

– Alors Médugra ? Il paraît que tu es le responsable de ce bazar ? À cause de toi, j'ai des courbatures à force de tirer sur les jambes des Académiciens.

– Tu m'en vois désolé.

– Ouais, c'est ça. Combien de temps ton nom va-t-il te protéger ?

– Sûrement plus longtemps que toi, Antonio Gusta. Moi au moins, mes parents sont fiers de ce que je fais.

Pendant un battement de cils, Sébastiane crut que le servitor allait se jeter sur Maxim. Mais il se contenta de glisser son plateau sur l'épaule et de tourner les talons.

– Que voulait-il dire ?

– Oh. Rien. Nos deux familles ont une certaine notoriété mais ne s'apprécient pas vraiment.

– Ah bon ?

– Oui, les Gusta sont de grands critiques gastronomagiques. Ce sont aussi les seuls qui se sont permis de critiquer la pâtisserie de mes parents. Mais je te raconterai tout ça une autre fois. Viens, nous avons du pain sur la planche.

– Ouais, et cette fois, je vais y aller mollo sur la Farinel.

Hors-d'œuvre

11
« Il était devenu bizarre ces derniers temps. Trop de pression j'imagine... »

Régine Sansell

L'incident de la Farinel ne se répéta pas. Les jours passèrent et Sébastiane commença à prendre ses marques.

Au bout de deux semaines, elle avait l'impression, elle aussi, de devenir l'un des rouages du Desserteur, et plus généralement de la *Tour d'Or*. Ses journées étaient si intenses qu'elle n'avait pas encore eu le temps de s'aventurer en dehors du restaurant. Elle devinait la ferveur d'Agraria au-dehors des murs, mais n'avait pas eu l'occasion de la voir de ses propres yeux.

Accaparée par sa cuisine, elle n'avait guère le loisir de discuter avec Maxim. Malgré tout, une amitié naissait clairement entre eux, aussi subtile qu'un zeste de citron sur une meringue. Elle appréciait aussi beaucoup Prune, même si celle-ci était plus réservée.

Quant à Régine Sansell, elle n'aurait pas pu rêver de meilleure cheffe-pâtimage. Elle faisait preuve d'un flegme à toute épreuve, ne haussait jamais le ton – ce qui en cuisine restait un exploit – et ne lésinait jamais sur les bonbons au chocolat.

Son seul regret était que pour le moment, on ne la laissait pas encore travailler sur les glumens. Et elle commençait à se demander si elle allait un jour trouver le moyen de guérir son pauvre papa.

En attendant, elle mettait un point d'honneur à fournir les préparations les plus excellentes qui soient.

Ce matin-là, Régine Sansell se tenait devant ses apprentis et commis pour leur présenter le programme de la journée :

– Comme vous le savez, nous sommes attendus à onze heures dans la demeure du Comte Vilnus qui marie sa fille. Vous connaissez déjà la liste des desserts, j'imagine. Mais qui peut me la rappeler ?

– Galaxie de chocolat avec constellations de choux à la crème, répondit Maxim.

– Rivière de canneberge et myrtille et îlots flottants, poursuivit Prune.

– Sans oublier les minignardises, ajouta Viggo.

– Excellent, fit la pâtimage en se frottant les mains pour enlever quelques restes de farine. Allez au travail. Sébastiane, je suis sûre que tu seras parfaite pour les choux.

– Euh… si vous voulez. Des choux à la crème ?

La cheffe-pâtimage ne put réprimer un sourire.

– Non, des choux au Feu-Fou…

S'agissait-il d'une blague ? Elle trembla à l'idée de déclencher une nouvelle catastrophe.

– Ne t'inquiète pas, poursuivit Sansell. Je t'expliquerai comment préparer ce glumen pour qu'il soit inoffensif. Il faut bien que tu apprennes. Allez, tous à vos postes de travail.

Mais au moment où les pâtimages prenaient position, le sol et les murs du restaurant se mirent à trembler.

– Que… ?! C'est quoi ça ?

Sébastiane laissa échapper un cri qui amusa les autres cuisiniers, nullement perturbés.

– Oh, ce n'est rien, expliqua Sansell. Le restaurant vient de prendre la route. Comme je l'ai dit, il doit se dépêcher si nous voulons atteindre le domaine du Comte Vilnus avant onze heures. N'oubliez pas de vous attacher.

Depuis qu'elle était arrivée, Sébastiane n'avait connu la *Tour d'Or* que stationnée à Agraria, si bien qu'elle avait oublié que le restaurant était capable de se déplacer. Elle comprenait mieux à présent à quoi servaient les longues barres cuivrées installées dans toutes les cuisines et s'accrocha précipitamment à celle située devant son poste de travail. Bringuebalée par les soubresauts de la *Tour d'Or* qu'elle imaginait en train de courir à travers le royaume de Savoria, elle se demanda comment elle allait réussir à cuisiner. Elle ne pouvait pas lâcher la barre, sans risquer de se casser la figure.

– Qu'est-ce que tu fabriques, cramponnée à cette barre ? On dirait une moule sur un rocher ! lui lança Cooky qui passait par là.

– Comment voulez-vous que je fasse ? Je n'ai pas assez d'équilibre !

Elle jeta un coup d'œil autour d'elle, et vit que les cuisiniers se déplaçaient comme si de rien n'était, avec l'aisance d'acrobates.

– Dans la poche de ton tablier, rétorqua Cooky. Tu trouveras des pastilles de Stabilis.

Sébastiane fouilla l'intérieur de sa tenue d'apprentie-pâtimage et mit la main sur de minuscules dragées vert émeraude.

Sans réfléchir, elle en avala une, et sentit tout à coup le monde autour d'elle retrouver son équilibre. Comme par enchantement, son corps était à nouveau d'aplomb, et elle put enfin lâcher la barre, et reprendre son travail.

Incroyable se dit-elle. Depuis le début, elle avait des glumens à sa disposition, dans son tablier !

Elle rejoignit Régine Sansell et, sous ses conseils, apprit à manier le Feu-Fou.

Si lors de sa première tentative, elle avait pelé ce glumen comme s'il s'agissait d'une simple gousse d'ail, elle comprit qu'il fallait en réalité le manier comme un baril de poudre prêt à exploser.

Sa mission consistait à chauffer brièvement le minuscule noyau à l'aide d'une allumette, puis une fois celui-ci rougeoyant, à le fourrer avec précaution dans chaque chou. Ceux-ci s'illuminaient alors de l'intérieur et se transformaient en étoiles étincelantes, flottant dans les airs.

Elle prit exemple sur Régine Sansell, et n'en revenait pas de la facilité avec laquelle celle-ci parvenait à préparer le Feu-Fou tout en supervisant ses équipes du Desserteur. Son regard passait en permanence d'une personne à l'autre et s'assurait que tout était effectué selon les règles.

Alors que Sébastiane se pencha pour observer la pâtimage, elle s'aperçut qu'une épaisse cicatrice en forme d'étoile lui recouvrait la main droite.

– Je vois que tu observes ma blessure.

– Euh… non, non, je…

– Ne t'en fais pas. Cela ne me dérange pas. Il y a bien longtemps que je n'y prête plus attention.

– Que vous est-il arrivé ? Si je puis me permettre… se dépêcha-t-elle d'ajouter.

– Un accident malheureux alors que je n'étais qu'une jeune apprentie aux *Bouchées Divines*. Ce jour-là, je devais préparer des lamelles de Patavols, mais mon geste n'était pas assez ferme et celles-ci ont paniqué… me projetant contre l'énorme éminceur.

Sébastiane fronça les sourcils en imaginant l'accident. Décidément, plus elle y pensait plus ces restaurants gastronomagiques lui paraissaient être des lieux pleins de dangers. Manier les glumens n'était vraiment pas sans péril.

– Après cet accident, j'ai décidé de me reconvertir dans la pâtimagie. Je ne sais pas pourquoi mais les aliments et les glumens que nous y manions sont beaucoup plus inoffensifs.

Cela confirmait son impression concernant la pâtimagie. Pourtant, alors que Sébastiane disposait son dernier chou sur un plateau, elle risqua une autre question qui lui brûlait les lèvres.

– Dites, Maxim m'a dit que Janus, l'ancien apprenti-pâtimage, avait quitté le restaurant. Vous savez pourquoi il est parti ?

À cet instant, la mine toujours souriante de Sansell se figea en un rictus de surprise.

– Eh bien… non. Un matin, il ne s'est simplement pas présenté pour le petit-déjeuner…

– Mais enfin… pourquoi abandonner la Tour ? Travailler ici est le rêve de tout cuisinier.

– Je ne sais pas. Il était devenu bizarre ces derniers temps. Trop de pression, j'imagine…

– Ouais, il était bizarre ce garçon de toute façon, ajouta Prune qui avait surpris leur conversation.

Visiblement personne ne semblait au courant, ou ne voulait trop en dire. Pourtant Sébastiane avait du mal à concevoir qu'un apprenti-pâtimage quitte volontairement le plus grand restaurant gastronomagique de Savoria sans une bonne raison. Peut-être que Janus n'avait pas supporté le rythme de travail imposé par la *Tour d'Or* ? Après deux semaines ici, Sébastiane réalisait qu'il fallait un mental solide et une passion à toute épreuve pour travailler ici.

– Ils sont toujours pas prêts ces desserts ?! vint grommeler Masha. Mais c'est PAS possible ! Qu'est-ce que vous êtes lents les mollusques ! Si vous ne faites pas d'efforts, le mariage va être catastrophique.

Malgré les jérémiades du mirmiton, le mariage fut un véritable succès, et les choux de Sébastiane se révélèrent particulièrement réussis – ce qui signifiait notamment qu'aucun invité n'avait craché du feu. Une fois les desserts terminés, toute l'équipe du Desserteur fut même autorisée à jeter un œil pour observer la salle de bal. Officiellement, pour s'assurer que tout se déroulait pour le mieux, mais en réalité, pour admirer les tenues fabuleuses que portaient les deux cent cinquante convives de la haute société de Savoria.

Sébastiane n'avait jamais rien vu d'aussi somptueux. Tous avaient l'air de rois, et les mariés, dans leurs tenues couvertes de diamants, ressemblaient à des dieux. Rien qu'en repensant à ce qu'avait coûté l'intervention de la *Tour d'Or* pour réparer ses bêtises à Papillettes-Ville, elle n'osait penser au prix de ce mariage. Il existait donc des gens aussi riches à Savoria ? Elle avait du mal à le concevoir.

Tout autour des tables dressées, la rivière de canneberge continuait de s'écouler tandis que, dans les airs, une galaxie de chocolat tourbillonnait. À l'intérieur de celle-ci flottaient les choux au Feu-Fou qui étincelaient comme des soleils. On aurait dit qu'une nuit étoilée enveloppait les convives. Les servitors voltigeaient entre les tables tels des danseurs de ballet, et remplissaiennt des coupelles argentées à partir de ces constellations chocolatées.

Lorsque vint le moment d'ouvrir le bal, tous croquèrent dans des Volatines, de petites dragées fabriquées à base de Farinel qui rendaient les corps légers comme l'air et permettaient de voler. Les mariés ouvrirent le bal, virevoltant dans les airs telles des plumes portées par le vent. Sébastiane resta de longues minutes à observer la foule des dîneurs les rejoindre dans une danse hypnotique et aérienne qui n'avait rien à voir avec le spectacle offert par les académiciens quinze jours plus tôt.

Pour le commun des mortels, tout ceci tenait du miracle. Pourtant, Sébastiane savait que c'était là l'œuvre des glumens.

Alors qu'elle observait la scène avec émotion, Régine Sansell s'approcha.

– Maxim, il va être l'heure de préparer les mignardises. Nous allons manquer de nœufs, peux-tu m'en chercher ?

– Les mirmitons ne peuvent pas s'en charger ? protesta le commis-pâtimage.

– Non. Les mirmitons ne peuvent pas être partout et ils ont déjà fort à faire avec la salle de réception, protesta Masha qui avait entendu leur conversation.

– Ok. Ok. J'ai compris, fit-il en soupirant.

– Je… je peux venir avec lui ? proposa Sébastiane, curieuse de découvrir d'où venaient ces aliments magiques.

– Hmm, pourquoi pas, approuva Régine. Mais dépêchez-vous. Je ne veux aucun retard dans le service.

– Allez. Suis-moi ! fit Maxim tout en prenant la main de Sébastiane le plus naturellement du monde.

C'était la première fois qu'elle tenait la main d'un garçon et tenta de ne pas laisser transparaître son émoi. Elle se concentra sur les lieux qu'ils traversèrent. La cuisine, une salle emplie de bacs et de fontaines d'eau mousseuse pour nettoyer les aliments, un étrange potager intérieur, puis un escalier qui s'enfonçait dans les profondeurs du restaurant.

Sébastiane avait beau faire des efforts incroyables pour se repérer, elle avait parfois l'impression que l'architecture de la *Tour d'Or* faisait tout pour la contrarier.

Aux murs se trouvaient des dizaines de portraits et de natures mortes représentant les plats les plus célèbres du restaurant aux côtés de leurs créateurs. Parmi ceux-ci, Sébastiane remarqua « Le Tartare Givrant de Homard au Glaciero » de Sigil Aigredou, « Le Méli-mélo à la mélisse mélodieuse » de la jeune gastronomage Mélissa Goutela, ou évidemment « L'Omelette de nœufs temporels » d'Isidore Véribon.

– Comment fais-tu pour ne pas te perdre ? demanda Sébastiane.

– Question d'habitude. Et puis, je viens ici depuis que je suis tout petit.

– Vraiment ? Il n'y a pas d'enfants cuisiniers que je sache. Enfin, pas de jeunes enfants, précisa-t-elle en réalisant qu'elle n'avait que quatorze ans.

– Eh bien, expliqua Maxim, je t'ai dit que mes parents avaient une certaine notoriété. Mais en réalité, je suis le petit-neveu de Siruka Médugra.

Sébastiane ne savait quoi répondre. Maxim paraissait attendre une réaction de sa part mais elle n'avait pourtant jamais entendu ce nom de sa vie.

– Bon… Je vois que tu n'es pas du tout intimidée…

– Tu sais, j'ai passé ma vie à Papillettes-Ville et je n'ai…

– Pas la peine de t'excuser, l'interrompit-il. J'oublie que le monde entier n'est pas au courant de l'histoire des restaurants gastronomagiques. Tiens, regarde.

Il s'immobilisa et pointa l'index vers l'un des tableaux. On y voyait une femme d'une soixantaine d'années, au visage souriant, en train de verser une poudre électrique sur une sorte de mousse blanche qui flottait dans les airs.

– Siruka Médugra fut l'une des plus célèbres pâtimages de la *Tour d'Or*. C'est elle qui a inventé ses desserts les plus renommés à l'image de celui-ci : les îlots flottants au sirop d'orage, qui ont fait la réputation de notre famille.

Sébastiane s'approcha du portrait et remarqua en effet l'air de ressemblance entre la femme et le jeune pâtimage.

– Mes parents sont à la tête de l'une des plus grandes pâtisseries d'Agraria : « Les douceurs Médugra ».

– Oui. La fameuse pâtisserie que les parents d'Antonio ont osé critiquer, se rappela-t-elle. Je comprends mieux. Et Véribon te laissait te promener dans son restaurant ?

– Disons que ma grand-tante avait un certain caractère. Il n'avait pas trop le choix.

– Ah ah. Ma grand-mère aussi, s'esclaffa Sébastiane. Ça nous fait un point commun.

– C'est elle qui t'a appris la cuisine ?

– Oui. Elle aussi avait travaillé pour un restaurant gastronomagique dans le passé.

– Vraiment ? Lequel ?

– Je crois qu'il s'agissait de *Tourbillon*. Mais elle ne m'en a jamais beaucoup parlé.

Maxim s'arrêta au milieu des marches et braqua ses yeux arrondis de stupeur sur la jeune fille.

– Attends une seconde, ta grand-mère a travaillé pour *Tourbillon* ? demanda-t-il à voix basse comme s'il craignait de se faire entendre.

– Euh… oui. Pourquoi ? Tu le connais ?

– Évidemment. Tout le monde connaît *Tourbillon*. Mais je te déconseille de prononcer ce nom par ici. Surtout à proximité du grand gastronomage Véribon.

– Pourquoi ?

– La concurrence entre les restaurants gastronomagiques est rude. Et celui-ci est connu pour avoir failli battre la *Tour d'Or*.

– Battre la *Tour d'Or* ? Comment ça ? demanda Sébastiane.

– Lors d'une compétition qui remonte à plusieurs dizaines d'années. C'est tellement vieux que ce restaurant n'existe plus aujourd'hui. J'ignore les détails, mais crois-moi, sans mauvais jeu de mots, Véribon n'a toujours pas digéré cette histoire.

Sébastiane resta perplexe, tandis qu'ils traversaient une large remise emplie de montagnes de sucres. Alors le restaurant où travaillait sa grand-mère avait été un concurrent direct de la *Tour d'Or* ? Était-ce par mesquinerie que le grand gastronomage comptait imposer à Viola une corvée de Patavols ? Par contre, elle ne voyait toujours pas pourquoi celle-ci s'était tenue aussi éloignée que possible des restaurants gastronomagiques. Qu'est-ce qui avait pu la dégoûter à ce point ?

– Allez, continuons, nous sommes presque arrivés.

En bas des marches, alors que la fatigue lui tirait dans les mollets, Sébastiane aperçut un large tunnel qui s'enfonçait dans l'obscurité ; il était rempli de dizaines d'ustensiles de cuisine, de fours de toutes tailles, de centaines de casseroles empilées. Le long de la paroi trois grandes portes étaient fermées par des verrous immenses que même le général Krogan n'aurait pu défaire.

– Où sommes-nous ? demanda-t-elle.

– Dans les fondations de la Tour.

– Mais je ne comprends pas. Comment peut-on s'enfoncer si profondément dans le restaurant ? Après tout la *Tour d'Or* est posée sur d'immenses jambes articulées, non ?

– En effet... Mais les murs ont été enduits de cœurs de Profondo écrasés, un glumen qui permet de tordre l'espace. C'est la raison pour laquelle la *Tour d'Or* est beaucoup plus grande à l'intérieur qu'à l'extérieur.

Sébastiane n'était pas certaine de comprendre comment une telle prouesse était possible, mais accepta les explications de Maxim.

Une douce lumière bleutée émanait du bout du couloir. Et tout au fond, emplissant l'espace, une large statue attendait. Pourtant, à mesure qu'ils s'approchaient, serpentant entre les caisses et les ustensiles dispersés au milieu du passage, Sébastiane remarqua que la statue en question paraissait... respirer.

Elle s'immobilisa, peu rassurée par ce qu'il se trouvait devant elle.

– Qu'est-ce que c'est que ce truc ?

– Le Schlurp. Viens. Il n'est pas méchant.

– Le quoi ?!

– Regarde.

De part et d'autre de la créature, d'immenses monte-plats avaient été installés dans les parois.

Quant à la « bête », elle devait mesurer plus de deux mètres. De longs cheveux multicolores encadraient son visage gigantesque dont les yeux et la bouche évoquaient ceux d'un mérou incapable de bouger.

Sébastiane sentit qu'elle posait son regard sur eux et se sentit paralysée par cette chose qui semblait venue d'un autre monde.

– Je ne comprends pas, chuchota la jeune fille. C'est quoi ce Schlurp ?

– C'est le gardien de Nüvi. Le jardin où sont cultivés les glumens.

– Tu veux dire que les glumens sont là-dedans ? fit-elle en pointant du doigt la gueule de mérou immense de la créature. Il y a un jardin derrière lui ?

Elle n'arrivait pas à détacher son regard des grands yeux en boule de billard de ce Schlurp, dont le nom était aussi étrange que l'apparence.

– Oui. Enfin. Pas exactement de l'autre côté. Disons que le Schlurp donne accès à une sorte de monde parallèle, un jardin magique si tu préfères.

– C'est ce monde qui s'appelle Nüvi ?

– Oui. C'est là que les glumens sont récoltés. Ils sont ensuite stockés dans les différentes chambres. Viens. C'est par là.

Maxim tourna au bout du couloir, laissant le Schlurp derrière lui et s'approcha d'une sorte de guérite au toit pointu où un mirmiton rêvassait assis sur un tabouret, à moitié caché par un registre épais.

– Excusez-moi, fit Maxim en tapotant le comptoir, pour attirer l'attention du mirmiton.

– Ah ! Qu'est-ce que vous voulez ? s'écria ce dernier, surpris. Décidément ça n'arrête pas aujourd'hui !

– Eh bien cheffe Sansell aurait besoin de trois douzaines de nœufs frais, fit Maxim en tendant un papier officiel signé de la main de la pâtimage.

En face de la commande, la signature de Sansell et le cachet du restaurant avaient été apposés pour en garantir la conformité. L'utilisation des glumens était particulièrement contrôlée.

Le mirmiton l'examina, sauta de son tabouret et disparut dans l'une des innombrables pièces qui se succédaient tels des enclos à bestiaux. Sur chaque fronton étaient gravés des symboles, semblables à ceux qui ornaient la porte d'entrée de la *Tour d'Or*.

La petite créature revint quelques secondes plus tard avec une boîte contenant les glumens demandés : exactement trente-six nœufs qui, comme leur nom l'indiquait, étaient des sortes d'œufs pourvus d'un petit appendice leur donnant l'apparence du chiffre 9.

– Et tu es déjà allé dans Nüvi ? demanda Sébastiane.

– Ah non, seul le grand gastronomage Véribon est autorisé à s'y rendre, ainsi que les récolteurs bien évidemment. On raconte juste que Nüvi serait un endroit merveilleux, le jardin originel, connecté aux différents restaurants gastronomagiques.

– Et c'est le Schlurp qui bloque l'entrée ?

– Oui. Ou plus exactement, il EST l'entrée. Mais ne restons pas là. Cheffe Sansell va nous attendre.

Alors qu'ils remontaient le long couloir en direction des marches, l'une des trois portes verrouillées s'ouvrit à quelques mètres d'eux dans l'obscurité. Par instinct, Sébastiane et Maxim se tapirent derrière une vieille cuisinière abandonnée, immobiles.

À quelques mètres d'eux, le Comte Vilnus, le père de la mariée, en surgit en compagnie d'un gastronomage qui se tenait de dos, une large toque sur la tête, et parlait avec la voix basse d'un conspirateur. Sébastiane distinguait seulement ses longs cheveux gris qui dégoulinaient sur son cou.

Il s'agissait du second chef gastronomage, qu'elle avait vu en compagnie de Véribon : Sigil Aigredou. Il n'y avait aucun doute.

– Nous sommes à l'aube d'une nouvelle époque mon ami, s'enthousiasma le Comte Vilnus en serrant vigoureusement la main à son interlocuteur. Avec vous à sa tête, la *Tour d'Or* entrera dans une nouvelle ère.

– Je m'en réjouis monsieur le Comte. Vous ne serez pas déçu. Je compte sur votre soutien auprès de la Guilde des restaurateurs.

– Bien entendu. Bien entendu. À condition bien sûr que vous nous soyez utile au moment voulu, en nous débarrassant de… qui-vous-savez, répondit le Comte.

– Ne vous en faites pas. Je n'ai qu'une parole.

Sébastiane et Maxim retenaient leur souffle, attendant que les deux individus repartent vers les étages supérieurs du restaurant. Une fois qu'ils eurent disparu dans l'escalier, Sébastiane demanda :

– Tu as entendu comme moi ? Ils ont parlé d'assassiner quelqu'un et de prendre le contrôle de la *Tour d'Or* ?

– On dirait bien, confirma Maxim qui se grattait nerveusement les tempes.

– Mais ce gastronomage, ce n'est pas l'ami de Véribon ?

– Si. Sigil Aigredou est le second chef gastronomage et l'un de ses plus vieux associés. Je sais qu'ils ne sont pas toujours d'accord, et que la compétition est rude entre eux, mais de là à l'imaginer en train de conspirer.

– Qu'est-ce que l'on va faire ? Tu penses que nous devrions prévenir le grand gastronomage ?

– Je ne sais pas… Nous ne savons pas grand-chose. Peut-être que nous avons mal interprété.

– Vraiment ? Ça me paraissait pourtant limpide. Il a parlé de se débarrasser de quelqu'un.

– Eh alors quoi ? Tu penses qu'il s'agit de Véribon ? Nous n'avons aucune preuve. Tu penses bien que si nous les accusons, le Comte et Sigil nous traiteront de menteurs. Ce sera notre parole contre la leur, et nous serons dans un sacré pétrin.

La beauté extérieure de la *Tour d'Or* cachait donc un intérieur bien trouble. Comme si les dorures masquaient des taches sombres.

Encore sous le choc de ce qu'ils venaient de découvrir, ils remontèrent dans les cuisines mais n'osèrent pas en parler à qui que ce soit. Mieux valait attendre d'avoir assez de preuves, proposa Maxim. Cela ne les empêcha pas de préparer leurs mignardises, touche finale d'un mariage réussi, et qui aurait été parfait s'il n'avait pas abrité une conspiration.

Les festivités se terminèrent tard dans la nuit et la *Tour d'Or* reprit la route pour Agraria dès que les derniers invités furent partis, quelques heures seulement avant le lever du soleil.

– Eh bien, encore une journée bien chargée, s'exclama Régine Sansell qui nettoyait ses ustensiles dans le Desserteur. Bravo à tous, vous vous êtes rudement bien débrouillés. Chocolat ?

Autour d'elle, les mirmitons donnaient un dernier coup de balai, tandis que les apprentis aidaient au rangement. Une cuisine propre était indispensable pour réussir des plats de qualité.

– Merci cheffe, répondit Prune, qui bayait aux corneilles.

Elle mit un dernier coup de chiffon aux casseroles en cuivre, et les accrocha au mur.

– Quant à toi Sébastiane, j'avoue être impressionnée, confirma Sansell. Tu as parfaitement réussi ton Feu-Fou.

– Oh, merci. C'est grâce à vous.

– Oh oh. On dirait que quelqu'un veut devenir la nouvelle chouchoute de cheffe Sansell, plaisanta Prune.

– Ne t'inquiète pas, personne ne va prendre ta place, ajouta Maxim.

L'ambiance légère et quasi familiale du Desserteur commençait à lui rappeler celle du *Relais des Merveilles*. Et un instant, elle en oublia presque ce qu'il s'était passé dans les sous-sols du restaurant.

Hélas, la réalité la rattrapa bien plus rapidement que prévu.

Le restaurant gastronomagique était encore en train de parcourir le pays lorsque Sébastiane gagna sa chambre, tellement exténuée qu'elle prêta à peine attention aux tremblements causés par les longues pattes mécaniques. Elle était sur le point de s'effondrer de fatigue lorsque l'on frappa à sa porte.

– Oui ?

Une seconde, elle s'imagina trouver Maxim, venu discuter de ce qu'ils avaient entendu dans les sous-sols du restaurant, mais il n'y eut aucune réponse.

Elle se traîna jusqu'à l'entrée de sa chambre. Derrière sa porte, le couloir était vide. *Probablement mon imagina…*

Alors qu'elle faisait demi-tour pour gagner son lit, son regard tomba sur une petite enveloppe posée délicatement sur le paillasson en forme de biscuit. Un mot ? Son cœur s'emballa en pensant à un message déposé par Maxim. Mais elle s'en voulut de tant de naïveté, lorsqu'accroupie, elle découvrit les mots inscrits sur une petite carte toute simple :

> OUBLIE CE QUE TU AS VU AUJOURD'HUI
> SI TU NE VEUX PAS D'ENNUIS.

Elle sonda le couloir du regard, cherchant à découvrir qui osait venir la menacer dans sa chambre.

Personne.

Sébastiane se sentit d'autant plus inquiétée par cette menace invisible. Et irritée à la fois.

Qui se permettait ainsi de la mettre en garde ? Sigil Aigredou ? Le Comte Vilnus ? Quelqu'un d'autre ?

Elle referma sa porte et se mit directement au lit, essayant de chasser ces pensées parasites de son esprit.

Il ne fallait pas que cette histoire lui fasse oublier pourquoi elle était ici : trouver un moyen de guérir son père. Mais elle commençait à redouter que cette tâche ne soit pas aussi simple que prévu.

À cause de ces questions et de l'angoisse naissante, elle eut bien du mal à trouver le sommeil mais lorsque celui-ci s'installa, elle dormit si profondément qu'elle ne sentit même pas la présence du petit lézard aux écailles rouges qui se blottit dans son cou.

12

« Si on ne respecte pas la hiérarchie, c'est le début de l'anarchie »

Masha

Le lendemain matin, alors que Sébastiane avalait les dernières gouttes de son jus de Tonuflor, elle demanda discrètement à Maxim si lui aussi avait reçu un avertissement.

Le visage du pâtimage s'assombrit quelques secondes puis reprit son expression habituelle.

– Oui. Mais ne t'inquiète pas. Ce n'est sûrement rien.

Elle manqua de recracher son Tonuflor.

– Rien ? Tu as lu ce qui était écrit ? « Oublie ce que tu as vu aujourd'hui si tu ne veux pas d'ennuis. » Eh bien je ne veux pas d'ennuis, moi !

– Dans ce cas, tu n'as qu'à tout oublier, répondit-il avec un sourire qui exaspéra la jeune fille. Tu ne devrais pas y accorder trop d'attention. Celui qui nous a envoyé le message cherche simplement à nous intimider, mais il ne passera jamais à l'action.

– Qui va passer à l'action ? demanda tout à coup Prune, en se tournant vers eux.

Sébastiane dévisagea Maxim, d'un air coupable.

– Euh… Eh bien, Sébastiane, répondit calmement Maxim. Je lui disais qu'il fallait qu'elle passe un peu à l'action et apprenne à cuisiner de nouveaux glumens.

– Max a raison, fit Prune. Tu devrais l'écouter. Personne n'a autant d'expérience que lui. Surtout aussi jeune.

Sébastiane ne put s'empêcher de remarquer la main de Prune glisser familièrement sur le bras de Maxim.

– N'exagère pas Prune. Je suis peut-être né dans une grande famille de pâtimages, mais cela ne me rend pas meilleur que vous.

– Et en plus, il est modeste.

Lorsque celle-ci les abandonna pour gagner le Desserteur, Sébastiane se tourna vers Maxim.

– Alors ? Que devons-nous faire ? Nous taire ou aller voir Véribon ? Ces menaces me font peur.

– T'inquiète Seb' je serais d'avis de nous taire pour le moment, tant que nous n'avons rien de plus… tangible.

La jeune cuisinière hocha la tête. Se laisser intimider par des menaces n'était pas dans ses habitudes, mais elle ne se sentait pas d'humeur d'argumenter avec Maxim. Surtout quand il venait de l'appeler « Seb' ».

– Ok Max, répondit-elle.

Elle suivit donc les conseils de Maxim et fit profil bas autant que possible. Dix jours de plus passèrent sans qu'elle ait à déplorer le moindre problème. Aucun mariage ou banquet exceptionnel ne figurait au programme du restaurant gastronomagique qui accueillait ses clients habituels d'Agraria, autrement dit les personnalités les plus riches de la capitale, voire de tout le pays, pressées de goûter la cuisine inouïe de Véribon.

Sébastiane voyait en effet défiler des nobles venus s'offrir, le temps d'un repas, un peu de magie et de pouvoir. Parmi les plus célèbres spécialités de la *Tour d'Or*, on trouvait la soupe de mille-vues. Ce bouillon étincelant permettait à celui qui le buvait de voir à travers les murs (très pratique pour ceux voulant espionner leurs ennemis). L'omelette de nœufs temporels d'Isidore Véribon, baveuse et onctueuse, vous replongeait pendant quelques minutes dans votre passé. Il s'agissait du met favori des nostalgiques et des rêveurs.

Sébastiane vit également de puissants chefs d'entreprise venus déguster des salades nododos afin de se passer de sommeil pendant des mois et prendre ainsi de l'avance sur la concurrence.

Elle surprit à plusieurs reprises les conversations de courtisanes, courtisans et acteurs célèbres, qui comparaient la cuisine de la *Tour d'Or* avec celle de ses concurrents. Elle avait entendu dire que Véribon se mettait dans une rage folle dès qu'il entendait parler du « Tajine Céleste » de la *Fourchette Clochette* qui vous faisait pousser des ailes de papillons dans le dos. Quant aux « Éclairs fulgurants » des *Bouchées Divines*, qui vous faisaient vous déplacer à une vitesse faramineuse, mieux valait ne jamais les mentionner devant le grand chef gastronomage.

Bref, tout semblait possible avec les glumens, à condition d'y mettre le prix.

Rapidement, Sébastiane comprit que la Guilde des restaurateurs permettait de contrôler l'usage de cette magie et de savoir qui avait pris quel glumen, au cas où leur usage serait réprimé par la loi.

Bien sûr, seuls les plus riches avaient accès à ces plats, et à la magie. Le reste de la population devait se contenter de plats préparés avec des glumens hybrides ou de troisième catégorie, ce qui n'était déjà pas si mal, et permettait de mettre un peu de féérie dans leur quotidien. Ce n'était pas très juste, mais le monde était construit ainsi, et ce n'était pas elle qui allait le changer.

Néanmoins, elle commençait à s'habituer à son nouveau rythme de travail. Chaque matin, le réveil était un peu moins dur, en partie grâce au jus de Tonuflor dont l'amertume lui paraissait désormais presque agréable.

Travailler comme apprentie-pâtimage s'avérait très grisant, même si, par moments, les fumets salés qui s'échappaient des cuisines lui rappelaient que la gastronomagie avait tant de choses à lui apprendre. Elle ne comprenait d'ailleurs pas ce cloisonnement permanent entre gastronomages, pâtimages et servitors, et cette étrange concurrence qui semblait régner entre eux. Sans parler des différentes catégories : apprentis, commis, chefs de rang, chef de partie, chef…

En dehors du service, aucun membre des autres factions ne lui adressait jamais la parole, à l'exception d'Antonio qui ne manquait pas une occasion de la déstabiliser. Celui-ci avait réussi à convaincre d'autres apprentis-servitors et gastronomages qu'une incapable qui ne sortait ni de Bonne-Louche, ni de Saint-Fumet ne pouvait que dégrader la qualité du restaurant. Et elle voyait leurs regards moqueurs à la moindre question qu'elle posait, ou à la moindre erreur qu'elle commettait.

Quant à Véribon, celui-ci était tellement occupé qu'elle ne l'avait aperçu qu'une seule fois en presque un mois. Au moins, au *Relais des Merveilles*, tout était plus simple : il y avait Viola, Hap, elle et voilà. Tous travaillaient de concert que ce soit pour la cuisine, le service ou le nettoyage. Mais ici, tout était différent. D'ailleurs Masha, le mirmiton, ne cessait de le répéter : « Si on ne respecte pas la hiérarchie, c'est le début de l'anarchie. »

Pour Sébastiane, il s'agissait surtout d'un manque flagrant de créativité et de confiance en soi, mais elle se gardait bien de leur dire. Ce qu'elle avait de plus en plus de mal à accepter par contre, c'était les remarques acerbes d'Antonio.

Finalement, à l'exception de ses camarades pâtimages, l'atmosphère qui régnait dans la *Tour d'Or* n'avait rien de sympathique. Une tension permanente y régnait, alimentée par les chefs gastronomages qui mettaient autant de pression sur leurs employés que s'ils avaient été plongés dans une Cocotte-minute.

Si jusqu'à présent elle avait trouvé sa mamie sévère, elle réalisait qu'elle ne l'était pas tant que ça. Juste exigeante.

D'ailleurs, Viola se rappela à son bon souvenir un matin lorsque, sur le point de quitter la table du petit-déjeuner, Masha arriva, poussant un chariot de courrier.

– Grandélice ! J'ai quelque chose pour toi !

– Ouais un billet retour pour ton resto crasseux, plaisanta Antonio.

Sébastiane ne prit même pas la peine de répondre et se saisit du petit paquet que lui tendait le mirmiton.

Elle l'ouvrit et découvrit à l'intérieur une lettre soigneusement repliée ainsi qu'une magnifique tarte au caramel emballée dans un torchon à carreaux.

Nul besoin de déchiffrer l'écriture pour savoir que Viola lui avait enfin écrit ! Elle n'en revenait pas. Elle sentit son cœur s'emballer dans sa poitrine en lisant les premières nouvelles que sa grand-mère lui donnait depuis qu'elle était partie.

Ma délicieuse,
Il m'a fallu un peu de temps pour digérer ma colère et à me décider à t'envoyer cette lettre. Tu me connais, j'étais furieuse contre toi, et sans Hap, j'aurais sûrement boudé encore longtemps. J'aurais dû me douter que tu croquerais dans le Truc-Toque avant moi. Mais je comprends à présent pourquoi tu l'as fait. J'espère que cette lettre te trouvera assez rapidement, que tu te plais dans la Tour d'Or et que Isidore Véribon ne te mène pas trop la vie dure. Tu as toujours rêvé de découvrir les restaurants gastronomagiques, et j'avoue être soulagée de ne pas avoir à y retourner à mon âge. Je t'envoie également une tarte au caramel comme tu les aimes, en espérant que celle-ci t'apportera tout le réconfort dont tu as besoin. Donne-moi vite de tes nouvelles, et dis-moi que tu te plais. Et si tu le peux, essaie de savoir pendant combien de temps Véribon compte te garder. J'espère qu'il t'accordera quelques vacances pour que tu reviennes nous voir.

Je t'embrasse ma délicieuse.

P.-S : Hap te passe le bonjour, et te fait dire que tu lui manques.

Sébastiane serra la lettre contre son cœur et dut retenir les larmes qui affleuraient comme si elle avait pelé un kilo d'oignons. Elle aurait aimé croquer un Truc-Toque sur-le-champ pour pouvoir serrer sa grand-mère et son père dans ses bras, juste quelques secondes.

Perdue dans ses pensées, elle ne vit pas Antonio s'approcher, et avec son agilité de servitor s'emparer de la lettre qu'il commença à lire à haute voix.

– Ma délicieuse..., déclama-t-il devant tout le monde. Délicieuse, délicieuse... J'aurais plutôt dit dé... goûtante.

Sébastiane sentit une colère sourde monter en elle.

– Antonio arrête ! Rends-moi cette lettre tout de suite.

Mais le servitor ne l'écoutait pas et continua sa lecture. Si les gastronomages semblaient s'en donner à cœur joie, les pâtimages affichaient un air désapprobateur.

– Laisse-la tranquille, s'énerva Prune. Elle ne t'a rien fait.

– Ouais, c'est pas drôle Antonio, ajouta Maxim.

– Occupez-vous de vos échafflotes ! rétorqua le servitor.

Non mais que s'imaginait-il ? Que Sébastiane allait le laisser faire sans rien dire ? C'était bien mal la connaître. Hors d'elle à l'idée qu'Antonio lise le passage sur son père, elle envisagea un instant de lui jeter la tarte au caramel à la figure. Mais il aurait été dommage de gâcher un dessert aussi délicieux, aussi le posa-t-elle sur un coin de table avant de se saisir d'une tasse de Tonuflor. Elle la jeta ensuite au visage du garçon sous les hourras des apprentis-cuisiniers, ravis de cette distraction matinale. Consumée par sa colère, Sébastiane ne réfléchissait plus. Tout ce qu'elle voulait était récupérer sa lettre. Elle bondit sur la table pour se jeter sur Antonio qui, le visage trempé, n'attendait que ça.

– Sébastiane, non ! tenta de la prévenir Maxim.

Mais le mal était fait et Antonio, au lieu de se défendre, sut aussitôt comment en tirer profit. Avec l'agilité d'un servitor, il envoya voler sa propre tasse dans les airs tout en simulant une chute. Puis il poussa un long cri alertant un groupe de mirmitons.

– Non mais c'est quoi ce raffut ?! s'écria Masha.

– Vous avez vu ce qu'elle m'a fait ?! Elle est complètement folle !

– Ça va Antonio, vous en verrez d'autres, répondit sèchement le mirmiton en ramassant un morceau de sa tasse brisée. Vous l'avez bien cherché…

– C'est elle qui a commencé ! protesta Antonio, choqué par l'absence d'empathie des mirmitons.

– Mais bien sûr. Quant à toi jeune fille, il va falloir apprendre à te contrôler. La *Tour d'Or* demande de savoir garder ses nerfs. Il s'agit du dernier avertissement. Un nouveau débordement de ce genre et Véribon vous renverra de la *Tour d'Or*, vous entendez ?

Au même instant la sonnerie signala le début de la journée. Sébastiane, encore fumante de rage, suivit son équipe après avoir rangé dans la poche avant de son tablier la lettre tachée de Tonuflor. Elle prit la tarte au caramel à la main.

Au moment de franchir les portes elle croisa le regard d'Antonio qui du bout des lèvres lui murmura : « bye bye ».

– Tu n'aurais pas dû, expliqua Maxim. La famille d'Antonio est très influente. Ils pourraient te faire avoir de gros ennuis.

– Quoi ? J'étais censée ne rien dire ? C'est leur imbécile de fils qui m'a pris la lettre !

– Et alors ? Ce n'est qu'une lettre, ce n'est pas bien grave.

Si, pensa Sébastiane. *C'était très grave.*

Il était hors de question qu'elle laisse cet idiot d'Antonio s'immiscer dans son intimité et mettre les doigts sur la lettre de sa grand-mère adorée.

Lorsqu'ils entrèrent dans le Desserteur, Maxim ouvrit le frigo pyramide et attrapa un morceau de tarte au multigou : un gâteau dont les saveurs s'adaptaient aux désirs de celui qui les mangeait.

– Tiens, dit-il en le lui tendant. Cela devrait te faire du bien.

– Merci, mais je vais plutôt goûter la tarte de ma grand-mère.

Ils s'assirent sur un banc en bois blanc et croquèrent chacun dans leur gâteau respectif. La tarte au multigou de Maxim dégageait des effluves de fraise, de chantilly et de rose, tandis que Sébastiane sentait le caramel croustiller sous ses dents.

– Ouch, fit-elle, en mordant dans un morceau plus dur que les autres.

– Faut faire attention avec le caramel, fit Maxim.

Sébastiane observa sa tarte, et comprit que ce n'était pas dans le caramel qu'elle venait de croquer. Sous la pâte dorée, elle vit quelque chose d'épais, comme du cuir.

Son cœur s'emballa, alors qu'elle réalisait que Viola avait caché quelque chose à l'intérieur de sa tarte.

– Tout va bien ? demanda Maxim.

– Oui oui. Euh… On devrait peut-être reprendre le travail, dit-elle en repliant son morceau de tarte dans le torchon.

– Tu as raison. Tu sais, il ne faut pas trop t'en faire. Cet imbécile d'Antonio n'en vaut pas la peine.

En repensant au comportement du servitor, Sébastiane sentit la moutarde lui monter au nez.

– Oui je sais. Le pauvre chéri, mal aimé par ses parents, les grands critiques gastronomagiques, marmonna-t-elle entre ses dents. De quoi se plaint-il ? Il travaille à la *Tour d'Or*, difficile de faire plus prestigieux.

– Certes, mais il n'est qu'un servitor. Ce qui pour sa famille est encore pire que simple cuisinier. À son âge, son frère était déjà commis gastronomage à la *Fourchette Clochette*, l'un des cinq restaurants gastronomagiques de Savoria.

– Et cela devrait excuser son comportement stupide ?

Maxim haussa les épaules.

– Non, bien sûr. Pas l'excuser, mais cela l'explique en partie. Tu sais, la mesquinerie est souvent le signe d'un profond manque de confiance en soi.

– Maxim a raison.

Sébastiane se retourna et vit Régine Sansell faire son entrée dans le Desserteur.

– Tu sais, dans ma carrière, j'en ai croisé des personnes envieuses, mesquines, antipathiques… et je ne parle pas des mirmitons, fit la cheffe-pâtimage. Le monde de la gastronomagie est un monde sans pitié, car il est extrêmement prisé. Tu veux un chocolat ? Ça remonte toujours le moral.

– Merci. J'ai mangé de la tarte au caramel.

– Dans ce cas, mettons-nous au travail.

Sébastiane s'apprêtait à rejoindre Prune pour l'aider à battre les nœufs, lorsque la porte s'ouvrit brusquement.

Antonio était là, en compagnie de Sigil Aigredou. Les sourcils froncés de ce dernier formaient comme une pointe de flèche prête à transpercer Sébastiane.

– Sigil, déclara Régine Sansell. Que nous vaut l'honneur de ta visite ?

– Tu le sais très bien. Ta nouvelle apprentie s'en est prise au jeune Antonio Gusta.

– Vraiment ? Je n'ai pourtant pas entendu la même version. Un chocolat ?

D'un revers de la main Sigil rejeta l'offre de Régine.

– Cette furie m'a attaqué sans raison ! s'emporta Antonio qui sentait qu'il avait un appui de poids avec lui. Elle m'a jeté sa tasse à la figure, et a bondi sur moi.

– N'importe quoi ! C'est lui qui m'a volé ma lettre ! Depuis le début, il me déteste.

Sigil se pencha et fixa Sébastiane dans les yeux. À cette distance, elle voyait clairement la tache dorée qui scintillait contre sa tempe.

– Eh vous pensez que je vais croire la petite-fille de Viola Grandélice plutôt que le fils des époux Gusta ?

Voilà donc pourquoi Sigil était intervenu. Il redoutait les parents d'Antonio. Mais cela n'intimidait pas Sébastiane le moins du monde. S'il y avait bien une chose qu'elle ne supportait pas, c'était les injustices.

– Il pourrait bien être le fils du roi Delicius IX, ça serait la même chose, rétorqua-t-elle. Je dis la vérité.

– Bon, que veux-tu Sigil ? demanda Régine, d'une voix extrêmement posée.

– Que cette petite soit renvoyée sur-le-champ ! Un tel comportement est inadmissible au sein de la *Tour d'Or*.

– Eh bien, j'ignorais que tu te préoccupais autant des servitors de notre restaurant. Dis plutôt que tu as peur des critiques que pourraient publier les époux Gusta en représailles.

Le gastronomage haussa les épaules d'un air méprisant.

– C'est facile pour toi, tu n'es qu'une pâtimage. Autant dire une cuisinière de second rang, sans la moindre responsabilité. Mais moi, je tiens à préserver la réputation de notre restaurant et de tout ce qu'il représente. Tu imagines, si les clients se tournaient vers la *Fourchette Clochette*, ou encore les *Bouchées Divines*. Ce serait catastrophique pour nos affaires.

– Mais le guide Gusta est célèbre pour son objectivité. J'imagine mal les parents d'Antonio remettre en cause la qualité de notre cuisine, simplement parce que leur fiston a eu une mésaventure. Et puis quoi ? Ils iraient jusqu'à critiquer le restaurant gastronomagique dans lequel travaille leur rejeton ?

– Mon frère est gastronomage chez la *Fourchette Clochette*, intervint Antonio. Ça n'a pas empêché mes parents de le classer dernier des restaurants gastronomagiques.

– Eh bien la cuisine de la *Fourchette Clochette* n'est pas à la hauteur de la *Tour d'Or*, voilà tout. Écoute-moi Sigil, je crois que c'est Antonio qui ne s'est pas comporté comme il aurait dû. Si tu veux faire renvoyer la petite, parles-en à Véribon, mais crois-moi c'est une perte de temps, et notre grand gastronomage déteste perdre son temps. Mais j'imagine que quelqu'un de ton importance le sait… Tous mes apprentis peuvent témoigner de ce qu'il s'est passé.

Sigil respirait bruyamment. Il posa son regard sombre sur Sébastiane, puis sur le Desserteur. Dans la pièce, tous s'étaient arrêtés de travailler pour observer la scène, et voir qui aurait le dernier mot entre la pâtimage et le gastronomage.

Pendant un instant Sébastiane hésita à révéler ce qu'elle avait appris sur lui, et ses manigances avec le Comte Vilnus. Mais elle décida qu'il était plus sage de ne rien dire. Elle devait déjà s'estimer heureuse d'avoir Régine Sansell de son côté. Mieux valait ne pas trop forcer la chance.

– Je passe l'éponge pour cette fois. Mais je te préviens, elle est sous ta responsabilité. Au moindre problème, je me ferais un plaisir de la renvoyer, et toi avec.

– Allons Sigil, jusqu'à preuve du contraire c'est Véribon qui prend les décisions. Pas toi.

– Ah oui ? Eh bien, c'est ce que nous verrons.

Régine soutint son regard et se paya même le luxe de lui sourire.

– T'es sûr que tu ne veux pas un chocolat ? Ça détend.

– Viens Antonio ! Nous perdons notre temps avec eux.

Ils tournèrent les talons, repartant aussi vite qu'ils étaient venus.

– Waouh. C'était quoi ça ? demanda Prune.

– Merci d'avoir pris ma défense, fit Sébastiane en se tournant vers Régine.

– Il n'y a pas de quoi. Même si les restaurants gastronomagiques sont des lieux réservés aux privilégiés de Savoria, il n'y a pas de raison pour que l'injustice règne parmi nos équipes. Allez, oublions tout ceci et remettons-nous au travail, déclara-t-elle à l'attention de toute son équipe.

Aussitôt le Desserteur reprit son activité. Il ne fallait pas traîner s'ils voulaient être prêts pour le service de midi.

13
« Tu connaissais l'apprenti qui me précédait ? »
Sébastiane Grandélice

– Tu m'aides ? demanda Prune. Tu as déjà fouetté des nœufs ?

– Non. Pas encore eu l'occasion de faire cette corvée.

– Oh. Mais, tu vas voir, c'est trop l'éclate.

Sébastiane s'approcha d'un des murs du Desserteur où étaient suspendus les ustensiles. Elle se saisit d'un long fouet à la lanière dorée, et de gros gants en cuir, imitant ainsi Prune qui était elle aussi équipée comme si elle s'apprêtait à dompter un animal sauvage.

Elles partirent ensuite pour une pièce adjacente, aux murs de pierre borgnes. Dès le seuil franchi, Prune fit claquer la lanière de son fouet. En dehors d'un restaurant gastronomagique celui-ci aurait pu passer pour une arme redoutable, mais ici, son seul but était bien de préparer les glumens.

– À mon signal, ouvre la caisse, expliqua Prune.

Sébastiane s'approcha d'une large caisse, et, obéissant à l'apprentie-pâtimage, libéra des dizaines de petites boules blanches.

Aussitôt, Prune fit à nouveau claquer son fouet dans l'air, cette fois en direction des nœufs. Sébastiane l'imita et les petites sphères laiteuses s'agitèrent comme une nuée de mouches en poussant de petits « ouille ouille ouille » en chœur.

– Mais… On… on dirait qu'ils ont mal, fit remarquer Sébastiane, perturbée.

– C'est juste le bruit de leurs noyaux. Ne t'en fais pas, ils ne sont pas plus sensibles que… des brocolis.

– Tu n'en sais rien, si ça se trouve, les brocolis sont de grands sentimentaux.

– J'en doute…

À chaque coup donné, les nœufs grossissaient jusqu'à devenir de petits nuages flottants dans les airs. Au bout de quelques minutes, toute la pièce fut remplie de ces petits amas moutonneux et laiteux qu'elles rangèrent dans de grandes boîtes en fer, prêts à l'emploi.

– C'est marrant, hein ?

– Oui, trop.

Tandis que Sébastiane riait avec Prune, les conseils de sa grand-mère lui revinrent en mémoire de manière désagréable : « Reste sur tes gardes, et ne fais confiance à personne. » Qu'est-ce que cela voulait dire ? Qu'elle devait également se méfier de Prune ? Et de Maxim ? Pourquoi lui faire confiance après tout ? Simplement parce qu'il l'avait accueillie avec bienveillance, et qu'elle lui trouvait un certain charme ?

Vu leur réaction face à Antonio et Sigil, elle pensait pouvoir les considérer comme des amis et décida de suivre son instinct, sans se montrer trop naïve non plus. Après tout, les restaurants gastronomagiques recelaient tellement de puissance qu'il n'était guère étonnant qu'ils soient au cœur de conspirations et de jeux de pouvoir.

– Au fait, merci pour ce matin, pour m'avoir défendu face à Antonio.

– Pas de problème, répondit Prune. Franchement, Antonio c'est le pire.

– Maxim dit que ce n'est pas complètement de sa faute.

– Peut-être, mais ça n'excuse rien. Nous avons tous des histoires différentes.

– Ouais t'as raison. Au fait, je ne t'ai jamais demandé, ça fait longtemps que tu es ici ? demanda-t-elle.

– Un an et trois mois. J'ai effectué mon stage de fin d'année ici après mes années d'études à Saint-Fumet, et cheffe Sansell a décidé de me garder. Soi-disant pour mon sens de l'ouvrage, mais en réalité elle voulait surtout intégrer au menu ma spécialité : des glaces de lave, dit-elle avec un sourire de fierté.

– Hé ! C'est ce que nous avons servi aux Académiciens, après l'incident de la Farinel ?

– Exact.

– Ouah ! Et c'est toi qui les as inventées ?

– Ouais, elles sont pas simples à réaliser. Il faut parvenir à combiner deux glumens qui sont normalement opposés. Des Glacieros et des Feux-Fous. En général leurs propriétés s'annulent, mais j'ai découvert que si on les cuisinait dans un environnement assez froid, il était possible de les mélanger pour en faire quelque chose d'extraordinaire. Celui qui les mange peut résister aux températures les plus extrêmes.

Sébastiane réalisa que, comme les ingrédients ordinaires, il existait mille et une façons de préparer les glumens. Elle se sentit bien ignorante.

– Et tu connaissais l'apprenti qui me précédait ? Janus ? L'autre jour tu as dit qu'il était devenu bizarre ces derniers temps.

En entendant le nom de l'ancien apprenti-pâtimage, Prune se durcit soudainement.

– Oui, c'était un garçon discret mais bon travailleur. Il était amusant, avec Gourmet, son petit lézard qui le suivait partout.

– Son lézard ?

– Oui, tout mignon avec des écailles rouges.

– Il était le seul à en avoir un comme ça ?

– Ben ouais, je crois. Pourquoi ?

– Oh parce que je pense qu'il est toujours dans la chambre que j'occupe.

– Tu as trouvé le lézard de Janus ?

– Oui. Tu ne trouves pas bizarre que Janus ne l'ait pas emmené avec lui s'il a quitté la *Tour d'Or* ?

Qu'est-ce que tu racontes Sébastiane ? Es-tu sûre que tu peux lui faire confiance ?

Le visage de Prune s'assombrit, telle une crème flambée subitement passée au chalumeau.

– Ce n'est qu'un lézard. Ça ne veut rien dire… Écoute, dit-elle après réflexion, je ne sais pas si c'est une bonne idée d'en parler. Peut-être que Janus s'est mêlé de choses qui ne le regardaient pas. Je l'ai dit l'autre jour, il était devenu bizarre ces derniers temps.

Tout en parlant, Prune jetait des coups d'œil inquiets autour d'elle.

Cette fille a peur, se dit Sébastiane. *Mais de quoi ? Que se tramait-il dans ce restaurant ?*

– Vraiment ? Comme quoi ?

– Je ne sais pas. Oublie ce que je viens de dire.

Au même instant, Cooky entra pour venir récupérer les nœufs fouettés. Sans un mot, il saisit les grands bacs en fer tout en jetant un regard soupçonneux aux deux apprenties-pâtimages.

– Un problème ? demanda Sébastiane.

– Ouais, répondit le mirmiton. Vous avez fini et vous êtes encore en train de discuter. Voilà le problème !

– Allez, soupira Prune. Cheffe Sansell doit nous attendre.

Prune avait raison. La pâtimage, fidèle à son habitude, était déjà au travail, dans son atelier situé au fond du Desserteur. Et l'œuvre qu'elle était en train de préparer tenait autant de la sculpture que de la pâtisserie. Elle venait de donner vie à une véritable montagne, garnie de sapins, de crevasses et de petites rivières, et piochait allègrement dans les grands bacs remplis des nœufs battus afin de former un tapis de neige plus vrai que nature. Puis, équipée d'un pinceau d'une finesse absolue, elle dessina de petits nuages qui se mirent subitement à neiger.

– Ah, vous voilà, dit-elle. Prune. J'ai décidé de mettre un peu de glace de lave pour donner un peu de vie à ma création. Tu t'en occupes ? Sébastiane pourrait t'aider.

– Avec plaisir.

Les deux futures pâtimages prirent donc place aux côtés de Régine Sansell. Tous les ingrédients pour la glace de lave étaient déjà prêts, et Prune détailla les étapes à Sébastiane qui l'aida autant qu'elle put. Pour la troisième fois de sa vie, elle se retrouvait à préparer du Feu-Fou, et réalisa avec bonheur qu'elle faisait preuve à présent d'une grande dextérité. Prune prépara un grand bac empli d'eau glacée, puis, à l'aide d'une aiguille en or, elle cousit délicatement les étoiles de Feu-Fou pelées avec des pépites de Glacieros. En quelques minutes, une lueur rouge apparut, et elle plongea le tout dans l'eau gelée. En quelques secondes d'immenses boules de glaces rougeoyantes se formèrent, comme si elles étaient emplies de braises ardentes.

– Et voilà le travail ! Il ne nous reste plus qu'à répéter l'opération une douzaine de fois, et ce sera terminé.

– Bravo, les filles, les complimenta Sansell, c'est du beau travail. Et Sébastiane, ne t'inquiète pas trop pour Antonio ou Sigil. Je m'en occupe.

– Merci cheffe.

– Chocolat ?

Une fois leurs tâches terminées, Sébastiane se hâta de regagner sa chambre. Elle n'était pas de service ce soir-là, ce qui signifiait qu'elle disposait de plusieurs heures avant de devoir aller se coucher.

Elle avait attendu ce moment toute la journée. Soigneusement, elle s'installa à son bureau et sortit du torchon la tarte au caramel entamée.

Alors qu'elle la posa devant elle, le petit lézard de Janus montra le bout de son museau.

– Tiens. Te voilà toi. Comment Prune a-t-elle dit que tu t'appelais ? Gourmet ? C'est ça ?

En entendant son nom, le lézard aux écailles rouges s'approcha un peu plus, sauta sur sa manche et alla se nicher dans le creux de son cou.

– Ah ah. On dirait que tu commences vraiment à m'adopter. Regarde. Tu veux un morceau de tarte.

Elle offrit quelques miettes à Gourmet qui poussa un petit couinement de plaisir. Puis, elle plongea les doigts dans le gâteau pour en extraire un carnet en cuir soigneusement fermé par une ficelle. Coincé sur la couverture, un autre morceau de papier portait l'écriture de Viola.

Ma Délicieuse,
voici un petit cadeau qui j'espère te sera utile (seulement si tu le trouves).
Je sais à quel point le monde de la gastronomagie est sans pitié. C'est la raison pour laquelle j'ai décidé de le cacher.
Ce carnet est un témoignage de mon passage chez Tourbillon. Je suis sûre qu'il te sera utile.
Tu apprendras sûrement des choses auxquelles tu ne t'attends pas, mais j'ai décidé de ne plus avoir de secret pour toi. Ne t'inquiète pas pour Hectorio, je m'occuperai bien de lui. D'ailleurs, je joins à cette lettre la recette du ragoût d'oubliettes. Peut-être qu'en observant attentivement les glumens utilisés, tu trouveras quelque chose pour le guérir...
Reste sur tes gardes, et ne fais confiance à personne.

– Tu te rends compte Gourmet ? Ma grand-mère m'a envoyé son journal. C'était une grande gastronomage, tu sais.

Le lézard vint se pencher par-dessus son épaule, pendant que, fébrilement, elle défaisait la ficelle qui maintenait la couverture abîmée.

Elle ouvrit la première page et lut avec excitation :

Journal de Viola Grandélice.

Jour 1

Ce livre marque le début de ma nouvelle vie.
Aujourd'hui, je viens de faire mon entrée comme
commis de cuisine au restaurant le Tourbillon.
Je suis tellement émue !! La compétition a été vraiment
rude à la sortie de Saint-Fumet. Mais j'ai réussi
à me faire sélectionner parmi une cinquantaine
de candidats. Moi, Viola Grandélice !
Après tant d'années de travail acharné mon rêve
se réalise enfin !! Je vais devenir une gastronomage !
Et ceci, je le dois à mon bouillon de Ratavias pailletées
et à mon talent hors norme qui m'ont permis
de réussir l'examen de sortie de l'école. Hé hé !
Trop forte Viola !

Jour 4

Les mirmitons me rendent folle. Pourquoi ne peuvent-ils donc pas s'exprimer autrement que par insultes et critiques ? Ils ne se sont pas vus, avec leur tête d'ail pourri ? J'ai beau tout faire comme il faut, ils trouvent toujours le moyen de me demander d'aller plus vite. Aujourd'hui encore, l'un d'eux n'a cessé de me houspiller pendant que je préparais un soufflé. Résultat des courses, je me suis trompée sur ma cuisson et mon soufflé était tout raplapla. Heureusement que Eusèbe de Rafinade, le grand gastronomage de Tourbillon, s'est montré compréhensif. En tout cas, je promets que la prochaine fois que les mirmitons me font une remarque, je les écrase à coups de rouleau à pâtimagie.

Jour 13

Alors que Tourbillon se déplaçait pour se rendre au festival de Val de Fruits, une cité au centre du pays, nous avons croisé la Tour d'Or sur ses grandes jambes mécaniques. C'est bien la première fois que je voyais deux restaurants gastronomagiques presque au même endroit. J'ai bien cru que les choses allaient dégénérer entre les deux gastronomages, de Rafinade et Véribon. Véribon nous a accusés d'avoir empiété sur son secteur, alors que c'est eux qui n'avaient pas le droit de venir là. Ils essaient toujours d'étendre leur territoire ! D'après Eusèbe, Isidore Véribon est un jeune gastronomage talentueux mais d'une ambition sans limite. Heureusement, cette fois, c'est nous qui avons eu le dessus. Véribon a renoncé et a fait demi-tour. Le festival de Val de Fruits a été un immense succès.

Jour 17

J'ai rencontré Tristan, un nouveau gastronomage assez brillant et plutôt mignon. Il vient de Diviniaris, une ville au bord de la mer. Bon, il n'est pas aussi fort que moi (évidemment), mais j'aime bien sa manière de cuisiner, typique de l'école Hors-d'Œuvres. Il m'a dit qu'il aimerait ouvrir son propre restaurant gastronomagique dans le futur. Il peut toujours rêver... Il n'y aura jamais plus de six restaurants gastronomagiques dans Savoria. La Guilde ne lui permettra pas d'accéder à Nüvi... »

Jour 46

Pour la première fois, j'ai rencontré le gardien de Nüvi, une énorme créature située au coeur du restaurant. Ils l'appellent le Gloups. Elle est vraiment bizarre, et je ne comprends pas vraiment comment elle fait pour ouvrir le passage vers Nüvi. D'après Tristan, elle serait vieille de plusieurs centaines d'années et serait à la fois dans notre monde et dans celui de Nüvi. C'est pour cette raison qu'elle permet d'y accéder. Apparemment, il suffit de se faire avaler pour se retrouver de l'autre côté. Tout ceci me dégoûte un peu. Mais c'est assez fascinant.

Jour 71

Aujourd'hui, j'ai passé la journée avec Tristan en cuisine. Nous devions préparer une salade aux fleurs de givre pour la troupe de Théâtre royal. Et je peux affirmer qu'ils ont été conquis.

Tout comme moi. Hi hi ! Tristan est tellement doué, doux et prévenant... Mais je ne sais pas s'il se dit la même chose sur moi. Peut-être qu'il me voit simplement comme une collègue... Je me sens complètement idiote à ses côtés et parfois j'en oublie de me concentrer sur ma cuisine.

Jour 103

Tristan m'a embrassée !!

C'était surprenant, c'était beau !

Ces derniers temps, nous passions toutes nos journées ensemble. Il faut dire qu'Eusèbe de Rafinade est tombé malade, et que nous avons dû réorganiser toute la cuisine. Le hasard a voulu que je me retrouve en binôme avec Tristan, pour mon plus grand bonheur. Bref, nous venions de terminer le service et Tristan m'a emmenée dans la grande salle du restaurant. Il m'avait fait croire qu'un client mécontent voulait me parler de ma cuisine. Mais quand je suis arrivée, la salle était déserte, et les chandelles allumées rien que pour moi. Là, Tristan m'a fait une grande déclaration. C'était trop mignon. Pour la première fois, il paraissait tellement hésitant et presque vulnérable. Il m'a demandé si je voulais devenir sa petite amie. Et lorsque j'ai opiné de la tête, il s'est approché de moi et a déposé un long baiser sur mes lèvres, au milieu de la salle vide.

C'était tellement beau. Enfin...

jusqu'à ce que les mirmitons nous chassent de là.

Sébastiane souriait en parcourant les aventures de sa grand-mère.

Elle avait du mal à s'imaginer Viola comme une jeune fille pleine de vie, d'émotions, dont le cœur battait pour un garçon. En découvrant cet aspect de sa personnalité, elle réalisa que sa grand-mère avait été une jeune fille comme elle… Et cela l'emplissait de tendresse.

Dans le récit de Viola, il était assez évident qu'elle était tombée amoureuse de ce Tristan. Amoureuse… voilà un adjectif qu'elle n'aurait jamais cru employer quand il s'agissait de sa grand-mère. Sébastiane savait que Viola avait eu une profonde affection pour son papy Georgio, mais de là à parler d'amour… Mais dans ce cas, pourquoi n'avait-elle jamais entendu parler de ce Tristan avant aujourd'hui ? Qu'était-il arrivé à ce garçon ?

En tout cas, cela l'intriguait de découvrir une autre image de sa mamie.

Au-delà de son amourette, l'histoire de Viola s'étirait sur des dizaines de pages noircies d'une plume délicate, et presque amusante (un autre aspect qu'elle ne connaissait pas chez sa grand-mère). Apparemment *Tourbillon* portait bien son nom, et la vie dans ce restaurant gastronomagique était assez semblable à ce que Sébastiane connaissait de la *Tour d'Or*. Des pâtimages, des gastronomages, des servitors et surtout des mirmitons qui, à en juger par les commentaires de Viola, avaient la fâcheuse habitude d'enguirlander tout le monde.

En lisant entre les lignes, Sébastiane finit par comprendre que chaque restaurant gastronomagique avait une zone géographique dédiée dans laquelle il se déplaçait comme bon lui semblait. Quand il ne voyageait pas, *Tourbillon* était basé à Machebourg, une ville certes moins imposante qu'Agraria, mais néanmoins mille fois plus grande que Papillettes-Ville.

Quant à Eusèbe de Rafinade, le chef gastronomage, il semblait ne rien envier à Véribon, même si d'après Viola il était tout de même plus… humain. Eusèbe était-il toujours en activité aujourd'hui ? Si *Tourbillon* avait disparu, comme le lui avait expliqué Maxim, qu'était devenu son grand gastronomage ?

Sébastiane s'apprêtait à tourner la page pour en apprendre plus sur l'histoire de sa grand-mère au sein de *Tourbillon* lorsque quelqu'un frappa à la porte de sa chambre.

Elle rangea le carnet sur son bureau et ouvrit.

Maxim était là, détendu et souriant. Comme d'habitude.

– Je te dérange ? Je voulais voir comment tu allais.

– Je lisais le courrier que ma grand-mère m'a envoyé.

– C'est intéressant ?

– Oui plutôt. Elle raconte sa vie dans *Tourbillon*. Je découvre tout un aspect d'elle que je ne connaissais pas.

– Ça doit être super. Elle te manque ?

– Oui. J'ai toujours grandi avec elle, tu sais. C'est presque elle qui m'a élevée.

– Et tes parents ?

– Eh bien...

Sébastiane poussa un soupir. Jusqu'à présent elle n'avait pas trop voulu se confier, mais elle se sentait en confiance avec Maxim, et décida de tout lui raconter. L'abandon de sa mère, quand elle n'avait que quelques mois, la maladie de son père, le ragoût d'oubliettes, et son espoir de trouver un moyen de le guérir.

Les mots s'empilaient les uns sur les autres, se mélangeaient comme autant d'ingrédients qui composaient l'histoire de sa vie. Ce fut comme si un poids qui lui compressait la poitrine était enfin levé. Mamie Viola disait toujours qu'un bon plat était fait pour être partagé. *Eh bien, un secret également*, se dit Sébastiane.

– Waouh, s'exclama Maxim, une fois qu'elle eut terminé. Je ne sais pas quoi te dire. Je comprends mieux ta réaction ce matin face à Antonio. Je n'ai pas connu tout cela. Ma vie a été jusque-là plus que facile. C'est ce qui explique pourquoi j'ai tendance à ne jamais trop prendre les choses au sérieux.

– Tu n’as pas à être gêné. Tant mieux pour toi.

Maxim lui sourit. Un sourire de grand frère, qui vous comprend et décide de vous aider.

– Concernant l’antidote au ragoût d'oubliettes, je ne sais pas s’il existe, mais si tu veux, on pourrait faire un tour au Glumenodus : c’est là où tous les glumens sont étudiés, et les recettes consignées. Pourquoi pas demain après le service ? Nous trouverons peut-être quelque chose…

Comme si un poids venait de lui être retiré, Sébastiane se sentit légère, et portée par l’espoir.

Il existait un endroit dans la *Tour d’Or* où les glumens étaient étudiés ? Si un remède pour soigner son père existait, c’était là-bas qu’elle le trouverait. Elle en était certaine.

– Mais c’est une super idée ! Merci.

– Non merci à toi de me faire confiance. J’imagine que parler de ces choses-là n’est pas facile.

Sur ces mots, il quitta sa chambre.

Sébastiane resta debout quelques minutes. Elle pensa au pâtimage, et se rappela ce qu’elle venait de lire sur sa grand-mère : étrangement, sa situation à la *Tour d’Or* ressemblait par bien des aspects à celle de Viola au *Tourbillon*.

14

« Mais pourquoi faire une recette pareille ? »

Tryphon

Découvrir d'autres recoins de la *Tour d'Or* revenait à s'aventurer dans les quartiers d'une ville inconnue. Même au bout d'un mois, Sébastiane avait l'impression qu'il lui restait encore un millier de choses à découvrir dans ce restaurant.

À commencer par le mystérieux Glumenodus où l'emmenait Maxim.

Toute la journée, elle n'avait pensé qu'à cela. Enfin, elle allait peut-être trouver un moyen pour guérir son père. Après son service, elle avait retrouvé Maxim dans la salle de repos de la *Tour d'Or*. Delà, ils avaient ensuite longé les laveries d'où s'échappait une odeur de lessive sucrée. C'était ici que les tabliers, nappes, serviettes, torchons étaient nettoyés quotidiennement par des dizaines de mirmitons dont les rouspétailles s'entendaient à cent mètres à la ronde.

« Peuvent pas faire attention quand ils mangent ? » « Et allez ! Encore des taches de vin d'invisibilité ! » « Ces fichus servitors sont peut-être incapables de les voir mais elles sont bien là ! »

Puis, Sébastiane et Maxim empruntèrent un monte-charge qui les hissa jusqu'à une large coursive. De là, ils dominaient ce qui ressemblait à une usine, avec des dizaines de machines séparées par une verrière où s'activaient de nombreux ouvriers.

– Qu'est-ce que c'est ? demanda Sébastiane.

– C'est là que la *Tour d'Or* fabrique ses viandes.

– Fabrique ? Tu veux dire qu'ils n'utilisent pas d'animaux ?

Sébastiane se sentit un peu stupide de poser la question. Mais après tout, elle n'avait travaillé qu'en pâtimagie et ignorait tout de ce qui se passait du côté des gastronomages.

– Non. Nous utilisons des Morphovi. Ces glumens, combinés à différentes variétés d'aliments, permettent de créer des viandes goûteuses et savoureuses, sans que le moindre animal ne soit tué.

– Ouah, génial. Mais… je ne comprends pas pourquoi la Guilde des restaurateurs ne permet pas à tout le monde d'avoir accès à ce type de glumens. Tu imagines ? Le monde pourrait goûter à de la viande tout en respectant les animaux. Ce serait génial.

Maxim se gratta l'arrière du crâne.

– Justement… certaines personnes aimeraient bien permettre l'accès aux glumens au plus grand nombre. Mais les chefs gastronomages sont assez conservateurs.

– Ça se comprend. Ils deviendraient tout de suite moins indispensables. Mais… tu crois que c'est à cela que faisait allusion Sigil quand il parlait de faire évoluer la *Tour d'Or* ?

– Je ne sais pas. Peut-être… Il faudrait espionner Sigil pour en apprendre plus, mais je pense que c'est trop dangereux.

Ils longèrent la passerelle, observant le processus quasi magique qui donnait vie à la viande.

Rassemblés autour d'une machine qui ressemblait à un gigantesque four en Inox, mais serti de gemmes colorées, les mirmitons malaxaient des boules de glumens qu'ils jetaient dans un creuset où elles disparaissaient dans le ventre de la machine. Mécaniquement ils appuyaient alors sur une succession de boutons, et tiraient sur des leviers qui déclenchaient un processus interne complexe. Sébastiane l'observa à travers les hublots encastrés dans la paroi de la machine, avec l'impression qu'une machine à tisser se mettait en marche pour donner au Morfovi l'aspect (et probablement le goût) désiré. Quelques minutes plus tard arrivaient sur un tapis roulant, côtelettes, saucisses ou même pintades royales.

Quelques mètres plus loin, Maxim bifurqua. Sébastiane le suivit sur un pont métallique dans une zone à l'atmosphère bien différente. Une odeur de papier, d'encre et de bois flottait dans l'air. Derrière des dizaines de petits guichets, d'autres mirmitons s'agitaient.

– Ce lieu est incroyable. On sait qui a construit la Tour ? demanda Sébastiane.

– Attends… Tu ne connais pas l'histoire des restaurants gastronomagiques ?

Sébastiane s'en voulait d'être aussi ignorante, mais elle dut bien admettre n'en avoir aucune idée.

– Eh bien, on raconte qu'il y a plus de deux cents ans, une des armées de Savoria s'égara quelque part vers le plateau des Monts-Rouges. Tout le monde crut les soldats morts, tombés aux mains de nos ennemis du Nord, mais ils refirent surface, des années plus tard, prétendant avoir découvert un passage vers un monde magique nommé Nüvi, le monde des glumens. Personne ne sut ce qu'il s'était passé exactement de l'autre côté, mais lorsqu'ils revinrent, les six cuisiniers qui faisaient partis du détachement avaient pris le contrôle de la troupe et s'attribuèrent le titre de « gastronomages ». Grâce aux glumens ils avaient acquis des pouvoirs incommensurables et ils créèrent ainsi les premiers restaurants gastronomagiques. Depuis cette époque, leur influence et leur puissance n'ont fait que s'étendre et s'amplifier à l'exception de *Tourbillon* qui a fini par disparaître. Bien sûr, tu imagines que l'arrière-grand-père de Sa Majesté Delicius IX tenta de les contrôler, et de s'attirer leurs faveurs. Il tira ainsi profit judicieusement de la compétition qui naquit entre ces six premiers chefs gastronomages et créa la Guilde des restaurateurs, afin de réglementer l'utilisation des glumens. Quant au fondateur de la *Tour d'Or*, il se nommait Friedrich DesGourmets. Son portrait est affiché à l'entrée du restaurant. Rapidement, il se rapprocha de la famille royale et permit à ce restaurant de devenir le premier de Savoria.

– Et le monde de Nüvi ? Qui l'a créé ? Pourquoi est-il relié à notre monde ?

– Ah ça, par contre, il s'agit sûrement du plus grand mystère du royaume, après la recette de la sauce aux épices de Véribon, bien sûr.

Quelle histoire fascinante, se dit Sébastiane. Depuis qu'elle avait quitté Papillettes-Ville, elle avait découvert Agraria et la *Tour d'Or*. Et voilà qu'à présent, elle comprenait qu'il existait un monde parallèle en contact avec le leur, depuis plusieurs centaines d'années…

– Et les mirmitons ? Il y en a combien par ici ? demanda Sébastiane. J'ai vraiment l'impression qu'ils sont partout.

– Ah ah. Je ne sais même pas si Véribon connaît leur nombre exact.

– Eux aussi viennent de Nüvi ?

– J'imagine que oui. Je les ai toujours vus dans ce restaurant.

– Et personne ne leur a jamais demandé ?

– Tu peux toujours essayer si tu y tiens, fit Maxim en souriant.

Elle s'approcha alors d'un des guichets derrière lequel un mirmiton prenait des notes tout en grommelant.

– Cinquante kilos de sucre, vingt-six litres d'huile, soixante-douze…

– Excusez-moi, l'interrompit-elle après s'être raclé la gorge.

Le mirmiton se crispa sur son stylo et leva un regard plein d'agacement vers la cuisinière qui osait l'interrompre dans son travail.

– Quoi ? Qu'est-ce qu'elle me veut la gamine ? Elle voit pas que je suis occupé ?!

– Euh… eh bien, je voulais savoir d'où vous veniez…

– Comment ça d'où nous venons ? Eh bien j'arrive de la salle commune. Pourquoi ?! Y a un problème ?

– Non. Je voulais dire : les mirmitons… Quelle est votre origine ?

Si la colère du mirmiton avait pu se matérialiser, de la fumée serait probablement sortie de ses oreilles, et du feu aurait jailli de ce qui lui servait de nez.

– Et c'est pour une question aussi stupide que vous m'interrompez dans mes calculs ?!

– Pardon, mais je…

– Vous n'avez rien de mieux à faire ? Perturber un travail de la plus haute importance ?! Fichus pâtimages !

– Non, je voulais juste…

– Maintenant, je vais devoir tout recommencer ! Allez du balai !!

Sébastiane était sur le point d'exploser. Non mais qui était cette face d'oignon pour lui parler sur ce ton ? Mais après l'incident de la veille avec Antonio, elle décida qu'il valait mieux éviter de faire des vagues, ou même des vaguelettes, et fit demi-tour pour retourner auprès de Maxim, hilare.

– Alors ? Tu as ta réponse ? Tu comprends maintenant pourquoi personne n'a de certitude à leur sujet. C'est chaque fois la même chose quand on leur pose la question. Ce n'est JAMAIS le bon moment.

– Je te jure que la prochaine fois que l'un d'eux me parle sur ce ton, je lui fais gober ses livres de calcul…

Sébastiane aurait aimé poursuivre ses recherches sur les mirmitons et discuter des heures avec Maxim de l'histoire des restaurants gastronomagiques, mais ils étaient venus pour une tâche bien précise et n'avaient pas de temps à perdre.

Ils quittèrent donc la salle aux guichets pour gagner une pièce circulaire, presque aussi grande que la salle de réception principale du restaurant. Mais c'était bien là le seul point commun, car ici les murs étaient composés d'étagères contenant des centaines de livres, des milliers de petites boîtes soigneusement étiquetées, mais également des outils que Sébastiane se serait attendue à trouver dans un atelier d'alchimiste plutôt que dans un restaurant. Alambics, creusets, brûleurs, bocaux emplis de liquides verdâtres… Au centre de cette pièce, un immense tableau de plusieurs mètres de haut était divisé en une centaine de cases, chacune abritant un nom et un symbole.

Cette fois, aucun mirmiton ne s'agitait, mais bien un petit groupe d'hommes et de femmes dont la moitié portaient d'épaisses lunettes donnant l'impression que leurs yeux étaient globuleux.

– Et voilà, annonça Maxim. Bienvenue au Glumenodus.

– Qu'est-ce qu'ils font ici exactement ?

– Ça ne se voit pas ? Ils étudient les glumens afin d'en découvrir toutes les propriétés et préparer les meilleures recettes. Les glumens n'arrivent pas avec un manuel d'instruction, tu sais. Ce sont donc nos chercheurs qui essaient de découvrir comment ils fonctionnent. Viens, je vais te présenter.

Tous les deux intimidés par la solennité du lieu, ils avancèrent dans le Glumenodus, où régnait un silence studieux. La plupart des employés ne remarquèrent même pas leur présence, absorbés qu'ils étaient dans leurs travaux.

Seul l'un d'eux, aux lunettes ovales, leva sa tête échevelée, l'air surpris.

– Maxim Médugra ? Que fais-tu là ? Ce n'est pas souvent que tu viens nous rendre visite.

– Salut Tryphon. Tu sais, les commis n'ont pas vraiment de raisons de se rendre dans le Glumenodus.

– Pourtant, quand tu étais petit, qu'est-ce que tu aimais venir ici !

– Depuis que mamie n'est plus là, on va dire que j'ai… un peu moins de liberté. Et surtout moins l'occasion.

– Je comprends bien. Alors dis-moi qu'est-ce qui t'amène ?

– Eh bien je te présente Sébastiane Grandélice, une nouvelle recrue en pâtimagie, fit Maxim en effectuant un moulinet en direction de sa partenaire.

– Bien le bonjour jeune fille, dit Tryphon en posant ses pupilles déformées par ses verres sur elle. Bienvenue parmi nous. Vous vous plaisez dans la *Tour d'Or* ?

Il l'inspecta de la tête aux pieds avec une minutie toute scientifique qui mit Sébastiane mal à l'aise.

– Oui. Si on veut.

– Dis… nous avons besoin de tes lumières pour nous aider à trancher un débat que nous avons.

– Oh oh ! Un débat sur les glumens ?

– Oui. Autour de la fleur de Mnemosine.

– La Mnemosine ? Un glumen lié à la mémoire. Très puissant. Très compliqués à cuisiner.

– Justement, Sébastiane m'affirme qu'il n'existerait pas d'antidote à un ragoût d'oubliettes qui serait concocté à partir de ces fleurs. Et moi je prétends le contraire.

– Hum, un antidote ? Tout dépend de ce que l'on trouverait exactement dans cette recette…

– Je peux vous la montrer si vous voulez, proposa Sébastiane.

Elle tendit la lettre de sa grand-mère dans laquelle était détaillée la recette du ragoût d'oubliettes. Tryphon commença à la lire en ponctuant sa lecture de petites exclamations.

– Ouh… intéressant… Mais… recette dangereuse ça… Pourquoi faire un tel plat ?

– Eh bien… euh… pour oublier un mauvais souvenir par exemple, répondit Sébastiane gênée.

– Eh bien. Avec ça, il restera plus grand-chose dans la tête de celui qui mangera ce plat.

L'image d'Hectorio, assis dans son fauteuil le regard absent, se matérialisa devant les yeux de Sébastiane mais elle s'efforça de la chasser.

– Et est-ce que la qualité des glumens pourrait influencer l'efficacité de ce plat ? ajouta Sébastiane.

– Comment cela ?

– Si les glumens utilisés ne sont pas totalement purs par exemple.

Tryphon posa un regard inquisiteur sur elle.

– Des glumens frelatés ? Tu sais que c'est interdit ?

– Tout ceci n'est qu'une simple hypothèse, rappela Maxim.

L'utilisation des glumens était soigneusement contrôlée par la Guilde des restaurateurs et Sébastiane se demanda si son père ou sa grand-mère risquaient quelque chose pour s'être procurés des glumens au marché noir… Elle n'y avait jamais réfléchi.

Heureusement, l'homme aux lunettes se contenta des explications de Maxim.

– Et donc, vous voulez savoir s'il existerait un antidote capable d'annuler les effets d'une telle recette ?

Sébastiane hocha la tête. Tryphon se tourna et leva la tête en direction du gigantesque panneau qui occupait tout un pan de mur.

– Cela demande réflexion. Voici la liste de tous les glumens connus à ce jour. Comme tu peux le voir il en existe pour le moment quatre-vingt-dix-sept. Le dernier a d'ailleurs été découvert il y a moins de six mois et nous cherchons encore quelle pourrait être son utilité, fit-il en montrant du doigt un groupe de chercheurs conduisant une expérimentation, vêtus d'impressionnantes tenues de protection.

Sébastiane observa rapidement les dizaines de cases dont la disposition n'était pas le fruit du hasard. Partout des flèches de couleurs différentes les reliaient entre elles selon leurs capacités à se compléter ou s'opposer.

Mais certaines cases, plus isolées, ne comportaient aucun nom et étaient simplement noircies.

Sébastiane n'en revenait pas. Toutes ces merveilles, toutes ces prouesses dont les glumens étaient capables. Pourquoi ne les réserver qu'à une petite élite fortunée ? Le monde entier aurait pu être changé si tous avaient eu accès aux pouvoirs des glumens.

Elle finit enfin par apercevoir le numéro trente-huit : la Mnemosine. C'était donc ce glumen, symbolisé par une fleur aux longs pétales blanchâtres qui était responsable de l'état dans lequel se trouvait son père aujourd'hui. En l'observant attentivement, elle vit qu'une fine ligne rouge la reliait au glumen n° 63 : le Lingui.

– Et le Lingui ? Que fait-il ?

– Ah… bien cuisiné, il a la capacité de donner le don des langues en stimulant la partie du cerveau dédiée au langage. Effectivement, peut-être qu'il pourrait être utile. Mais si j'en crois la recette que tu m'as montrée, à part permettre au sujet de prononcer quelques mots, il y a peu de chances qu'il lui redonne ses souvenirs.

C'est déjà un début, se dit Sébastiane. Il y avait tellement longtemps qu'elle n'avait pas entendu le son de la voix de son père.

– Et ces cases noires, elles représentent quoi ?

– Oh. Eh bien ce sont… des glumens spéciaux qui ont fini par être interdits après… plusieurs accidents.

– Interdits ?

– Oui, ils ont été jugés trop puissants. Mais crois-moi, aucun d'eux n'aurait pu servir d'antidote contre ce ragoût d'oubliettes. Au contraire, ils n'auraient fait qu'amplifier les effets. En tout cas, c'est un débat intéressant je vais continuer d'y réfléchir. Revenez me voir dans quelques jours, on ne sait jamais.

En observant le tableau une fois de plus, Sébastiane aperçut, au centre, une seule et unique case aux contours dorés qui ne comportait aucune inscription.

– Et là ? dit-elle en la montrant du doigt. C'est aussi un glumen interdit ?

Tryphon laissa échapper un petit rire d'écolier.

– Ah non. Là, il s'agit de l'Edenis.

Lorsqu'il prononça ce mot, plusieurs visages se tournèrent dans leur direction. Et pendant une seconde, ils interrompirent leurs travaux, l'un d'eux fronçant même les sourcils en faisant un « chut » appuyé.

– En théorie, l'Edenis pourrait fonctionner bien sûr.

Sébastiane sentit tout à coup l'espoir revenir en elle. Mais pourquoi ne pas lui avoir dit plus tôt ? Et surtout pourquoi la case était-elle vide ? Tryphon répondit à ses interrogations en même temps qu'il doucha ses espoirs lorsqu'il ajouta :

– Le seul problème est que l'Edenis n'a pour le moment jamais été découvert. D'après nos hypothèses, il devrait exister, mais qui sait où il se cache ?

– Cet Edenis, c'est un glumen ?

– Oui, c'est même LE glumen par excellence. D'après nos simulations, il est le tout premier à avoir vu le jour et contiendrait toutes les propriétés des autres glumens, et même plus encore… Certains prétendent même que ce serait la graine qui aurait donné naissance à Nüvi.

– Tryphon, intervint Maxim. Tu sais très bien que l'Edenis n'est qu'une légende. Ma grand-tante en parlait déjà quand elle était plus jeune. S'il existait, ne crois-tu pas que nous l'aurions déjà trouvé ?

– Nous continuons bien de découvrir de nouveaux glumens tous les ans… Tu me connais, je suis un éternel optimiste.

Maxim reprit la lettre que tenait toujours Tryphon et la rendit à Sébastiane.

– Merci pour ton aide. Nous reviendrons dans quelques jours, pour voir si tu as pensé à quelque chose.

– Entendu. À bientôt, les jeunes.

Sébastiane quitta le Glumenodus, la tête pleine de questions, mais avec une petite flamme d'espoir allumée au fond de son cœur. Et elle entendait bien la laisser brûler autant que possible.

– Tu vas voir, nous allons trouver un moyen, j'en suis certain, lui dit Maxim.

– Ouais, croisons les doigts. En tout cas, je suis épuisée, moi.

– Oui, ce fut une longue journée. Allez rentrons.

Revenant sur leurs pas, ils s'apprêtaient à traverser à nouveau l'usine de transformation des glumens lorsqu'un mirmiton, surgi de nulle part, les arrêta. Son visage étonnamment fin était presque intégralement couvert de petits poils blancs. Quant à ses yeux, ils étaient tellement rapprochés l'un de l'autre qu'on aurait dit qu'ils allaient se cogner.

– Hé ! Vous deux ! Attendez une seconde !

– Oui ?

– Y a un problème dans la chambre froide, vous pouvez venir me donner un coup de main ?

– C'est-à-dire que nous étions en train de rentrer et…

– La question était rhétorique, l'interrompit le mirmiton au regard sombre. Venez avec moi si vous ne voulez pas que je me plaigne auprès du grand gastronomage. Allez !

À contrecœur, Maxim et Sébastiane obtempérèrent et suivirent la petite créature vers une large pièce rectangulaire aux murs blancs et froids dont la porte épaisse était grande ouverte. Un air glacial s'en dégageait.

– Vous voyez les caisses sur l'étagère ? Quelqu'un a cru bon de me piquer mon escabeau, et du coup je ne peux pas les attraper. Vous pouvez me les faire passer ? S'il vous plaît.

S'il vous plaît ? C'était bien la première fois qu'un mirmiton se montrait aussi poli. Le pauvre devait être vraiment embêté, ce qui attendrit Sébastiane. Elle l'imagina essayant de sauter avec ses courtes jambes depuis plusieurs minutes pour attraper les fameuses caisses.

– Bien sûr, répondit Maxim en entrant dans la pièce, suivi de Sébastiane. On va vous faire ça en moins de deux sec…

BLAM !

La porte se referma derrière eux, les emprisonnant dans des ténèbres glacées.

– Attendez ! cria Maxim en se retournant précipitamment.

– Qu'est-ce qu'il se passe ? demanda Sébastiane paniquée.

De concert, ils martelèrent la porte de leurs poings. Celle-ci était si épaisse que seul un bruit sourd et mat emplit la pièce. Pendant que Maxim appelait le mirmiton, dans l'espoir vain qu'il s'agisse d'une erreur, Sébastiane chercha à tâtons une poignée, un verrou, quelque chose pour ouvrir la porte de l'intérieur.

Mais dans le noir absolu, ils ne trouvèrent rien de la sorte.

Tandis que le froid commençait à s'infiltrer sous leurs vêtements, aussi sournoisement qu'un serpent tapi dans les herbes, ils réalisèrent qu'ils venaient de se faire prendre au piège.

15

« Il est prêt à nous tuer, ou il veut juste nous faire peur ? »

Sébastiane Grandélice

– Pourquoi a-t-il fait ça ? demanda Sébastiane. Ils ont vraiment un problème, ces mirmitons.

– Non, c'est autre chose. Je crains qu'il y ait un rapport avec la conversation de l'autre jour entre Sigil et le Comte Vilnus.

– Mais enfin, c'est de la folie ! Je ne sais même pas exactement ce que j'ai entendu ! Et je n'en ai parlé à personne ! Toi non plus ?

– Eh bien…, commença Maxim, l'air navré.

– Quoi ?! Mais tu m'avais dit d'attendre d'avoir plus de preuves ?

– Je sais ! Je n'en ai pas vraiment parlé. J'ai juste essayé de me renseigner auprès d'un ennemi, à l'extérieur de la *Tour d'Or*. Quelqu'un a dû espionner mes messages. Attends que mes parents aient vent de cette histoire… Ça va faire du bruit, crois-moi !

Encore fallait-il trouver un moyen de sortir de là. C'était insensé. Sébastiane avait l'impression d'être prise au cœur de quelque chose qui la dépassait. Au *Relais des Merveilles*, elle s'était bien retrouvée enfermée une fois dans la réserve, mais il s'agissait d'une mauvaise blague de Hap, qui l'avait sortie de là au bout de quelques minutes.

– Tu crois que ce Sigil est vraiment derrière tout ça ? Il… il est prêt à nous tuer, ou il veut juste nous faire peur ?

– Étant donné ce que nous avons entendu, je dirais qu'il est prêt à tout. Tu sais, contrôler un restaurant gastronomagique revient à contrôler une partie de Nüvi, et par extension une partie de Savoria. Je pense que l'on ne se rend pas compte du pouvoir et de l'influence que cela représente. Même le roi de Savoria ne peut pas grand-chose contre les restaurants gastronomagiques. Il a besoin de l'aide de la Guilde des restaurateurs.

Sébastiane tentait de contrôler sa respiration pour ne pas se laisser gagner par le froid. Mais régulièrement elle sentait ses dents se mettre à claquer malgré elle. Quelle température faisait-il dans cette pièce ? Zéro ? Moins cinq ? Moins dix degrés ?

Elle qui était déjà naturellement frileuse commençait à vivre une véritable torture.

– Qu'est-ce qu'on va faire ? On ne voit rien du tout, dit-elle d'une voix plus aigüe que d'habitude.

– Du calme Seb. On va trouver une solution. Tu as tes allumettes ?

Sébastiane fouilla dans la poche avant de son tablier et trouva, glissée à côté du journal intime de Viola, la petite boîte qui faisait partie de l'attirail du parfait pâtimage. Elle la secoua pour en évaluer le contenu et devina qu'il lui en restait au moins une vingtaine.

Elle craqua l'une d'elles, faisant fuir les ombres de la pièce en révélant des étagères garnies. Maxim fit de même et s'approcha de la porte et, d'une main, s'écorcha les ongles en essayant de l'ouvrir jusqu'à ce que la lueur vacille et disparaisse.

Sébastiane se leva également pour inspecter les murs de glace, espérant apercevoir un passage, un conduit par lequel ils auraient pu se faufiler, ou au moins demander de l'aide. Mais il n'y avait rien. Absolument aucune issue.

Elle se laissa retomber au sol et tenta de contrôler un frisson.

Combien de temps le corps humain pouvait-il résister à des températures aussi froides ? Le service du lendemain aurait lieu dans plus de douze heures, et encore… rien ne garantissait que quelqu'un aurait besoin d'ouvrir cette chambre froide. S'ils ne trouvaient pas rapidement un moyen de sortir de là, ils allaient mourir congelés.

– Max, je commence à avoir vraiment peur.

– T'inquiète.

Elle sentit alors le bras du garçon s'enrouler autour de ses épaules pour la réchauffer. Elle avait tellement froid qu'elle ne s'en émut pas. Sans un mot, elle se blottit un peu plus contre lui dans l'espoir de trouver un peu de chaleur.

Un instant, elle songea à faire un petit feu avec le carnet que lui avait envoyé sa grand-mère, mais elle savait que cela n'aurait pas servi à grand-chose. Sans bois pour l'alimenter, le feu aurait été de courte durée et elle n'était pas prête à faire partir en fumée toute la jeunesse de Viola.

Sans compter que, même s'ils avaient pu faire un feu, la fumée les aurait probablement étouffés.

– On ne peut pas rester ainsi. Il faut bouger sinon nous allons geler sur place, dit Sébastiane, tremblotante.

Elle se mit de petites tapes sur les joues dans l'espoir de faire un peu circuler le sang et de reprendre ses esprits.

– Tu as raison. Ce… ce froid nous assomme. Essayons de fouiller les caisses. On ne sait jamais…

– S'il y a du Feu-Fou, tu peux compter sur moi. Je suis une experte, s'efforça-t-elle de plaisanter.

Maxim la serra brièvement sans que Sébastiane ne sache vraiment comment interpréter ce geste (il n'avait peut-être simplement pas envie qu'elle meure de froid). Puis, ensemble, ils se relevèrent. Sébastiane sentit la tête lui tourner tandis que son sang se remettait à circuler. Elle secoua les bras, agita les doigts dans l'espoir de se réchauffer.

– Aide-moi à ouvrir cette caisse, fit Maxim en craquant une nouvelle allumette.

À la lueur de la flamme, Sébastiane fit de son mieux pour révéler le contenu empilé sur les étagères. Les premières caisses contenaient des fruits ordinaires, tandis que les secondes abritaient des légumes lyophilisés.

Quatre allumettes plus tard, ils mirent à jour des épices, des sucreries, et même quelques morceaux de viande fabriqués à l'aide des glumens-morphovi, mais rien de tout cela ne leur était véritablement utile.

– Eh bien, au moins on ne mourra pas de faim…

Il craqua une nouvelle allumette.

REGARDE ! ON DIRAIT DU TONUFLOR !
OUAIS. IL EST COMPLÈTEMENT GELÉ.
SI ON ARRIVE À LE RAMOLLIR, ON DEVRAIT POUVOIR RÉUSSIR À EN AVALER UN PEU.
ALORS ? TU TE RÉCHAUFFES ?
BOF.

Le froid était de plus en plus intense. Impossible à arrêter.

– N… ne te fais pas d'idée. C'est j… juste pour…

– T… t'inquiète Grandélice.

– S… si on m'avait dit q… que je finirais dans une ch… chambre froide d… de la *Tour d'Or*…

– C'est trop bête… On n'aura jamais le temps d'ouvrir notre propre restaurant, fit Maxim.

– Et comment t… tu aurais voulu l'appeler ?

– Qu'est-ce que tu dis de la *Chambre Froide*… ?

Sébastiane ne répondit pas. Épuisée par la fatigue et le froid, plongée dans l'obscurité, elle se sentit dériver, comme aspirée par le sommeil. Dans le fond, mourir ainsi n'aurait pas été si terrible, se dit-elle. Elle ne souffrait pas, et se trouvait dans les bras d'un garçon charmant…

Elle voulait se ressaisir, se redresser, se battre pour son père, pour sa grand-mère, mais elle n'en avait plus la force. Son corps comme son esprit étaient de plus en plus engourdis, comme si elle était en train de se transformer en statue.

Elle entendait la voix de Maxim qui s'efforçait de lui parler, telle une berceuse à laquelle elle n'avait plus la force de répondre…

Puis ce fut le néant.

16
« Il n'est jamais très bon de se retrouver pris au milieu d'une guerre de gastronomages... »

Eddy Palabre

Chère mamie,

j'ai bien reçu ta lettre qui m'a fait trop plaisir.

Comment se passe la vie au Relais des Merveilles ? Est-ce que les clients sont bien revenus ? Et est-ce que Hap n'a pas trop de mal à s'en sortir sans moi ? Ici tout va bien, même si vous me manquez tous les deux énormément, surtout le soir quand je me couche dans ma petite chambre. La journée, je n'ai pas trop le temps d'y penser car on travaille très dur. D'ailleurs, tu sais quoi ? Je ne travaille pas comme apprentie gastronomage comme tu aurais pu l'imaginer mais comme apprentie pâtimage ! Eh oui. J'apprends à faire des gâteaux magiques et je dois dire que je m'en sors plutôt bien... même avec le Feu-Fou.

C'est pas moi qui le dis, mais la cheffe Régine Sansell. J'ai de la chance, elle est super sympa, même si elle reste très exigeante. Elle m'aime bien, et comme elle raffole du chocolat, je lui ai offert de petites truffes comme tu m'as appris à les faire. Elle les adore.

La Tour d'Or alterne entre les séjours à Agraria et les déplacements

La semaine dernière, j'ai même pu apercevoir la cathédrale de Saint Gustativo, même si malheureusement, je n'ai pas eu le temps de la visiter. Pour le moment nous sommes en train de traverser la vallée du Nhir afin de rejoindre Diviniaris, la ville côtière où nous resterons dix jours, pendant la grande fête du printemps. J'espère avoir le temps d'apercevoir l'océan, même si je n'ai pas trop l'occasion de faire de tourisme. Tu avais raison, le travail ici est intense et la concurrence rude entre apprentis-cuisiniers. La plupart des gastronomages adressent à peine la parole aux pâtimages, et certains ne m'aiment pas beaucoup parce que je n'ai fait aucune école prestigieuse.

Mais moi je sais que le Relais des Merveilles vaut toutes les écoles du monde, et qu'ils sont juste jaloux !

Heureusement, les pâtimages sont assez sympas. Je suis devenue amie avec un garçon nommé Maxim Médugra, qui me fait parfoi penser à Hap. Il est gentil et rigolo. Tu connais peut-être sa grand-tante ? Siruka Médugra ? Il paraît que c'était une des plus grandes pâtimages de la Tour d'Or.

Les mirmitons ne sont pas toujours très sympathiques non plus mais j'ai appris qu'il fallait de la rigueur si l'on voulait réussir dans la cuisine, alors je fais ce qu'on me demande.
Et surtout, je peux cuisiner des glumens tous les jours.
J'ai d'ailleurs appris qu'ils venaient d'une sorte de monde mystérieux nommé Nüvi. Mais bon, tu le savais puisque j'ai lu le carnet que tu m'as envoyé. D'ailleurs, quand je rentrerai il faudrait qu'on en discute, il y a beaucoup de choses dont tu ne m'avais jamais parlé. Embrasse papa de ma part, et dis-lui que je cherche une recette pour guérir le ragoût d'oubliettes. On m'a parlé d'un glumen nommé Edenis mais qui est très difficile à trouver.
Je t'embrasse bien fort.

Sébastiane Grandélice, apprentie-pâtimage.
(Hi hi, ça me fait trop rire de dire ça).
P.S. : embrasse Hap bien fort de ma part.

Au moment de reposer sa plume, Sébastiane hésita. Elle s'en voulait de cacher la vérité à sa grand-mère, de lui faire croire que tout allait pour le mieux, alors que, depuis sa nuit dans la chambre froide, elle ne rêvait que d'une chose : rentrer chez elle.

Elle brûlait d'envie de retrouver Viola, lui parler de ce qui se tramait dans les coulisses de la *Tour d'Or*. Mais elle ne pouvait pas se le permettre. Elle était là pour réparer ses erreurs, et elle entendait bien aller jusqu'au bout. Alors, en attendant, mieux valait ne pas l'inquiéter. De toute façon, à des centaines de kilomètres, Viola ne pouvait rien faire.

Et puis sa grand-mère lui avait conseillé de se méfier. Il n'aurait pas été prudent de tout raconter dans une lettre qui pouvait être lue par n'importe qui.

Les vibrations du restaurant reprirent de plus belle. La *Tour d'Or* avançait à grands pas en direction de Diviniaris, et, à en juger par la lumière extérieure, on pouvait réaliser que l'océan n'était plus très loin. Sébastiane retint son encrier in extremis afin que son contenu ne se renverse pas sur le bureau.

Elle regarda l'horloge, dont les aiguilles formaient un V. Il lui restait encore un peu de temps avant de rejoindre Maxim. La perspective de voir le pâtimage était la seule chose qui lui évitait de prendre la *Tour d'Or* en grippe. En attendant, elle décida de reprendre sa lecture du journal intime que Viola lui avait envoyé.

Elle feuilleta les pages, pour reprendre contact avec le passé de sa grand-mère.

Jour 226

Ça y est, après presque huit mois dans Tourbillon,
je viens d'être promue troisième gastronomage en cheffe,

non sans susciter quelques jalousies. Ça fait bizarre de devoir commander certains commis. Certains ont du mal à l'accepter mais je m'en fiche. Ce n'est pas de ma faute si je suis une excellente cuisinière. Heureusement, Tristan est là pour m'aider. Pour le moment, personne ne sait que nous sommes ensemble. Mieux vaut rester professionnels et éviter de susciter encore des jalousies. J'ai découvert que les ragots se propageaient très vite par ici !
De plus en plus, nous parlons d'ouvrir notre propre restaurant, gastronomagique ou non. Et Tristan a même trouvé le nom : le Relais des Merveilles !

En découvrant que le nom du restaurant avait été trouvé par Tristan, Sébastiane n'en revenait pas. Que s'était-il donc passé pour que sa grand-mère mette à ce point ce passé derrière elle ? Est-ce que son papy Georgio était au courant ?

Comme une enfant impatiente de connaître la fin d'une histoire, elle ouvrit la dernière page du carnet et lut avidement.

Jour 427

Le grand gastronomage Eusèbe de Rafinade nous a appris que nous participerions au grand Cuisine Master.

J'ai été sélectionnée avec Tristan pour faire partie de la première équipe de cuisine !
Nous allons tout faire pour le remporter ! Celui qui gagne cette compétition devient aussitôt le restaurant gastronomagique royal, et aura le privilège de s'installer à Agraria.
Nous aurons beaucoup de travail pour mettre au point les meilleures recettes qui nous permettront de triompher de la Tour d'Or et de son jeune prodige, Isidore Véribon.
Chaque année, c'est toujours la Tour d'Or qui gagne.
Mais cette fois, les choses vont changer.
Tristan m'a dit qu'il avait plusieurs idées concernant certains desserts et j'ai hâte d'en savoir plus, et de préparer des plats complémentaires qui impressionneront les jurés. Je ne sais pas si je vais avoir le temps de tenir ce journal car les journées s'annoncent chargées.

Voilà.

Le journal de Viola s'arrêtait là. Sur une note pleine d'espoir laissant planer l'ombre d'une tragédie. Ou du moins celle d'une terrible déception.

C'était incroyable à quel point elle se retrouvait dans les écrits de sa grand-mère. Comme si une complicité autour de la cuisine les liait à travers les âges.

Sébastiane rangea le journal, plia soigneusement la lettre qu'elle venait d'écrire et la glissa dans une enveloppe qu'elle colla d'un petit coup de langue.

– Bon, allons poster tout ça, dit-elle en se levant.

Sébastiane avait également menti à sa grand-mère lorsqu'elle lui avait dit qu'elle n'avait pas de temps pour elle. Pour la première fois depuis son arrivée à la *Tour d'Or*, elle avait été autorisée à prendre trois jours de repos, ce qui la remplissait de joie. De toute façon, même si elle l'avait voulu, elle aurait été incapable de se remettre à travailler.

D'après le médecin qui l'avait examinée, une heure de plus dans la chambre froide et elle serait probablement morte. Cela lui faisait froid dans le dos rien que d'y penser, au sens propre comme au figuré.

Elle serait toujours reconnaissante à Maxim d'avoir décidé de croquer directement dans le Tonuflor glacé. Apparemment, lorsqu'elle avait perdu connaissance, dans une dernière tentative, le garçon avait décidé de briser plusieurs bouteilles au sol pour en avaler autant que possible. Finalement, le Tonuflor lui avait fait tellement d'effet que, pendant quelques minutes, il avait acquis une force incroyable lui permettant de faire voler en éclats le verrou à coups de poing.

Bon, il s'était tout de même brisé trois doigts de la main droite. Mais au moins ils étaient libres.

– Tiens, tu es encore là toi ? dit-elle doucement.

Alors que Sébastiane ouvrait son placard pour s'habiller, le petit lézard aux écailles rouges la regarda, caché sous une pile de serviettes.

Tout en enfilant une chemise propre, elle sourit et eut une pensée pour ses camarades qui devaient s'activer en cuisine. Pour une fois, elle n'avait aucune envie de les rejoindre. Elle imagina les mirmitons clamer leurs ordres à mesure que l'heure du service approchait, ce qui lui fit encore plus savourer le calme qui l'entourait.

BADAAM.

Un à-coup plus fort que les autres fit claquer sa porte de placard. Sébastiane tressaillit. Mais elle se ressaisit en réalisant que la *Tour d'Or* venait simplement d'arriver à Diviniaris après de longues heures de voyage.

En sortant, elle aperçut sur son bureau le carnet de sa grand-mère dans lequel elle avait glissé le mot découvert en rentrant dans sa chambre après l'épisode de la chambre froide. « C'était notre dernier avertissement. Si vous parlez, il n'y aura pas de prochaine fois ». Un avertissement ? Une tentative de meurtre, oui.

Elle referma sa porte et se dépêcha de rejoindre Maxim qui l'attendait sur l'une des terrasses construites le long de la tour. Appuyé contre la rambarde, il contemplait l'océan qui se mélangeait presque avec le ciel.

En voyant cette étendue d'un bleu infini, Sébastiane fut prise de vertiges. Elle n'avait jamais rien vu d'aussi brut, d'aussi massif. La cuisine était l'art de couper, ciseler, transformer ; se retrouver face à cette masse indomptable la mettait d'une certaine manière mal à l'aise.

À moins qu'il ne s'agisse de la présence du pâtimage.

Même si ses souvenirs de leur nuit dans la pénombre glacée étaient pour le moins confus, elle se rappelait exactement ce qu'elle avait ressenti, blottie dans le creux de ses bras, de son souffle chaud dans son cou, de ses murmures rassurants dans son oreille.

PRÊTE À PROFITER DE TON DERNIER JOUR DE LIBERTÉ ?
PRÊTE ! COMMENT VA TA MAIN ?
UN PEU MIEUX QU'HIER. ET MOINS BIEN QUE DEMAIN. ON VA FAIRE UN TOUR ?
UN TOUR LOIN DE LA TOUR D'OR ?
DIVINIARIS EST MAGNIFIQUE ET JE VEUX TE MONTRER QUELQUE CHOSE.
TU AS DÉJÀ GOÛTÉ UN MACLARPIS?
Salon de thé
CHEZ ZAZA
spécialités Divinaises

– Non, je ne sais même pas ce dont il s'agit.

– Le meilleur gâteau de Diviniaris et la spécialité de Zaza ! Tu vas voir, tu vas adorer.

Elle ne comprenait toujours pas pourquoi Maxim n'était pas rentré chez lui. Avec ses doigts cassés, il en avait au moins pour plusieurs semaines avant d'être autorisé à préparer ne serait-ce qu'une crème anglaise. Pourtant le pâtimage avait tenu à rester à la *Tour d'Or*, prétextant qu'il pouvait toujours se rendre utile, même sans sa main.

Et comme Régine Sansell était bonne pâte et ne voulait pas contrarier la famille Médugra, elle avait accepté.

Ils se glissèrent hors du restaurant, les mirmitons les laissant passer sans manquer de leur jeter un regard lourd de reproche. À la *Tour d'Or*, on n'était pas habitué aux gens qui prenaient des jours de repos.

– Tu sais que c'est la première fois que je vois la mer, avoua-t-elle.

– Vraiment ? Ma famille possède une maison de vacances à Diviniaris. Quand j'étais enfant je venais ici tous les étés. Tu vas voir, je vais t'emmener goûter le meilleur petit-déjeuner de toute ta vie.

– Tu veux dire, meilleur qu'un bol de Tonuflor ?

– Ne me parle plus de ce truc, dit-il en massant sa main bandée.

Dehors, des dizaines de gens faisaient déjà la queue devant l'entrée du restaurant. Ils songeaient à ce qu'ils allaient pouvoir déguster quelques heures plus tard, et surtout aux pouvoirs qu'ils allaient acquérir le temps d'un repas, ou de plusieurs jours, selon les sommes qu'ils étaient prêts à dépenser.

Sébastiane et Maxim les dépassèrent et marchèrent dans la ville qui sentait bon l'air marin. Ici, les voix des passants avaient un accent chantant que même les cris des mouettes, portés par le vent, tentaient d'imiter.

S'éloigner de la *Tour d'Or* faisait tellement de bien à Sébastiane. Cela la rassurait en lui prouvant qu'elle n'était pas en prison, qu'elle était encore libre. Elle réfléchit même un instant à ce qu'il se passerait si elle ne retournait plus jamais dans le restaurant. Véribon lui enverrait-il la Guilde des restaurateurs pour la forcer à payer sa dette ? Lancerait-il des mirmitons à sa poursuite ?

Ils passèrent devant une multitude de restaurants dont les larges vitrines, cachées sous de grandes arcades en pierre blanche, laissaient apparaître une foule de touristes venus goûter les spécialités locales.

Ils franchirent la porte et Sébastiane comprit aussitôt qu'ils venaient simplement de passer par une arrière-cuisine. L'endroit était chaleureux. De larges poutres juste assez hautes pour ne pas se cogner striaient le plafond et semblaient leur indiquer dans quelle direction se rendre.

Une odeur de pistache et d'amande mélangée à du café corsé flottait dans l'air et fit réaliser à Sébastiane à quel point elle avait faim.

Lorsqu'ils passèrent devant la cuisine, un gros bonhomme joufflu qui avait rassemblé les derniers cheveux qui lui restaient sur la tête en un étrange toupet leva la tête. Il fut pris d'un hoquet en les apercevant.

– Ma… Maxim Médugra ? C'est vraiment toi ?

– Salut Zaza. Je suis ravi de voir que je n'ai pas tant changé que ça !

– Tu plaisantes ? Je t'aurais reconnu même avec une perruque sur la tête. Mais c'est vrai que la *Tour d'Or* est en ville, fit-il en se tapant le front. À l'invitation de notre grande Diva Marx, la plus célèbre cantatrice de Savoria. Alors le grand gastronomage Véribon t'a laissé t'échapper pour saluer tes vieux amis ?

– On peut dire ça. J'ai gagné quelques jours de repos suite à un léger accident de travail, répondit le pâtimage en exhibant sa main blessée.

– Rien de grave j'espère ?

– Ne t'inquiète pas. Dis, tu crois que tu pourrais nous trouver une table ? J'aimerais faire découvrir tes Maclarpis à mon amie.

Le fameux Zaza se tourna alors vers Sébastiane.

– Mais avec plaisir ! Soyez la bienvenue mademoiselle. Je ne sais pas ce que ce jeune homme t'a raconté, mais sache que c'est moi qui lui ai quasiment tout appris.

– Ouais il m'a surtout appris tout ce qu'il ne fallait PAS faire, plaisanta Maxim.

La salle du salon de thé grouillait de monde et d'agitation. Les serveurs et serveuses paraissaient courir un véritable marathon pour servir à la fois les visiteurs venus acheter quelques gâteaux au comptoir et ceux qui désiraient manger sur place.

Ici, l'ambiance était bien moins guindée que dans la *Tour d'Or*.

– Je comprends pourquoi tu nous as fait passer par derrière, murmura Sébastiane. C'est une vraie fourmilière ici.

– Oui. Chez Zaza est un des établissements les plus cotés de Diviniaris, même s'il n'est pas bien grand.

En effet, en observant la salle de taille modeste, Sébastiane ne put s'empêcher de penser au *Relais des Merveilles*. La cuisine et la décoration étaient deux choses très différentes. Et visiblement, à l'instar de Viola, Zaza maîtrisait la première bien mieux que la deuxième. Au mur, une horrible tapisserie rouge comme du jus de tomate vous piquait les yeux.

Des statuettes d'animaux en marbre étaient posées sur les tables rondes recouvertes de nappes en tricot vert salade. Quant au mobilier, il donnait plus l'impression de se trouver dans un bric-à-brac que dans un salon de thé.

– Ça fait du bien un peu de repos, confessa Sébastiane en s'affalant dans un des fauteuils à l'apparence vieillotte mais au confort avéré.

– C'est sûr. On pourrait presque remercier cet affreux mirmiton de nous avoir enfermés.

Sébastiane sourit. Ce mirmiton lui avait également permis de passer la nuit dans les bras de ce garçon, malgré une ambiance un peu… glacée.

Lorsqu'une serveuse leur apporta leur petit déjeuner, Sébastiane se jeta dessus comme si elle n'avait pas mangé depuis des lustres. Le Maclarpis était une brioche en forme de fleur dans laquelle le croquant des amandes se mariait avec une crème de pistache onctueuse et étonnamment légère.

– Hum, ch'est délichieux.

– Je te l'avais dit. Et tu vas voir, le goût du café se mélange parfaitement avec le Maclarpis.

Alors que Sébastiane s'apprêtait à tremper ses lèvres dans la tasse pour vérifier, un homme vêtu d'un long cabestan se saisit d'une chaise et s'assit à leur table sans dire un mot. Une barbe taillée en pointe lui donnait un air sévère, accentué par ses petits yeux plissés.

– C'est elle ?

Il approcha son visage traversé de nombreuses rides, probablement apparues à force de froncer les sourcils.

– Oui, c'est Sébastiane, l'amie dont je t'ai parlé.

– Et on peut lui faire confiance ? fit-il en tournant son visage étroit.

– Bien sûr.

Sébastiane essuya les miettes de Maclarpis et regarda Maxim d'un air interrogateur.

– Tu m'expliques ce qu'il se passe ? C'est qui lui ? demanda-t-elle.

– Sébastiane, je te présente Eddy Palabre. Un journaliste, et ami de mes parents, qui travaille pour la *Gazette Anisette*. Eddy, voici Sébastiane Grandélice, la pâtimage qui nous a rejoints il y a deux mois.

En guise de salut, Eddy héla une serveuse pour commander un café serré et un maclarpi.

– C'est à lui que tu as parlé de ce que nous avons découvert !? enchaina Sébastiane.

– En effet, confirma Maxim.

– Mais ce n'est pas un peu dangereux de le rencontrer ? Les avertissements étaient pourtant assez clairs ! « Si vous parlez il n'y aura pas de prochaine fois. » Tu te souviens ?

Sébastiane était un peu froissée que Maxim ne l'ait pas prévenue et décide seul de les mettre ainsi en danger.

– Ne vous en faites pas, la rassura Eddy Palabre. J'ai pris mes précautions, même si on dirait que vous avez mis le doigt sur quelque chose de sensible. Une conspiration entre Sigil Aigredou, et le Comte Vilnus ? Personne ne l'aurait suspecté. Pouvez-vous me dire en détail ce que vous avez entendu ?

Maxim raconta alors à Eddy tout ce qu'ils avaient entendu, le projet de renverser Véribon, celui d'un assassinat à demi formulé, ainsi que les représailles qu'ils avaient subies.

– Sigil est un brillant gastronomage. Alors comme ça, il voudrait pousser Véribon vers la sortie pour moderniser la *Tour d'Or* ? Et il a promis d'aider le Comte à se débarrasser de quelqu'un ?

Ce qui se tramait dans les restaurants gastronomagiques intéressait donc réellement les journalistes ? Décidément, les mises en gardes de Viola étaient plus que justifiées.

– Oui, mais il n'a pas donné de nom. Et je refuse de croire qu'il s'agisse de Véribon, affirma Maxim.

Eddy prit une bouchée de Maclarpis et réfléchit longuement.

– Le Comte Vilnus est un membre important de la Guilde des restaurateurs, qui n'a pas que des amis. Il fait partie d'une branche un peu radicale qui souhaite industrialiser la gastronomagie. Depuis très longtemps, des débats agitent la guilde. Mais il y a bien une personne qui s'est toujours opposée à ce que les restaurants gastronomagiques évoluent…

– Qui ça ? demanda Sébastiane.

– Le roi Delicius IX.

– Quoi ?! Sigil aurait prévu d'assassiner le roi ?! Mais vous réalisez les risques que cela lui ferait courir ?

– Sans compter qu'il est très difficile d'approcher le roi, rappela Maxim. La *Tour d'Or* a beau être un restaurant royal, tous les plats que nous préparons pour Sa Majesté lui sont servis dans son palais par des servitors royaux, après avoir été goûtés. Seul Véribon est parfois autorisé à le rencontrer.

– Je sais, soupira Eddy. Le roi n'est sans doute pas la seule cible possible. Je vais continuer d'enquêter.

– Et en parlant d'enquêter, tu as pu découvrir quelque chose sur Janus, l'ancien apprenti-pâtimage ? demanda Maxim.

Sébastiane n'en revenait pas. Alors qu'il avait prétendu ne rien savoir sur Janus, il avait mis son ami journaliste sur l'affaire ? Il aurait tout de même pu lui en parler.

– On dirait. Suite à ce que tu m'as dit, je suis allé voir chez lui. Et il s'avère qu'il n'est jamais revenu de la *Tour d'Or*. Seules ses affaires ont été retournées à sa mère, sans plus d'informations concernant son départ. Je leur ai posé la question, mais ils ignorent où il se trouve.

Il ouvrit la sacoche qu'il venait de déposer à ses pieds.

– Par contre, j'ai réussi à mettre la main sur ses affaires expédiées par la *Tour d'Or*. Et voici ce que j'ai trouvé glissé dans la poche d'un de ses vestons.

– Qu'est-ce que c'est ?

Sébastiane s'approcha du morceau de papier et lut :

> COOKIES
> DÉTAILLER LE CHOCOLAT EN 52 PÉPITES.
> FAIRE CHAUFFER LE FOUR À 182 °C.
> DANS UN SALADIER, METTRE 82 G DE BEURRE,
> 84 G DE SUCRE, L'OEUF ENTIER, LA VANILLE ET
> MÉLANGER LE TOUT AVEC UNE CUILLÈRE EN BOIS.
> AJOUTER PETIT À PETIT LES 163 G DE FARINE
> MÉLANGÉE À LA LEVURE, LE SEL ET LE CHOCOLAT.
> AVEC UNE FEUILLE DE PAPIER ESSUIE-TOUT, BEURRER
> UNE PLAQUE ALLANT AU FOUR ET FORMER LES COOKIES
> SUR LA PLAQUE.METTRE AU FOUR PENDANT
> 9 MINUTES ET 46 SECONDES.

– On dirait une simple recette…, fit remarquer Maxim.

– Tu sais bien que dans le monde des restaurants gastronomagiques, il n'existe rien qui soit « une simple recette », commenta Eddy.

– Tu as vu les proportions ? ajouta Sébastiane. Elles sont pour le moins inhabituelles.

– En effet. Je peux la garder ?

Pendant que Maxim rangea la recette dans sa poche de pantalon, Eddy referma son sac et se leva.

– Je dois vous laisser, dit-il en enfournant le dernier morceau de Maclarpis dans sa bouche. En attendant, soyez attentifs, et faites attention à vous. Je vais me renseigner, et voir si je peux apprendre quelque chose sur le Comte Vilnus.

– Vous pensez que Véribon ne se doute de rien ? Nous devrions peut-être le prévenir, proposa Sébastiane. Une conspiration contre le roi, ce n'est pas rien.

– À mon avis, Véribon doit se douter qu'il se trame quelque chose. À ce qu'on raconte, il a des yeux et des oreilles un peu partout dans la *Tour d'Or*. Et puis, sans preuve, vous ne feriez que vous attirez des ennuis.

– Dans ce cas pourquoi ne fait-il rien pour arrêter Sigil ? Ou le renvoyer de son restaurant ?

– Allez savoir. Parce qu'il préfère attendre d'avoir des certitudes ? Ou parce qu'il ne veut pas croire à la trahison de Sigil ? Par le passé, Véribon a pu se comporter de manière impulsive, peut-être qu'avec l'âge il a appris la patience. Et puis, garder un œil sur ses ennemis est parfois préférable. Par contre, je me répète, faites attention à vous : il n'est jamais très bon de se retrouver pris au milieu d'une guerre de gastronomages…

17
« Je ne voulais pas t'inquiéter sans raison »
Maxim Médugra

D'un geste vif, l'œil rivé sur la recette, Sébastiane transforma la tablette de chocolats en très exactement cinquante-deux pépites.

Plus elle la relisait, plus elle se disait qu'effectivement, quelque chose n'allait pas dans les proportions utilisées : 82 grammes de beurre, 84 de sucre, 52 pépites de chocolat noir, et 163 g de farine, c'était n'importe quoi !

Sans parler de la cuisson à 182°C pendant neuf minutes et quarante-six secondes de cuisson.

– Tu ne penses pas que Janus nous aurait fait une blague ? demanda Sébastiane dans la cuisine déserte.

Il était minuit passée, et tous les cuisiniers avaient regagné leurs chambres depuis longtemps. Maxim et elle n'avaient réintégré la *Tour d'Or* qu'en fin de journée, après une promenade délicieuse sur le front de mer de Diviniaris. Ils étaient restés pendant des heures à observer les bateaux aller et venir, charriant avec eux leur lot de marchandises et de rêves d'horizons lointains.

Sébastiane ne connaissait rien au monde au-delà de Savoria ? Connaissaient-ils également l'existence des glumens ? Possédaient-ils des restaurants gastronomagiques ?

À plusieurs reprises, les mains des deux jeunes pâtimages s'étaient effleurées, des regards hésitants s'étaient échangés, sans que jamais ils n'abordent ce qu'il s'était passé entre eux dans la chambre froide.

Sébastiane se demandait si elle ne s'était d'ailleurs pas fait des idées. Après tout, Maxim avait peut-être simplement voulu la réchauffer…

– On voit bien que tu ne l'as pas connu. Janus n'était pas vraiment ce qu'on pouvait appeler un boute-en-train. Sa disparition m'a toujours semblé inquiétante.

Tandis qu'elle s'occupait de mélanger le beurre avec le sucre et l'œuf entier, Sébastiane se tourna vers Maxim.

– Si tu savais que son départ était suspect, pourquoi ne m'as-tu rien dit ?

– Tu venais d'arriver, je ne voulais pas t'inquiéter sans raison. Et puis je n'avais que des doutes.

– Ok. Mais après ce qu'il nous est arrivé. Les menaces ? La chambre froide ? Tu aurais pu me le dire, non ? Tu ne me faisais pas assez confiance ? Tu avais peur que je ne comprenne pas ?

Malgré elle, Sébastiane se sentait blessée. Son seul allié, la seule personne à qui elle s'était ouverte à la *Tour d'Or*, lui avait caché la vérité.

Tout comme Viola lui avait caché la maladie de son père. Pourquoi les gens se méfiaient-ils d'elle ? Ne la croyaient-ils pas assez mature ? Incapable de comprendre ?

Si Maxim l'avait prévenue, sans doute aurait-elle été plus vigilante et se serait-elle tenue à distance des ennuis.

La sonnerie du four leur indiqua que la cuisson des cookies venait de se terminer. Posés sur une plaque chaude, les douze magnifiques gâteaux dégageaient une odeur appétissante.

– Qu'est-ce qu'on fait ? Tu veux les goûter ? proposa Maxim, soulagé de mettre fin à cette discussion gênante.

Sébastiane fit non de la tête. Alors le commis-pâtimage croqua dans l'un d'eux, un peu trop rapidement, et se brûla la langue. Pendant une microseconde, Sébastiane crut qu'il allait lui aussi se mettre à cracher du feu comme les clients du *Relais des Merveilles* après avoir ingéré du Feu-Fou.

– Hum, pas mal, fit-il en se passant la langue sur les dents.

– C'est tout ? Tu ne ressens rien de spécial ?

– Non, si ce n'est l'envie d'en manger un deuxième.

Au moment où il s'apprêtait à croquer dans un second cookie, une voix au ton moqueur les interrompit.

– Alors, les amoureux, on fricote ?

Antonio venait de faire son entrée, en chemise blanche et veston noir, un nœud papillon impeccablement noué autour du cou et un plateau dans chaque main.

– Qu'est-ce que tu fais là ?! s'écria Maxim d'une voix aigüe trahissant une certaine gêne.

– Je m'entraîne pour le service de demain auprès de la grande Diva Marx, dit-il en effectuant une pirouette sans faire tomber les plateaux. Et vous ? Je croyais que vous étiez soi-disant trop mal en point pour cuisiner ? Par contre ça ne vous empêche pas de vous préparer de petits gâteaux. Ils ont l'air drôlement bon d'ailleurs. Je peux goûter ?

Sébastiane replia vivement les cookies dans l'un des torchons.

– Pas touche ! Désolé Antonio, dit Maxim, mais ces gâteaux ne sont pas pour toi, mon vieux ! D'ailleurs on était sur le point de partir.

– Mais oui, bien sûr. Et vous partagez aussi la même chambre, maintenant ?

Sébastiane fut prise d'une envie de le gifler mais, après l'incident de la lettre de Viola, elle prit sur elle et décida de le laisser avec ses railleries.

Maxim la suivit et, sans un mot, ils remontèrent les escaliers. La *Tour d'Or* était plongée dans un silence reposant à peine perturbé par quelques grincements et bourdonnements qui donnaient parfois l'impression que le restaurant lui-même était vivant.

Sébastiane ne savait plus où elle en était, partagée entre ses sentiments pour Maxim et sa colère d'avoir été dupée.

– Écoute Seb'…, dit ce dernier pour rompre le silence qui devenait pesant.

– Tu crois qu'Antonio est avec… eux ? l'interrompit-elle

– Je ne pense pas. C'est un imbécile, mais je ne le vois pas agir contre Véribon. Par contre, il serait bien capable de parler un peu trop.

– Il peut toujours parler, il n'a pas vu grand-chose.

– Ouais, répondit Maxim. Juste deux pâtimages en train de fricoter.

Au moment où Maxim prononça ces mots, Sébastiane eut l'impression qu'une petite décharge électrique venait de la traverser. Ils s'immobilisèrent tous les deux, en haut des marches, à quelques pas seulement de leurs chambres respectives.

Son cœur cognait contre sa poitrine, sa respiration s'accéléra au moment où le jeune garçon lui prit les mains.

Qu'est-ce qu'il se passe ? Qu'est-il en train de faire ?

Une peur panique s'empara d'elle. Elle se sentait perdre le contrôle et n'aimait pas du tout cette sensation. Une partie d'elle aurait voulu se laisser embrasser par ce garçon, mais une autre, blessée, refusait de céder si facilement.

– Quand on fricote, on a pas de secrets, dit-elle en retirant ses mains.

– Mais je… je ne te connaissais pas bien. Et puis je viens bien de te dire la vérité, non ? Ce n'est pas juste. Ne sois pas idiote.

– Ah, je suis idiote, maintenant ?

– Attends ! Ce n'est pas ce que je voulais dire.

– Eh bien, il ne fallait pas le dire.

Comme une préparation qui tourne mal parce que les proportions n'ont pas été respectées, la conversation entre Maxim et Sébastiane prit un tour inattendu. Sébastiane ne voulait pas se laisser entraîner dans cette voie, mais c'était plus fort qu'elle. Comme lorsqu'elle avait découvert que sa grand-mère lui avait caché la vérité.

Elle attendait que Maxim fasse un pas vers elle, s'excuse une fois de plus, pour tout lui pardonner. Mais à la place, il se contenta de lui donner les cookies qu'ils venaient de préparer.

– Bon, dans ce cas, tu n'as qu'à les garder, dit-il sur ton sec.

– Des cookies ? C'est tout ce que tu as trouvé pour te faire pardonner ?

Elle avait voulu dire cela sur le ton de l'humour, mais les mots étaient sortis d'une manière plus brutale qu'elle l'aurait souhaité.

Alors Maxim tourna les talons et traversa les couloirs de la *Tour d'Or*, laissant derrière lui Sébastiane, enveloppée par une odeur de fraise et de rose qui semblait s'échapper des murs.

De retour dans sa chambre, elle se laissa tomber sur son lit, prise d'une envie de pleurer. Elle espérait ne pas avoir tout gâché avec Maxim.

Gourmet sortit de derrière son oreiller et s'approcha de sa joue. Son petit museau rouge, et ses grands yeux jaunes la firent sourire.

– Tu viens me consoler ? Tiens, dit-elle en plongeant la main dans son tablier. Voilà un petit morceau de cookie.

Elle l'observa manger, s'attendant à une réaction. Mais il ne se passa rien.

***

Véribon n'avait jamais paru aussi solennel. Sa toque dorée, qui semblait encore plus grande que d'habitude, était parfaitement dressée sur la tête, telle une couronne.

Avec le charisme d'un chef militaire face à son armée, il s'avança au-devant du personnel de la *Tour d'Or* réuni au complet dans la grande salle du restaurant.

– Mes amis, aujourd'hui est notre dernière journée à Diviniaris, mais probablement la plus importante. Outre la présence de la grande Diva Marx et de son mari, le célèbre critique gastronomagique Philibon Marx, je viens d'apprendre que le roi de Savoria sera également parmi nous, grâce à l'insistance de mon cher second, Sigil Aigredou.

Un frémissement d'excitation parcourut l'assemblée. Et le sang de Sébastiane ne fit qu'un tour. Le roi Delicius IX ? Venir directement manger à la *Tour d'Or* ?

Les hypothèses d'Eddy Palabre s'avéraient donc justes !

– Je compte donc sur vous pour faire honneur à notre restaurant en donnant le meilleur de vous-mêmes. Je ne tolèrerai aucune hésitation, aucune imperfection, vous m'entendez ? Je veux un service exemplaire du début à la fin, afin que cette journée entre dans l'histoire de la *Tour d'Or* !!

À mesure que Véribon récitait son discours empreint de solennité, l'angoisse montait dans la poitrine de Sébastiane. Cette fois, elle n'avait plus de doute : le roi Delicius IX était forcément le « vous savez qui » du Comte Vilnus. Il était la cible de Sigil ! Ce jour risquait bien d'entrer dans l'histoire de la *Tour d'Or*, certes, mais pour de mauvaises raisons.

Elle chercha le second chef gastronomage du regard et l'aperçut, dans l'ombre, à quelques mètres de Véribon. Il souriait d'un air sérieux, les mains dans le dos et le cou, tendu comme un oiseau de proie.

Sébastiane devait trouver Maxim, mais ce dernier n'était pas dans l'assistance. Ce qui n'était guère surprenant étant donné qu'il n'avait pas encore repris le travail.

Lui en voulait-il pour hier soir ? Probablement. Mais c'était de sa faute après tout. La prochaine fois, il éviterait les cachotteries.

Ce n'était guère le moment de penser à ce genre de choses. Elle devait faire quelque chose ! Avertir Véribon !

– Allez ! Au travail tout le monde ! clama le chef gastronomage en tapant dans les mains.

Tandis que les employés se dispersaient pour s'atteler à leurs tâches respectives, Sébastiane, elle, prit la direction de la plateforme pour tenter de lui parler.

– Halte-là, qu'est-ce que tu veux ? demanda un mirmiton bondissant en travers de son chemin.

– Parler au grand gastronomage. Ce… c'est important.

– Tu ne l'as pas entendu ? Le roi vient dîner ici ce soir ! Tu crois qu'il a le temps de discuter avec une apprentie-pâtimage ?

– Justement ! C'est à propos du roi ! dit-elle d'une voix basse pour ne pas attirer l'attention.

Les yeux du mirmiton s'étirèrent doucement comme si le soleil l'éblouissait et une étrange lueur sembla s'allumer dans son regard.

– Qu'est-ce que tu racontes ? Retourne à ton poste de travail, et fais attention aux chambres froides… J'ai entendu dire que certains avaient été enfermés par inadvertance.

Les yeux de Sébastiane s'arrondirent comme si on venait de lui mettre un violent coup dans l'estomac.

– Il est trop tard pour faire quoi que ce soit… Laisse l'histoire s'écrire…, lui dit-il dans un murmure intimidant.

Combien de personnes étaient dans la conspiration ?

Elle tituba en arrière, avec l'impression que tout le restaurant tanguait et se rattrapa de justesse à une rambarde. Face au mirmiton qui la regardait d'un air menaçant, elle fit demi-tour et traversa la cuisine pour rejoindre l'équipe de pâtimages, déjà au travail.

– Sébastiane ! s'exclama Régine Sansell. Où étais-tu passée ? Ce n'est pas le moment d'être en retard. Allons allons ! On se dépêche.

– Pardon. Euh… je…

– Et alors ? Tu n'as pas l'air bien. Qu'est-ce qu'il se passe ?

Elle hésita, observant longuement Sansell. Pouvait-elle lui faire confiance ? Si même les mirmitons étaient avec Sigil, qu'est-ce qui empêchait la cheffe-pâtimage de s'allier elle aussi contre Véribon ? Certes, elle paraissait sincère et Sébastiane avait envie de lui faire confiance, mais les plus grands traîtres n'étaient-ils pas ceux que l'on soupçonnait le moins ?

À cet instant, Maxim pénétra dans la salle et Sébastiane sentit son cœur sursauter. Elle vit son regard se poser sur elle et devina l'émotion qui le saisissait après leur discussion de la veille.

– Tu as entendu ? Delicius IX va venir ici ! lui dit-elle.

– Oui ! Eddy avait raison.

Comme à son habitude, Maxim avait retrouvé son ton détaché.

– Cette fois, nous ne devons courir aucun risque. Tant pis si nous n'avons pas de preuves. Il faut prévenir Véribon.

Pour la première fois, Régine Sansell manifesta son agacement en voyant les pâtimages discuter au lieu de travailler. Elle suçotait un bonbon au chocolat et posa les mains sur les hanches.

– Vous allez me dire ce qu'il se passe à la fin ?! Nous n'avons certainement pas le temps pour ce genre de conciliabules.

– Nous sommes désolés cheffe Sansell, mais nous devons vous prévenir de quelque chose. Pouvons-nous vous parler en privé ?

Elle leva les yeux au ciel, soupira avant d'ajouter :

– Si vous voulez, mais rapidement alors. Nous avons énormément de travail.

Alors qu'ils quittaient la salle de préparation, Sébastiane croisa le regard de Prune, visiblement surprise. Pouvait-elle lui faire confiance également ? Sébastiane refusait de croire qu'ils soient tous de mèche dans cette histoire.

Une fois isolés dans une petite remise attenante (après s'être assurés qu'ils ne risquaient pas d'être enfermés de l'extérieur), Sansell s'adressa à ses deux apprentis :

– Alors, je vous écoute.

– Voilà… nous avons de grandes raisons de croire que Sigil Aigredou va tenter de s'en prendre au roi de Savoria.

La pâtimage manqua d'avaler de travers la bille de chocolat qui fondait dans sa bouche.

– Quoi ?! Mais où avez-vous pêché une idée aussi saugrenue ?! Pourquoi Sigil ferait-il une chose pareille ?

– Nous n'en sommes pas sûrs, mais nous pensons qu'il souhaite mettre la main sur la *Tour d'Or*… Pour la faire évoluer. Nous l'avons entendu promettre au Comte Vilnus qu'il moderniserait le restaurant.

– Alors, excusez-moi, mais je ne vois pas en quoi l'assassinat de Sa Majesté permettrait à Sigil de moderniser la *Tour d'Or*. Tant que Véribon est le grand gastronomage, cela ne changera ri…

Sébastiane prit la parole.

– Je viens de comprendre ! Sigil a prévu d'assassiner Delicius IX pour ensuite faire accuser Véribon ! Vous imaginez ? Si le grand gastronomage est accusé d'avoir assassiné sa majesté, il faudra bien nommer quelqu'un en remplacement à la tête de la *Tour d'Or*. Et nous pensons que Sigil a réussi à obtenir le soutien d'une bonne partie de la

Guilde des restaurateurs, par l'entremise du Comte Vilnus.

Maxim et Régine Sansell se dévisagèrent.

– Ta logique se tient. Mais j'ai vraiment du mal à le croire. Sigil et Véribon travaillent ensemble depuis des décennies. Pourquoi le trahir maintenant ? Véribon est peut-être un peu conservateur, mais tout de même, de là à le faire jeter en prison…

– Le pouvoir sans doute. Il en a peut-être assez d'être le numéro deux de la *Tour d'Or*.

– En tout cas, une chose est sûre, le roi est en danger. Nous en sommes quasiment certains, insista Maxim.

La cheffe-pâtimage n'hésita pas longtemps. Un sourire léger vint à nouveau éclairer son visage plein de bonhommie.

– Je te crois Maxim. Je connais bien tes parents et tu as toujours été un brillant commis. Je ne vois pas pourquoi je devrais douter de tes paroles. De toute façon, cela ne coûte rien d'avertir Véribon. Mieux vaut prévenir que guérir. Laissez-moi lui parler.

– Je doute que vous y parveniez. Nous avons essayé, mais plusieurs mirmitons sont dans le coup. Ce… c'est l'un d'eux qui nous avait enfermés dans la chambre froide, expliqua Maxim.

– Quoi ?! Mais je… je pensais qu'il s'agissait d'un accident.

– Non. Et sûrement que d'autres membres de la *Tour d'Or* sont avec eux. Croyez-moi, ils sont prêts à tout.

Régine retira sa toque et se gratta la tête.

– Dans ce cas, il ne reste qu'une dernière chance, prévenir Sa Majesté Delicius IX elle-même. Mais comment l'approcher ?

– Vous ne pouvez pas le faire ? demanda Maxim. Vous êtes tout de même la cheffe-pâtimage de ce restaurant.

– Hélas, Sa Majesté est particulièrement protégée. Seuls les servitors sont autorisés à pénétrer dans la salle de restaurant pendant le service.

– Nous n'avons qu'à nous déguiser en l'un d'eux, proposa Sébastiane.

– Nous déguiser ? Non. Par contre, vous pouvez vous transformer ! s'exclama Sansell. Tant pis pour le dessert royal dont je devais m'occuper. Sa majesté ne sera sans doute pas ravie, mais si nous lui sauvons la vie, elle devrait nous en être reconnaissante. Viggo et Prune s'occuperont du dessert. Pendant ce temps nous allons préparer une glace au morpho-coulis.

– Une glace au morpho-coulis ? Qu'est-ce que c'est ? demanda Sébastiane.

– Une glace deux boules qui permet de prendre l'apparence de n'importe qui, dès lors que deux personnes ont chacune mangé une boule.

– Et vous pensez à la même personne que moi ? demanda Sébastiane.

Viggo et Prune ne cachèrent pas leur joie lorsque Sansell leur apprit qu'ils étaient à présent en charge de l'îlot volant au sirop d'orage pour Delicius IX. Si ce dessert était réussi, alors leur réputation au sein de la *Tour d'Or* serait faite.

Au fond, Sébastiane aussi aurait aimé elle aussi se faire remarquer pour son îlot volant, mais une mission plus importante l'attendait. Et cela, malgré elle.

Pendant que Maxim s'activait pour préparer en urgence une glace au morpho-coulis avec Régine Sansell, Sébastiane, elle, montait la garde et s'assurait que personne ne les surprenne.

Cela ne l'empêchait pas de jeter de petits coups d'œil réguliers pour comprendre le secret d'une telle préparation. D'abord réduire en poudre quelques grains de morphovie (le glumen utilisé pour fabriquer les viandes), ce qui n'était pas une mince affaire tant ceux-ci étaient épais. Une fois l'obtention d'une belle poudre, on la mélangeait avec le sucre, la crème épaisse et les jaunes d'œufs.

Régine Sansell y incorpora les blancs qu'elle avait battus en neige ainsi que de la fraise mixée en un coulis onctueux, et versa le tout dans un moule non sans avoir au préalable ajouté une pincée de glaciero afin d'accélérer le processus.

Ils glissèrent ensuite le tout dans un bac à congélation.

– Et voilà, dans quatre heures, elle devrait être prête.

Sébastiane observa l'horloge. Si tout se passait comme prévu, au moment où Delicius IX se mettrait à table dans la *Tour d'Or*, elle aurait tout juste le temps de le prévenir…

18
« Qu'est-che que ch'est que che délire ?! »
Antonio Gusta

Antonio, sur un petit nuage, réajustait son nœud papillon pour qu'il soit parfaitement à l'horizontal. Il n'en revenait toujours pas. Il avait vraiment été désigné par Véribon lui-même pour servir les entrées de Sa Majesté ?

Il imaginait déjà la tête de ses parents lorsqu'ils apprendraient la nouvelle. Enfin, ils allaient commencer à le prendre au sérieux. Est-ce que son frère, ce génie qui faisait la fierté de sa famille, avait déjà cuisiné pour le roi ? Non. Est-ce qu'il s'était déjà approché de lui ? Non plus.

Alors que lui, Antonio Gusta allait non seulement amener les entrées à Delicius IX (des appétissants préparés à la perfection) mais il s'occuperait également de la grande Diva Marx et de son mari, l'éminent critique gastronomagique, très proche ami de ses parents. Il leur raconterait à quel point leur fils faisait un travail remarquable à la *Tour d'Or* ! Et ses parents comprendraient que les servitors jouent un rôle tout aussi important que les gastronomages ou pâtimages.

Enfin, il tenait sa revanche. Le tournant de sa carrière allait se jouer dans quelques heures.

Il bouillait d'impatience et devait se retenir de ne pas aller le crier sur tous les toits. Il lui restait encore deux heures à attendre. En prévision, il décida de s'échauffer dans le vestiaire des servitors. Ses gestes devaient être fluides, son poignet précis, ses mouvements chirurgicaux.

Flexions, moulinets, poiriers… Antonio était d'une agilité sans faille et, même avec des poids attachés à ses chevilles et ses poignets, et les yeux bandés, il répétait ses gestes de servitor avec une précision quasi mathématique.

Avec un peu de recul, il aurait mieux fait de ne pas se bander les yeux. Cela lui aurait permis de comprendre ce qu'il lui arrivait. Il sentit juste une masse surgir dans son dos et l'attaquer…

– Hé ! Qui est l… ?!!

En quelques secondes il se retrouva à terre, les mains ligotées dans le dos. Il voulut crier, appeler à l'aide, mais au moment où il ouvrit la bouche une saveur glacée lui emplit le palais.

– Qu'est-che que ch'est que che délire ?! essaya-t-il de demander.

C'était à n'y rien comprendre. De la crème glacée lui coulait dans la gorge, bien fraîche, avec un goût subtil de fraise, pas désagréable. S'il n'avait pas été aussi surpris, il l'aurait même trouvé délicieuse. Mais qui était assez fou pour forcer quelqu'un à manger de la glace ? Il eut beau tenter de se débattre, il ne parvenait pas à enlever ce fichu bandeau qui lui masquait la vue.

– Je vous préviens, vous allez me le payer, dit-il en sentant la glace qui commençait à sécher autour de sa bouche. Vous allez voir ce que vous… mgnh mgnh…

Une serviette en tissu l'empêcha de finir sa phrase.

Il se roula au sol, trépigna, se tortilla tel un vers de terre. Lorsqu'il réussit enfin, au prix d'efforts incroyables, à faire glisser le bandeau sur son front, il constata qu'il était à nouveau au sol dans la pièce, fermée à clé.

Le goût de glace à la fraise encore dans la bouche, il réalisa que son heure de gloire risquait bien de ne jamais avoir lieu s'il ne trouvait pas rapidement un moyen de sortir de là…

***

– Salut Antonio, alors prêt pour le service ?

Sébastiane hocha la tête en s'efforçant de prendre l'air arrogant qu'arborait toujours Antonio. Elle n'avait pas encore ouvert la bouche depuis que son corps s'était transformé en celui du garçon qu'elle détestait le plus. La sensation était étrange et extrêmement désagréable.

– Incroyable ! chuchota Maxim. La recette de Sansell est parfaite, on n'y voit que du feu. Tu es parfaitement… répugnante.

– Merci. Restons concentrés, s'il te plaît.

Il ne fallait pas se louper. Elle venait de séquestrer un serveur de la *Tour d'Or*, avait pris son apparence pour tenter de déjouer un complot, dont elle ignorait tous les détails contre la vie du roi de Savoria.

Au moindre faux pas, elle risquait de perdre sa place dans la *Tour d'Or*, et même plus…

– Tu as raison. Tu devrais même t'entraîner un peu à porter un plateau si tu ne veux pas te faire remarquer.

– Ne t'inquiète pas. Dans le restaurant de ma grand-mère, il fallait être capable de tout faire. Je n'ai peut-être pas l'aisance d'un servitor mais le service ça me connait. Regarde.

Lestement, elle se saisit d'une assiette vide pour la faire tourner au bout de son index avant de la reposer délicatement sur un coin de table.

– Décidément, tu es pleine de surprises.

Sansell les rejoignit, les yeux fixés sur Sébastiane/Antonio.

– Alors ? Ça... a marché ? demanda-t-elle à Maxim d'un ton hésitant.

– Ouais. Ne vous en faites pas. C'est bien Sébastiane. Nous avons enfermé cet imbécile d'Antonio dans le vestiaire des servitors.

La pâtimage s'approcha de Sébastiane pour inspecter son visage dans les moindres détails. À quelques centimètres d'elle, la jeune fille sentit son haleine chocolatée.

– Eh bien, je m'impressionne moi-même. Ma recette était parfaite. À ce niveau-là, ce n'est même plus de la ressemblance. Tu es vraiment le double d'Antonio. En tout cas, j'espère que vous ne vous en êtes pas trompés. Enfin... si quand même, fit-elle en faisant une drôle de moue. Je ne voudrais pas qu'il y ait un attentat contre notre roi. Ah ! Bref, je ne sais pas. Bonne chance Sébastiane.

– Merci. Je vais faire de mon mieux.

– Et moi, je vais ouvrir l'œil, dit Maxim.

Ce fut donc sous les traits d'Antonio que Sébastiane quitta le Desserteur pour s'approcher des cuisines.

Sitôt les portes franchies, une délicieuse odeur de sauce aux champignons lui sauta aux narines, suivie immédiatement d'un parfum de fenouil, de cumin… Un tourbillon de parfums flottait autour des préparations des cuisiniers, qui s'activaient avec la rigueur et l'efficacité de soldats au combat.

D'ailleurs, les ordres criés par les mirmitons contribuaient largement à l'atmosphère de tension qui régnait dans le lieu.

Du haut de sa plateforme, le grand gastronomage Véribon supervisait les préparatifs, sa montre à gousset à la main, ses pupilles bougeant à la vitesse de l'éclair.

Face à cette atmosphère, si sérieuse et dynamique, Sébastiane eut du mal à croire qu'une conspiration contre le roi se préparait. Et si elle s'était trompée ?

Eh bien dans ce cas, elle reprendrait ses traits le plus rapidement possible et tout serait pour le mieux.

– Antonio, tu es déjà là ?

Il fallut quelques secondes à Sébastiane pour réaliser que c'était à elle que l'on venait de s'adresser.

– Eh alors, tu rêvasses ? J'espère que tu ne vas pas faire la même chose devant nos clients !

Face à elle se tenait Sigil Aigredou, le regard perçant, un énorme couteau à la main. Ses longs cheveux gris étaient retenus avec sévérité dans sa toque. Penché au-dessus du plateau d'appétissants, il étalait une fine couche de sauce violette sur les amuse-bouches qui tenaient plus de la sculpture que de la cuisine.

– Euh… je… non, je suis prête m'sieur. Euh, prêt ! Je suis prêt.

Sigil s'interrompit. Un des muscles au coin de sa bouche se contracta subitement.

– Eh bien que t'arrive-t-il ? Tu m'as l'air bien stressé. Ça ne te ressemble pas Antonio. Mais je te comprends. Ce n'est pas tous les jours que l'on sert le roi. Et crois-moi, ce repas, il va s'en souvenir.

Au moins, se dit-elle, *Antonio ne faisait pas partie de la conspiration. À moins qu'Aigredou ne s'adresse à lui en message codé ?* Elle préféra ne courir aucun risque, hocha la tête puis fit mine d'aller chercher ses plateaux, tandis que Sigil Aigredou reprenait sa préparation.

En attendant que les entrées soient prêtes, Sébastiane réfléchit. Comment le second chef gastronomage comptait-il s'en prendre au roi ? Elle supposait qu'il avait prévu de l'empoisonner, mais il aurait pu aussi bien pu l'attaquer directement. Après tout, les couteaux dans une cuisine, ce n'était pas ce qui manquait…

Elle avait la sensation d'être prise dans un tourbillon et dut prendre de grandes inspirations pour se calmer.

Maxim lui avait promis d'ouvrir l'œil. Il devait veiller sur elle. Elle repensa à leur baiser, à leur journée à Diviniaris, à toutes ces choses qui l'avaient rendue heureuse depuis son arrivée à la *Tour d'Or*.

Mais également à toutes les tensions, tous les moments d'angoisse qu'elle avait connus.

Il lui restait tant à faire… Elle n'avait toujours trouvé aucun moyen de guérir son père, à part une vague piste à propos d'un glumen mystérieux…

Prise dans ses pensées, elle ne vit pas le temps passer, et elle sursauta lorsque le bruit strident d'un sifflet résonna dans toute la cuisine.

– C'est l'heure ! clama Véribon en tapant dans les mains. Allez, tous en piste. Que la magie commence !

En quelques secondes, elle se retrouva avec un plateau couvert d'Appétissants aussi étincelants que des pierres précieuses, découpés comme de la dentelle, et dont le goût devait être sublime.

Face à elle, le mirmiton qui l'avait mise en garde, l'empêchant de prévenir Véribon, plongea son regard dans le sien.

– Allez, Antonio, le roi t'attend…, fit-il en arborant son plus beau sourire et en lui ouvrant la porte.

Sébastiane pénétra la première dans la grande salle où une immense table de banquet en forme de demi-cercle lui faisait face. Au centre, le roi Delicius IX et son épouse, la reine Merveilla, étaient en conversation avec la cantatrice Diva Marx et son mari, le critique gastronomagique. Diva Marx occupait presque deux fauteuils à elle seule, son immense gorge mise en valeur par un décolleté aussi large qu'une soupière. Le roi et la reine, eux se démarquaient par leur grandeur. On aurait dit deux échassiers, tout d'or et de soie vêtus. Une vingtaine d'autres convives les accompagnaient, qui, bien que probablement habitués au luxe et à la richesse, paraissaient émerveillés par l'endroit.

Sébastiane s'approcha timidement du roi, son plateau dans la main et les jambes flageolantes. Devait-elle lui parler maintenant ? Elle se retourna, cherchant à apercevoir Maxim. Mais elle était seule dans la grande salle et devait prendre sa décision. Bien qu'elle fût terrifiée, il ne servait à rien d'attendre : les appétissants pouvaient être empoisonnés.

Alors, tout en faisant pivoter son plateau, pour servir son souverain, elle se pencha en avant, essayant d'attraper son regard.

– Votre Majesté, dit-elle d'une voix tremblante, vous êtes en…

– Arrêtez cette personne !!

Elle se figea sur place en entendant dans son dos la voix d'Antonio qui rugissait de colère. Elle se retourna et aperçut le servitor, échevelé, la mine rougie, qui venait de faire son entrée dans la grande salle de restaurant. Des regards stupéfaits se posèrent sur elle, cherchant à comprendre comment la même personne pouvait se trouver à deux endroits à la fois.

Sébastiane réalisa qu'elle venait de sauter à pieds joints dans les ennuis.

– Votre Majesté ! Écartez-vous ! cria alors Sigil Aigredou, qui accourut derrière Antonio. Cette personne tente de vous assassiner.

Hein ?! Quoi ?! Ça c'est la meilleure ! se dit-elle.

– Non, pas… pas du tout, j'essaie justement de…

Paniquée, elle laissa échapper le plateau qui s'écrasa au sol, faisant rouler les appétissants qui explosèrent brutalement comme s'ils avaient été chargés de dynamite !

Le chaos s'empara alors de la salle de restaurant, emplie d'explosions, de fumée et de cris, dont celui de la cantatrice qui fissura l'un des vitraux du plafond. Une partie de la table vola en éclats et, pendant quelques secondes, Sébastiane ne vit plus rien. Elle resta sur place, tétanisée, incapable de bouger, à se demander si elle n'avait pas été blessée dans l'explosion.

Le roi était-il encore en vie ? Avait-il été blessé ? Une fumée épaisse l'empêchait de distinguer quoi que ce soit.

Autour d'elle, des gens toussaient, geignaient, hurlaient, et lorsque le nuage noir commença à se dissiper, elle vit simplement une ombre se jeter sur elle à toute allure.

– Sébastiane ! Vite ! Par ici !

Maxim lui attrapa le bras et l'entraîna hors de la salle. Il avait promis qu'il veillerait sur elle et venait de se lancer à son secours.

– Il ne faut pas rester là ! Suis-moi.

Mécaniquement, elle courut en direction d'une porte latérale que le pâtimage ouvrit d'un coup d'épaule.

– Attrapez-les !

– Vite de l'aide ! Notre roi est blessé !

– Que s'est-il passé ?! Je ne vois rien !

Derrière Sébastiane, les exclamations s'enchaînaient, les voix se superposaient à mesure que la panique gagnait tout le restaurant. Elle devait fuir, loin d'ici, mais pour aller où ?

Au bout d'un couloir, un groupe de mirmitons au regard noir leur barraient la route. Étaient-ils alliés à Sigil, ou croyaient-ils simplement que Sébastiane avait tenté de s'en prendre au roi Delicius IX ? Elle n'avait pas le temps de se poser la question.

– Viens par ici ! On prend les escaliers.

Sébastiane avait beau suivre Maxim qui courait à toutes jambes, elle ne pouvait s'empêcher de penser qu'une telle attitude la faisait paraître coupable. Si cela n'avait tenu qu'à elle, elle se serait rendue et aurait tenté de tout expliquer à Véribon et au roi.

– Maxim, tu crois que c'est une bonne idée de fuir ?

– Parce que tu penses que quelqu'un va te croire ? C'est ta parole contre celle de Sigil, le second gastronomage de la *Tour d'Or*. On doit partir d'ici ! Sinon, c'est la prison assurée. Ou même pire.

Il avait raison. Personne n'accorderait le moindre crédit à une apprentie-pâtimage qui avait mis le feu au restaurant de sa grand-mère…

– Où peut-on aller ?!

– Je ne sais pas. Pour le moment, concentrons-nous sur un moyen de sortir d'ici.

Comme pour lui répondre, une violente secousse fit vibrer la *Tour d'Or*.

– Oh non ! C'est pas vrai.

– Quoi ?!

– Les portes viennent de se verrouiller. On est coincés à l'intérieur !

Derrière eux, des bruits de pas se rapprochaient comme des cailloux roulant sur le sol. Tout le personnel de la *Tour d'Or* devait être à leurs trousses et semblait arriver de tous les côtés. Dans la peau d'Antonio, Sébastiane se sentait à bout de souffle. Elle inspira une grande goulée d'air et sentit tout son corps frémir, comme si un glaçon glissait le long de sa colonne vertébrale.

Le charme de la glace au morpho-coulis venait de se rompre. Elle était redevenue elle-même.

– Je te préfère comme ça, fit Maxim dans un vain effort pour dédramatiser la situation.

– Ouais moi aussi !

Alors qu'un groupe de mirmitons arrivait face à eux, ils bifurquèrent sur la gauche en direction d'un escalier dont ils dévalèrent les marches quatre à quatre.

– Oh non ! s'exclama Maxim. Je ne pensais pas qu'on était si bas !

Devant eux se trouvait l'immense couloir sombre où ils avaient pour la première fois surpris Sigil avec le Comte Vilnus. S'ils ne s'étaient jamais rendus ici à la rencontre du Schlurp, rien de tout ceci ne serait arrivé.

– Cette fois Seb, on dirait bien qu'on est pris au piège !

– Et par là ? demanda-t-elle en courant en direction du Schlurp dont les yeux étincelaient dans l'obscurité.

– Attends ! Jamais il ne te laissera passer ! Ça ne sert à rien.

Ce n'était pourtant pas le genre de Sébastiane de s'avouer vaincue avant d'avoir essayé. Elle comptait bien convaincre ce gros mérou de les laisser passer, à coups de pied s'il le fallait.

– Écoute-moi bien, toi, dit-elle à la créature aux yeux gonflés. Je sais que nous n'avons pas le dr…

Sans même la laisser finir, le Schlurp entrouvrit la bouche pour laisser sortir une langue longue comme un tentacule, qui serpenta dans sa direction.

– Sébastiane, attention !

Mince. Elle n'avait pas réussi à berner le Schlurp, et celui-ci allait le lui faire payer. Incapable de bouger, elle laissa l'immense langue visqueuse s'approcher d'elle, tel un serpent vicieux. Mais au lieu de tenter de l'étouffer comme elle s'y attendait, Sébastiane vit la langue gluante plonger directement dans sa poche là où se trouvaient les friandises.

– Les cookies ! s'exclama-t-elle surprise. C'est ça que tu veux ?!

Le Schlurp cligna de ses grands yeux plusieurs fois avant d'avaler tout rond les gâteaux préparés à partir de la recette de Janus.

– Sébastiane ! Ils arrivent ! hurla Maxim, quelques mètres derrière elle. Il faut se cacher.

Les bruits de pas accompagnés des vociférations des mirmitons emplissaient à présent le couloir.

– Attends ! Il se passe un truc !

Sébastiane, hypnotisée par le Schlurp, l'observait mâcher ses cookies. Quelque chose dans son regard était en train de changer.

– Maxim ! J'ai compris. Les cookies…

Lorsque la créature déglutit, elle ouvrit alors grand sa gueule, dans un bruit gluant semblable à de la gelée écrasée. SCHLUUUURP !

Mais au lieu de voir le fond de sa gorge, Sébastiane crut distinguer un paysage lumineux avec de grandes étendues de terre ocre balayées par le vent. Cela dépassait l'entendement. Elle pouvait presque sentir la brise fraîche faire onduler les quelques touffes d'herbe qu'elle distinguait au loin.

– Nüvi ! Tu as réussi, Seb ! Allons-y ! fit Maxim en lui agrippant la main.

Sans réfléchir, ils plongèrent en avant, frôlant les dents du Schlurp, prêts à se faire avaler. Heureusement, au lieu d'atterrir dans l'estomac de la créature, le monde autour d'eux se mit à tournoyer. De plus en plus vite, comme s'ils étaient des jaunes d'œufs en train de se faire transformer en mayonnaise. Les odeurs, les couleurs se mélangèrent dans un tourbillon irrésistible jusqu'à ce qu'ils se fassent recracher sur un sol dur et sec. Ils roulèrent pendant quelques secondes par terre tandis que derrière eux l'immense gueule se refermait.

Ils avaient réussi à s'échapper de la *Tour d'Or*.

Sébastiane leva les yeux :

– Alors, c'est ça Nüvi ?

Plat de résistance

19

« Tu as déjà vu ce genre d'arbres ? »

Sébastiane Grandélice

Tout le corps de Sébastiane était engourdi.

Après une nouvelle nuit passée sur un sol dur, à peine recouvert de quelques feuilles et de mousse qu'ils avaient ramassées, ses muscles étaient en feu, et son dos tellement raide que le moindre mouvement faisait craquer tous ses os.

– Hgnh. Comme je rêve d'un bon lit moelleux, soupira-t-elle en s'étirant.

Maxim n'était pas là pour l'écouter. Il s'était déjà levé, probablement pour partir en quête de quelque chose à manger. En revanche, Gourmet, le petit lézard aux écailles rouges, était là. Sébastiane avait eu la surprise de le découvrir dans la pochette de son tablier, où elle avait rangé les cookies confectionnés à partir de la recette de Janus.

Dire que ceux-ci étaient la clé permettant de passer dans Nüvi... C'était bien la première fois qu'elle entendait parler d'un mot de passe... comestible.

Elle se leva, fit quelques pas vers l'extérieur de la grotte où ils avaient trouvé refuge. Ses articulations étaient comme rouillées. Une douche n'aurait pas été de refus.

Face à elle, les terres s'étendaient à perte de vue. Le mystérieux Nüvi. Lorsque Maxim lui en avait parlé la première fois, elle s'était imaginé qu'il s'agissait d'une sorte de jardin secret. Mais en réalité Nüvi était bien plus que ça. Il s'agissait d'un véritable monde secret où poussaient les glumens, un monde situé en dehors de Savoria et dont la plupart des gens ignoraient l'existence.

Quand ils avaient franchi le passage protégé par le Schlurp, un mois plus tôt, il ne leur avait pas fallu longtemps pour comprendre que les restaurants gastronomagiques avaient tellement tiré profit des terres de Nüvi que toute abondance avait disparu. Les végétaux qu'ils croisaient ne contenaient que de rares glumens – certes purs – oubliés parmi les feuillages.

Sébastiane comprenait mieux pourquoi les restaurants n'étaient pas prêts à partager l'accès à Nüvi. Cet endroit était déjà largement exploité.

Pour l'heure, Sébastiane et Maxim étaient coincés ici. Ils avaient fui le plus rapidement possible du passage ouvert par le Schlurp, craignant que les hommes de Sigil, les soldats du roi, ou même les mirmitons ne les retrouvent.

À plusieurs reprises, ils avaient cru apercevoir les petites créatures à têtes d'oignon lancées à leurs trousses, mais ils avaient jusqu'à présent toujours réussi à se tenir à bonne distance.

Rapidement, ils avaient compris que dans Nüvi, la nuit n'existait pas, ce qui leur avait valu de marcher jusqu'à l'épuisement le premier jour.

Ils n'avaient aucune idée du chemin à suivre. Ils avançaient donc toujours tout droit, dans la même direction, s'arrêtant pour se reposer à la faveur d'une grotte ou d'un arbre assez gros pour les abriter dans son houppier.

Pendant des jours et des jours, ils avaient arpenté ces terres arides, faisant voler la poussière à chacun de leurs pas. Par moments, certains plateaux isolés apparaissaient tout de même, garnis de glumens intacts, mais ils étaient rares.

SEB !
T'ES RÉVEILLÉE ?
J'AI TROUVÉ
QUELQUES
TONUFLORS.
DE QUOI TENIR
UNE SEMAINE DE PLUS !
UGH...

Si seulement ils avaient eu de quoi cuisiner le Tonuflor et atténuer son amertume.

Seul Gourmet semblait raffoler des petits morceaux qu'il parvenait à effriter.

Une chose était sûre, malgré son goût infect, l'efficacité du glumen n'était pas à prouver.

– Je rêve tellement d'un…

– … vrai petit-dej' ? Ouais je sais, et d'un lit moelleux. Tu dis la même chose tous les matins, l'interrompit Maxim avec un clin d'œil.

Elle regarda le pâtimage qui, malgré leur situation, ne semblait pas se départir de son flegme. Comment faisait-il pour ne pas être plus anxieux ? Sébastiane, elle, se sentait comme un milk-shake d'émotions. L'angoisse d'être pourchassée se mêlait à la colère contre Sigil, à la tristesse lorsqu'elle repensait à sa grand-mère qu'elle ne reverrait peut-être jamais et à son père qui ne guérirait pas.

Et puis, il y avait également tout ce qu'elle ressentait pour Maxim. Depuis leur fuite, ils avaient soigneusement évité le sujet les concernant. Le pâtimage était toujours charmant, prévenant, mais il n'avait plus été question de sentiments entre eux. Comme si le charme avait été rompu.

Elle regrettait de s'être montrée aussi dure en découvrant qu'il lui avait caché la vérité sur Janus, mais il était sans doute trop tard pour s'excuser.

– J'ai cru apercevoir quelque chose de l'autre côté de la vallée…, poursuivit Maxim.

– Des mirmitons ? Des récolteurs ?

Sébastiane n'aimait guère ces étranges machines qui se déplaçaient toutes seules à travers les plantations de glumens et lui faisaient penser à des animaux métalliques terrifiants.

– Non. Il y a longtemps que je n'en ai pas croisé. Par contre j'ai l'impression que la végétation était un peu plus… dense.

– Alors tout Nüvi ne serait pas… dans cet état ?

– Il faut croire que non. On se met en route ? Ta jambe ne te fait plus mal ?

Trois jours plus tôt, Sébastiane avait glissé dans une crevasse qui s'était ouverte sous ses jambes. Elle s'était rattrapée de justesse à une racine, mais s'était éraflé le mollet dans sa chute.

– Non. Je pourrais courir un marathon.

Ils abandonnèrent leur cachette pour suivre la piste qu'avait remontée Maxim. Ils s'arrêtèrent en chemin pour boire auprès d'une des nombreuses sources qui traversaient ces terres. L'eau fraîche fit du bien à Sébastiane, même si les saveurs auxquelles elle était habituée lui manquaient. Elle ignorait si sa relation avec Maxim était de l'amour, mais une chose était sûre, elle aurait eu beaucoup de mal à ne vivre que d'amour et d'eau fraîche ; il lui tardait de retrouver l'ambiance du restaurant et de se remettre à cuisiner.

Au bout d'une heure de marche pendant laquelle ils ne croisèrent personne, Sébastiane commença à distinguer quelques points de verdure de plus en plus denses, comme si les récolteurs n'étaient pas encore parvenus jusque-là. Les buissons se faisaient plus touffus, les arbres plus variés et leur feuillage plus garni.

Chaque pas les enfonçait un peu plus dans une forêt aux couleurs éclatantes, allant du vert pomme à l'orange d'un coucher de soleil en passant par le bleu azuréen et au rouge cerise.

– Voilà. C'est un peu plus l'idée que je me faisais de Nüvi, annonça Sébastiane.

– Ouais. J'imagine que tout devait ressembler à ça au début, avant que les restaurants gastronomagiques ne viennent se servir.

– Et tu ne trouves pas que c'est un peu triste ?

– Si, sans doute. Mais je me dis que de toute façon, les glumens sont faits pour être mangés. Non ?

– On n'en sait rien. Peut-être ont-ils une autre fonction ? Et puis, ont-ils besoin d'une raison d'exister ?

Depuis son arrivée ici, Sébastiane ne savait plus quoi penser de l'utilisation des glumens. Si auparavant, elle trouvait injuste que seuls les plus riches aient accès à ces merveilleux produits, aujourd'hui elle commençait à se demander s'il n'aurait pas été préférable que personne n'en mange. Après tout elle avait tendance à croire que ces aliments finissaient par faire perdre la raison.

Au moins, Nüvi serait toujours luxuriant, et tant pis si la magie disparaissait de Savoria.

– Que fait-on ? demanda-t-elle. On continue tout droit ?

– Je ne sais pas, admit Maxim. Je commence à penser que nous ne trouverons jamais d'autre passage pour sortir d'ici.

– Allons, ne perdons pas espoir. Il y a forcément une issue !

Ils décidèrent de longer le cœur de verdure qu'ils venaient de découvrir, s'émerveillant devant le nombre de glumens, aussi répandus que des cerises au printemps.

Bien évidemment, Sébastiane brûlait de s'aventurer à l'intérieur dans l'espoir de découvrir le fameux glumen dont leur avait parlé Tryphon, l'Edenis, tout en sachant que la probabilité qu'elle le trouve était plus qu'infime.

Surtout qu'elle ignorait totalement à quoi celui-ci pouvait ressembler.

Soudain, caché derrière un arbre aux feuilles bleutées effilées comme des pointes de flèches, ils découvrirent une énorme statue. Elle devait mesurer près de quatre mètres de haut et représentait une créature dont les traits rappelaient vaguement ceux du Schlurp. C'était la troisième fois qu'ils croisaient ce genre de vestige, et ils ne savaient toujours pas à quoi ils correspondaient.

– Tu crois que ces créatures vivaient sur Nüvi ? demanda Sébastiane.

– Probablement… C'est étrange comme ils ressemblent au Schlurp.

– Pourtant, ils semblent différents. Plus… grands, et pourvus de longues jambes…

– Oui, c'est pour le moins mystérieux.

Mais, alors qu'ils empruntaient un chemin bordé d'arbrisseaux étincelants, un bruissement dans les feuillages, suivi d'un énorme craquement, fit bondir Gourmet qui était niché dans son cou. Sans demander son reste, le petit lézard plongea se mettre à l'abri dans le tablier de Sébastiane.

– Qu'est-ce que c'était ? demanda Sébastiane, inquiète.

– Aucune idée. Une bête ? Ce serait étrange, nous n'avons encore croisé aucun animal depuis notre arrivée.

Ce n'était d'ailleurs pas une mauvaise chose, se dit Sébastiane qui n'osait pas imaginer à quoi auraient bien pu ressembler des créatures nourries exclusivement de glumens.

– Un récolteur alors ?

– Va savoir. Soyons prudents.

Elle glissa une main dans la poche avant de sa tenue pour rassurer le lézard tremblotant, puis avança doucement. Ils ne faisaient pas un bruit, et jetaient des regards méfiants à travers la végétation qui formait un voile de verdure sur leur gauche.

Après une heure de marche précautionneuse, les ramifications d'un arbre gigantesque apparurent à l'horizon, recouvrant le sol de son ombre végétale. On aurait dit un géant de verdure, veillant patiemment sur Nüvi. Ses branches montaient à une dizaine de mètres de hauteur, et s'entremêlaient pour donner naissance à d'étranges cocons, faits de bois et de verdure. Comme une multitude de petites cabanes.

– Tu as déjà vu ce genre d'arbres ? demanda Sébastiane.

– Non. Jamais.

À mesure qu'ils s'approchaient, l'arbre leur parut de plus en plus immense, si bien qu'ils durent se tordre le cou pour en distinguer le sommet. Et à y regarder de plus près, ils finirent par remarquer le long de son tronc aussi épais qu'une tour de garde, d'étranges bulles blanchâtres, comme des gouttes de sève géantes. Sébastiane s'approcha pour mieux les observer : à l'intérieur, elle crut apercevoir des formes sombres, comme si quelque chose y poussait. Une chose semblable à des bulbes d'oignons.

Soudain, un cri aigu lui fit tourner la tête.

– Ils sont là ! Je les ai retrouvés ! Venez vite !

Un groupe de mirmitons venait de surgir derrière eux et courait dans leur direction !

– Mince ! Vite Maxim ! Par ici !

Les deux adolescents se précipitèrent en avant, pourchassés par les créatures à têtes d'oignons lancés sur leurs talons. Ils auraient pu se battre, se défendre, mais les mirmitons étaient presque une douzaine. Et d'autres allaient peut-être arriver en renfort.

Ils coururent, laissant l'arbre gigantesque derrière eux à contrecœur, et remontèrent un chemin parsemé de bosquets.

Si seulement ceux-ci avaient pu ralentir la course de leurs assaillants, mais les mirmitons, lancés à pleine vitesse, les évitèrent sans la moindre difficulté, faisant preuve d'une surprenante agilité.

– Comment font-ils pour aller aussi vite ? demanda Sébastiane. Leurs jambes sont minuscules !

Soudain, au détour d'un chemin, un choc retentissant eut lieu. Face à eux, ils virent les frondaisons des arbres s'agiter et s'ouvrir peu à peu comme si une bête gigantesque les traversait.

Au dernier moment, Maxim attrapa la main de Sébastiane et la força à plonger en avant.

– Baisse-toi !

Il y eut un bruit de troncs arrachés, de sol retourné comme si un troupeau d'animaux labourait le sol à pleine vitesse. Au moment où ils se jetèrent au sol, une créature les frôla. Un humain échevelé, vêtu d'une tunique blanche à moitié déchirée, aux muscles saillants et étrangement gonflés. Il poussait des grognements de bête sauvage et bondit sur les mirmitons qu'il envoya voler dans les airs d'un revers de la main. Pendant qu'ils s'écrasaient au loin, Sébastiane et Maxim en profitèrent pour prendre la fuite aussi vite qu'ils le pouvaient.

– Tu as compris ce qu'il vient de se passer ? demanda Sébastiane, essoufflée.

– Je ne sais pas, répondit Maxim. On aurait dit… Janus…

20
« Grrr… Tour… d'Or… »
Janus

– Tu es sûr de toi ? demanda Sébastiane.

L'homme qui avait surgi du bois tenait plus de la bête féroce que de l'apprenti-pâtimage, et elle avait bien du mal à croire qu'il s'agissait du jeune homme l'ayant précédée à la *Tour d'Or*.

– Je suis quasiment certain que c'est lui, murmura Maxim qui se dépêchait de grimper dans un arbre aux branches assez solides. Il était différent, mais il y avait quelque chose dans la forme de son visage. Et puis, tu as vu la tenue qu'il portait ? Elle était déchirée mais on aurait vraiment dit un tablier de la *Tour d'Or*.

Ils restèrent en équilibre sur les branches qui les cachaient, silencieux et immobiles. Au loin, les gémissements des mirmitons répondaient aux cris sauvages de celui qu'ils prenaient pour Janus. Et bientôt, ce fut le silence.

Soudain Janus réapparut en contrebas, l'œil fou, le comportement erratique, semblable à un animal possédé. Il tourna quelques secondes au pied de l'arbre, grattant la terre de ses mains, tel un sanglier en quête de truffes.

Que lui était-il donc arrivé pour se retrouver dans cet état ? Comment avait-il atterri ici, perdu au milieu de Nüvi, et se comportant comme un dément ?

À bien l'observer, le tablier qu'il portait était bien aux couleurs de la *Tour d'Or*, mais celui-ci était dans un tel état que même les plus zélés des mirmitons n'auraient pu lui rendre sa blancheur d'origine.

Janus effectua quelques tours sur lui-même, huma l'air, poussa un cri bestial et bondit à plusieurs mètres du sol avant de disparaître dans l'épaisseur de la forêt dans un fracas inouï.

– Eh bien, je ne l'imaginais pas vraiment ainsi, Janus. Il était déjà comme ça avant de disparaître ?

– Pas vraiment… Mais tu veux mon intuition ? Il a dû manger des glumens qu'il ne fallait pas. En trop grande quantité…

– Le pauvre…, fit Sébastiane qui pensa malgré elle à son père. On ne peut pas le laisser ainsi, il faudrait l'aider.

– Mais comment faire ? Nous pourrions tenter de trouver un remède, mais je ne sais même pas ce qu'il a pris comme glumens. Vu sa force et la hauteur de ses bonds, il a dû prendre du Fortisia, mais rien de sûr.

– Du Fortisia ? Je suis loin de connaître tous les glumens, mais il me semble n'avoir jamais entendu ce nom.

– Ce n'est pas surprenant. Il s'agit d'un des glumens interdits. Il dote celui qui le mange d'une force surpuissante, mais crée malheureusement une addiction presque incontrôlable. Le seul moyen de le consommer consiste à le faire infuser pour atténuer son efficacité. Si Janus en a pris, il va être difficile de le sevrer.

– Sans oublier qu'à la vitesse où il se déplace, il doit déjà être loin…

Un craquement lointain confirma ses paroles. En dessous d'eux, il n'y avait plus aucune trace des mirmitons, aussi décidèrent-ils que la voie était sûre et qu'ils pouvaient redescendre de leur arbre. Au milieu des buissons, Janus avait laissé une trainée de branches coupées et de terre retournée qu'ils décidèrent de suivre.

– Continuons à marcher en attendant de trouver une solution, proposa Maxim.

– Ok, de toute façon, nous ne pouvons rien faire d'autre. Mais tu as une idée de ce que Janus fait dans Nüvi ?

– Est-ce que c'est lié à la conspiration de Sigil Aigredou ? Ce dernier a peut-être voulu l'écarter, mais cela m'étonne. Après tout, il existait d'autres moyens de se débarrasser de lui. À moins que Janus soit venu se cacher ici comme nous… Après tout, c'est grâce à lui si nous avons trouvé la recette des cookies.

Ils continuèrent de marcher tout en élaborant des hypothèses sur la présence de Janus. Maxim en profita pour récolter sur les buissons et arbrisseaux plus nombreux quelques glumens qui changeaient du Tonuflor et pourraient leur permettre de se nourrir un peu. Cachés au milieu de fleurs violettes, il dénicha du Chocoal, un glumen qui vous remplissait d'une bonne chaleur quand on le laissait fondre sur la langue. Puis, tout en haut d'un arbre au tronc filiforme, il aperçut des grappes d'Aquang. Bien cuisinée, une simple bille d'Aquang permettait de respirer quelques minutes sous l'eau, mais à l'état pur, elle vous apportait les réserves d'eau nécessaire pour une journée. Il récolta également quelques feuilles de Nocturnelle qui, à l'état pur, permettaient de dormir plus sereinement, alors que savamment cuisinées, elles permettaient de bénéficier de rêves prémonitoires.

Régulièrement, les grognements éloignés de Janus leur parvenaient aux oreilles, et les faisaient frémir.

– À ton avis, l'arbre géant que nous avons vu était un arbre à glumens ? demanda Sébastiane.

– Sans doute. Mais alors des glumens sacrément gros, et que je ne connais pas.

Elle repensa à ce que Tryphon leur avait dit dans le Glumenodus.

– Et il ne pourrait pas s'agir de… l'Edenis ?

Maxim laissa échapper un soupir.

– Tu sais ce que j'en pense. L'Edenis n'est qu'un concept théorisé par nos scientifiques, mais rien ne garantit qu'il existe. Je ne veux pas te donner de faux espoirs. De toute façon, c'est trop risqué de retourner en arrière. On pourrait tomber sur d'autres mirmitons, ou sur Janus…

– Hmmm.

Sentant la déception de son amie, il crut bon d'ajouter :

– Mais cela ne veut pas dire qu'il n'existe pas. On ne sait jamais. Et puis si ce n'est pas l'Edenis, peut-être trouverons-nous quelque chose qui serve de remède au ragoût d'oubliettes.

Sébastiane ne répondit rien. Malheureusement, elle savait que Maxim avait raison. Elle aurait tellement aimé prendre le temps d'enquêter sur ce mystérieux glumen, et ainsi trouver un moyen de guérir son père. Mais s'ils voulaient avoir une chance de se sauver, ils devaient continuer d'avancer.

De longues heures de marche moroses s'ensuivirent. Au fur et à mesure de leur avancée, la végétation se faisait plus dense, plus fournie, à tel point qu'ils finirent par se retrouver face à un mur de verdure, épais et déroutant, qui leur barrait la route.

– Qu'est-ce qu'on fait ? demanda Sébastiane. On traverse ? Ou on essaie de le contourner ?

Maxim tourna la tête et vit que, aussi loin que portait son regard, la barrière végétale s'étendait.

– Je pense que nous n'avons pas le choix si nous voulons retrouver Janus. Traversons. Par ici, on dirait qu'une sorte d'entrée a été découpée.

– Probablement par Janus, commenta Sébastiane.

Les bras en visière pour se protéger des branchages, ils entrèrent dans la forêt de glumens. À chaque pas, les troncs paraissaient plus épais, larges comme des maisons. Les feuilles, aux formes excentriques, bruissaient à leur passage, comme si un peuple sylvestre les observait. Les racines qui sortaient parfois de la terre meuble étaient tellement grandes qu'ils devaient les escalader avec peine.

Le lieu avait beau être féérique, plein de magie et embaumant l'humus et l'écorce, Sébastiane ne se sentait pas totalement rassurée. La faute à un Janus gorgé de magie et au comportement imprévisible dont les cris leur parvenaient par intermittence.

– Regarde, s'exclama la jeune fille tout à coup. On dirait que les arbres ici sont plus petits que les autres.

Maxim tourna le regard dans la direction indiquée par Sébastiane.

– Tu as raison. Ils ont l'air plus jeunes. Comme s'ils avaient poussé il n'y a pas si longtemps.

Cette piste naturelle formait une sorte de tunnel bienvenu dans cet océan de verdure, et ils décidèrent de s'y engager. Pourquoi les arbres et arbustes y étaient-ils plus petits ? Quelque chose les empêchait de se développer ? À moins qu'ils aient été plantés plus récemment ? Mais par qui ? Par les étranges créatures en statues qui étaient à l'origine de Nüvi ?

Alors qu'ils marchaient, perdus dans leurs pensées, les grognements se rapprochèrent à nouveau. Soudain, face à eux, une silhouette émergea de derrière un bloc de pierre entièrement recouvert par la végétation. Janus, la mine perdue et inquiétante, vêtu de son tablier usagé, les dévisageait.

– Euh… salut Janus, fit Maxim d'une voix hésitante.

L'ancien pâtimage se contenta d'un borborygme difficile à interpréter. Ses yeux rougis semblaient emplis d'une folie incontrôlable.

– Tu me reconnais ? C'est moi. Maxim Médugra ! Tu te souviens ? La *Tour d'Or* ? On travaillait ensemble avec Régine Sansell.

À l'évocation de la *Tour d'Or*, une lueur aussi subtile qu'un rayon de soleil traversant un nuage passa dans le regard de Janus. Maxim lui montra son propre tablier où étaient brodées les armoiries du restaurant gastronomagique.

– Tu vois ? Ce sont les mêmes symboles. Nous travaillions ensemble chez les pâtimages. Tu ne te rappelles pas ?

– Grrr… Tour… d'Or…

Les mots qui sortaient de sa bouche avaient la rugosité des rochers, comme s'ils avaient besoin d'être travaillés, malaxés pour retrouver leur sens.

– Tour… d'Oooooor ! hurla-t-il soudainement en se frappant la poitrine de ses mains.

En quelques secondes la violence avait refait irruption en lui. Son regard s'emplit de folie et il contracta tous ses muscles, prêt à charger.

– Attends ! Janus ! Nous ne te voulons pas de mal !

Il était trop tard, le jeune homme échevelé ne l'écoutait pas, et dans un élan de rage, il bondit en direction de son ancien collègue. Les poings levés prêts à s'abattre, il s'immobilisa à la dernière seconde devant Sébastiane qui tendait les mains en avant en signe d'offrande, dans un geste d'apaisement.

Une petite tête rouge aux yeux jaunes et globuleux dépassait de ses paumes. Aussitôt la rage de Janus fut comme soufflée par le vent.

– Gour… met.

– Oui Janus, répondit Sébastiane. C'est Gourmet, ton petit lézard. Tu le reconnais ?

Les muscles du jeune homme se relâchèrent, et de sa bouche sortit un profond râle, fait de cris et de pleurs mélangés qui montèrent jusqu'au ciel de Nüvi. Il resta planté là, comme prostré, à sangloter.

– Gourmet ?

– Voilà, l'encouragea Maxim. C'est fini. Nous sommes là à présent. Nous t'avons retrouvé.

Profitant de ce moment d'apaisement, Maxim sortit rapidement de sa poche quelques feuilles qu'il malaxa avec une poudre violette, afin de former une boule compacte qu'il tendit à Janus.

– Tiens, mange. Ça va te faire du bien.

Janus, avec Gourmet dans le creux de sa main, se laissa faire, mâchant la boulette que lui tendait Maxim avec l'obéissance d'un enfant sommé de finir son assiette, obnubilé par les petites caresses squameuses de son lézard. C'était comme si ce grand gaillard aux longs cheveux ébouriffés était redevenu en quelques secondes un simple petit garçon. Passant de la colère au calme. Soudain, la lueur de folie s'alluma à nouveau dans son regard, mais il poussa un énorme bâillement et tomba lourdement au sol.

– Tu lui as donné des Nocturnelles ? demanda Sébastiane.

Maxim eut un sourire gêné.

– Oui. Je sais que les glumens ne sont pas recommandés dans son état, mais dormir un peu ne peut pas lui faire de mal. Cela devrait lui permettre d'évacuer le Fortisia sans en ressentir le manque.

Ensemble, Maxim et Sébastiane installèrent Janus sur un tapis d'humus. Plongé dans un sommeil de plomb, son corps était agité par des rêves qui ne le laissaient pas tranquille. À tour de rôle ils se relayèrent à son chevet, lui épongeant le front, l'apaisant lorsque les cauchemars se faisaient trop vifs.

Maxim et Sébastiane restèrent avec lui pendant une durée équivalente à deux jours et deux nuits, se nourrissant de Tonuflor, de billes d'Aquang et de Chocoal. Si les songes de Janus furent particulièrement violents au début, ils s'apaisèrent au fil des heures et les muscles de son visage commencèrent à se décontracter.

Un beau matin, il reprit enfin ses esprits, battant lourdement des paupières, le visage fatigué comme s'il avait vieilli d'une dizaine d'années en à peine quarante-huit heures.

– Où… où suis-je ? demanda-t-il lorsqu'il émergea de ses songes. Que… que faites-vous là ?

Janus était désemparé, comme s'il émergeait d'un rêve trop profond, trop épais, et que la réalité n'avait pas encore repris forme.

La bouche pâteuse, le corps engourdi, il s'étira, et croqua dans une bille d'Aquang que lui tendit Maxim.

– Tu es dans Nüvi, lui expliqua Maxim. Quant à notre présence ici... hum, c'est un peu long à expliquer.

– Nüvi ? répéta Janus.

– Oui. Tu te rappelles ?

L'ancien pâtimage se massa les tempes, alors qu'il cherchait à reconstituer ses souvenirs.

– C'est flou. Mais... oui, je crois me souvenir. Je suis ici... en mission.

– En mission ?

C'était bien la dernière explication à laquelle ils s'attendaient.

– Tu veux dire que quelqu'un t'a envoyé ici ? Qui donc ? Véribon ?

– Véribon ? Non. Il s'agit de son second, Sigil Aigredou.

– Quoi ?! Tu travaillais pour Aigredou ?! rugit alors Maxim dont l'expression changea aussitôt.

Sébastiane n'avait jamais vu le pâtimage dans cet état. Pour la première fois depuis son arrivée à la *Tour d'Or*, elle le vit perdre son calme habituel. Son regard brillait d'une fureur nouvelle, comme s'il ne supportait pas d'avoir été roulé dans la farine.

– Tu te rends compte que j'ai fait jouer mes relations pour tenter de te retrouver ? Que nous avons couru des risques inouïs ? Nous étions tous extrêmement inquiets alors que tu conspirais avec Aigredou ?!

Janus prit un air embêté.

– Je… je suis désolé. Mais je ne me souviens pas très bien de ce qu'il est arrivé. Tu sais comment est Aigredou quand il te donne un ordre. On peut dire qu'il ne m'a pas vraiment laissé le choix. Il m'a fait comprendre que mes jours dans la *Tour d'Or* seraient comptés si je ne l'aidais pas. Et il m'a aussi fait miroiter un poste de pâtimage en échange d'un petit coup de main.

– Un petit coup de main ? Qu'étais-tu donc censé faire ?

– Il m'a convaincu qu'il était temps de faire évoluer les choses dans la *Tour d'Or*. Et pour cela, il fallait commencer à récolter des glumens interdits… Il m'a parlé de leur potentiel, et m'a expliqué que Véribon se trompait sur leur compte. Et pour lui prouver, il m'a demandé d'aller en récupérer dans Nüvi. Cela ne devait prendre que quelques heures m'avait-il garanti. Mais… je me suis perdu. Et je n'ai plus retrouvé la trace de la *Tour d'Or*. Alors j'ai décidé de goûter les glumens pour voir, et aussi pour ne pas mourir de faim. Je crois bien qu'ils m'ont fait perdre la raison. Je n'ai que des souvenirs flous de mon temps ici, comme s'il s'agissait d'un rêve.

Maxim faisait les cent pas, agitant les bras d'agacement.

– Je ne comprends pas ! Comment as-tu pu te laisser embarquer dans un truc pareil ?! Tu ne t'es pas dit que tu étais en train de trahir Véribon ?

– Je ne sais pas… confessa Janus. Le travail était très dur à la *Tour d'Or*, et avoir un gastronomage comme Aigredou s'intéresser subitement à moi a embrumé mon raisonnement. Cela changeait de Véribon qui semblait ne m'avoir jamais remarqué. Ou des mirmitons qui passaient leur temps à me crier dessus.

D'une certaine manière Sébastiane le comprenait. La compétition dans la *Tour d'Or* était tellement rude qu'il n'était guère surprenant que certains soient prêts à tout pour obtenir une pincée de reconnaissance.

– C'est donc Sigil qui t'a donné la recette pour le Schlurp ? demanda-t-elle.

Ce fut au tour de Janus d'être surpris.

– Euh… oui. Mais comment le savez-vous ?

– Nous l'avons trouvée dans tes affaires, expliqua la jeune fille. C'est grâce à elle que nous sommes là également.

– Bien sûr. Mais… vous ne m'avez pas dit ce que vous faisiez là. Ni qui tu étais d'ailleurs, ajouta-t-il en se tournant vers Sébastiane. Je crois ne t'avoir jamais vue.

Cette fois ce fut au tour de la jeune fille d'expliquer la raison de sa présence. Elle raconta dans les grandes lignes comment elle en était arrivée à prendre sa place dans la *Tour d'Or* et à franchir les portes de Nüvi après avoir tenté d'empêcher l'assassinat du roi Delicius IX.

En entendant les détails de cette conspiration, Janus réalisa ce à quoi il avait contribué et prit un air contrit.

– Assassiner le roi ? Vous êtes certains ?

– Tu croyais que Sigil comptait faire quoi des glumens interdits ? S'ils sont interdits, c'est pour une bonne raison, ajouta Maxim d'une voix tranchante.

– Je… je ne sais pas quoi dire. Je ne me doutais pas que cela irait si loin…

Pour devancer un nouveau flot de reproches de la part de Maxim, Sébastiane prit la parole.

– Ce qui est fait ne peut plus être changé. Nous devons aller de l'avant, et commencer par trouver un moyen de sortir de là. Qu'est-ce que vous en dites ?

Maxim et Janus se dévisagèrent un instant, cherchant dans le regard de l'autre s'ils pouvaient se faire confiance.

– Bon, tu te sens d'attaque ? demanda Maxim à l'attention de son ancien collègue. Tu crois que tu peux marcher ?

– Oui, ça devrait aller.

Une fois prêts, ils se mirent tous les trois en route sur la piste qui traversait la forêt, sans savoir s'ils trouveraient un jour un moyen de quitter Nüvi.

21
« C'est officiel. Je ne supporte plus les glumens ! »
Maxim Médugra

– C'est officiel, déclara Maxim en croquant dans un énième morceau de Tonuflor. Je ne supporte plus les glumens !

– Idem, ajouta Sébastiane.

Janus ne dit rien. Depuis plusieurs jours, les pâtimages avaient remarqué qu'il faisait des efforts terribles pour se contrôler. Ses doigts se crispaient régulièrement sur la poche de son pantalon à moitié déchiré, et il se retenait pour ne pas se jeter sur tous les glumens qu'ils croisaient. Son envie était toujours là, tel un monstre tapi en lui, demandant à être nourri. Mais Maxim et Sébastiane veillaient sur lui.

À plusieurs reprises, la jeune fille l'avait questionné sur les glumens interdits ; comme s'ils avaient pu être la solution à l'état de son père. Mais Janus ne voyait pas comment. Le seul glumen interdit qu'il avait testé était le Fortisia, qui lui avait donné une force incroyable, et il ne savait pas en quoi il pourrait être utile pour guérir des effets d'un ragoût d'oubliettes.

Ils arpentaient le même chemin depuis un temps qui leur paraissait infini. Lorsque celui-ci zigzagua soudainement, débouchant sur un nouvel embranchement à droite, les adolescents découvrirent une sorte de tunnel qui paraissait s'enfoncer dans le sol de Nüvi.

– Qu'est-ce qu'on fait ? On va voir ? proposa Sébastiane.

– Allons-y, je n'ai rien de mieux à faire aujourd'hui, plaisanta Maxim.

Ils entrèrent tous les trois dans le passage, assez large pour qu'ils puissent avancer côte à côte sans avoir à se baisser. Les parois étaient faites de pierres grises entre lesquelles quelques champignons avaient trouvé assez de place et d'humidité pour pousser.

Le sol caillouteux était recouvert de mousse, et une forte odeur terreuse et moite leur sauta aux narines. La luminosité était faible mais suffisante pour qu'ils puissent continuer à progresser.

– Regardez, s'exclama Janus. Qui a mis ça ici ?

Sur le chemin, des chariots en bois démembrés et pourris semblaient avoir été oubliés depuis des siècles. Ils étaient désormais recouverts par des plantes envahissantes.

– Continuons, les encouragea Maxim. On doit être sur la bonne voie.

– On ne sait pas vers quoi, fit remarquer Sébastiane.

Elle pressa le pas, enthousiaste. Pour la première fois depuis son arrivée à Nüvi, elle entrevit une lueur d'espoir.

Après quelques minutes, le tunnel prit fin contre un mur construit dans un matériau étrange : une pierre rose comme un chewing-gum à la fraise leur barrait le chemin.

– Bon, et maintenant ? demanda Janus.

– S'il y a un mur, il y a forcément quelque chose derrière, fit Maxim.

– Dans ce cas, essayons de creuser, proposa Sébastiane.

À l'aide de pierres et de morceaux de bois trouvés sur le chemin, ils tentèrent de percer un passage, pour voir ce qui se cachait de l'autre côté de cette paroi. Mais rapidement, ils réalisèrent qu'ils se contentaient d'égratigner le bloc rose et qu'à ce rythme-là, des années leur suffiraient à peine pour percer le moindre trou.

– C'est impossible, soupira Maxim. Ce truc est indestructible.

– Et si on utilisait du Tonuflor ? proposa Sébastiane qui se rappelait ses exploits pour les sortir de la chambre froide.

– Je doute que du Tonuflor soit suffisant.

– Du Tonuflor, non, mais ça oui, fit Janus en plongeant la main dans sa poche.

Dans sa paume, une sorte de poudre noir et blanc.

– Qu'est-ce que c'est ? demanda Sébastiane.

– Du Fortisia séché, expliqua Maxim en fronçant les sourcils. Un glumen interdit. Capable de donner une force phénoménale mais qui, à assez court terme, finit par vous rendre fou. Surtout si on ne le cuisine pas.

– Merci, je suis au courant.

– Tu as vu dans quel état cela t'a mis ? Tu ne dois plus en prendre !

– Tu as une meilleure solution ? Nüvi est immense, et nous ne pouvons faire demi-tour vers la *Tour d'Or*. Je ne sais pas ce qu'il y a derrière ce mur, mais c'est notre unique chance pour le moment. Nous devons la saisir.

Ils restèrent ainsi dans la pénombre, à se dévisager, réfléchissant silencieusement à une solution leur permettant de sortir de là, sans faire courir de risque à Janus.

Au fond, il était évident que ce dernier n'attendait qu'une chose : une occasion de goûter à nouveau à du Fortisia. Il brûlait de retrouver la sensation du glumen pur sur sa langue et dans son gosier, donnant à son corps une puissance incommensurable.

Alors, lorsque Maxim laissa échapper un profond soupir, il prit cela comme une forme d'approbation. Il tendit Gourmet à Sébastiane, avala l'équivalent d'une grande cuillerée de poudre et attendit quelques minutes que le glumen agisse.

– Écartez-vous, dit-il à ses comparses, sentant qu'il perdait peu à peu le contrôle.

– Janus, surtout essaie de rester concentré, l'encouragea Sébastiane.

– Je vais... essayer.

Dans l'obscurité, Maxim et Sébastiane ne virent pas son visage se crisper soudainement, mais ils entendirent ses râles monter de plus en plus fort.

Il laissa échapper un cri, puis chargea droit devant lui comme une bête déchaînée. Comme s'il avait libéré le monstre qui l'habitait.

Un choc terrible fit trembler tout le tunnel, mais la porte de chewing-gum était toujours là. Intacte.

Janus avait rebondi contre elle et se trouvait au sol, soufflant comme un animal blessé. Médusés par sa hargne, Sébastiane et Maxim le virent se jeter à dix reprises contre le passage. Dix fois, le mur résista. Dix fois, il le propulsa au sol. Et Sébastiane commença à craindre que Janus ne se casse quelque chose. Comment un corps pouvait-il supporter un choc aussi violent ? Est-ce que le Fortisia avait alement le pouvoir de le rendre indestructible ou simplement insensible à la douleur ?

Mais dix fois Janus se releva. Et à la onzième la barrière céda dans un bruit de déchirure. Aussitôt une lueur colora les parois du tunnel, et un souffle glacé les enveloppa. Ils furent aspirés par un tourbillon puissant qui les propulsa dans les airs. Sébastiane ferma les yeux. Lorsqu'elle les rouvrit, le tunnel avait cédé la place à un autre univers. L'atmosphère était différente, plus concrète, plus… solide. Janus gisait au sol, inconscient. Le choc, l'effort et la consommation de Fortisia avaient eu raison de lui.

Sébastiane reprit ses esprits, et vérifia que Gourmet était toujours avec elle.

Puis, inquiète, elle s'approcha de Janus. La jeune pâtimage déposa Gourmet qui courut sur le visage de son ami. Un mouvement de paupière les rassura sur l'état du garçon qui semblait avoir besoin de se remettre.

– Je vais rester veiller sur lui, annonça Maxim. Va jeter un œil.

– Entendu. Je reviens tout de suite.

Sébastiane fit quelques pas et sortit de l'étrange tunnel en forme de bouche gigantesque. Elle se retourna et vit deux yeux se poser sur elle, comme deux grosses boules de billard blanches. Elle comprit alors qu'elle venait de sortir de la bouche d'une créature semblable au Schlurp, le gardien qui protégeait le passage vers Nüvi.

Un coup d'œil circulaire lui apprit qu'elle se trouvait dans une large salle ovale et voûtée, au parquet recouvert d'une épaisse couche de poussière. Douze piliers immenses aux couleurs chamarrées, disposés symétriquement, semblaient soutenir le tout, tels des géants immobiles.

Aux murs, de grandes ouvertures triangulaires apportaient un soupçon de lumière. Quelque chose dans la couleur et la luminosité indiqua à Sébastiane que le ciel à l'extérieur n'était plus celui de Nüvi, mais bien celui de Savoria. Plus subtil, plus nuageux et solaire à la fois.

Un escalier dont la blancheur tirait à présent vers le gris partait sur sa gauche, et elle décida de l'emprunter. Le passage était obstrué par d'impressionnantes toiles d'araignée qui formaient comme des rideaux blanchâtres qu'elle déchira d'un revers de la main.

Les marches craquèrent sous ses pas, donnant l'impression de se réveiller d'un long sommeil.

– Oh hé ? Il y a quelqu'un ? appela Sébastiane d'une voix hésitante.

Elle ignorait tout de ce lieu, mais une étrange odeur flottait dans l'air, de plus en plus forte à mesure de sa progression. Un mélange improbable de moisi et de… caramel. Appétissant et repoussant à la fois. Ce mélange d'odeurs, l'immensité de cet endroit, la magnificence de son intérieur, quoique rongé par le passage du temps, donnèrent à Sébastiane la sensation qu'elle se trouvait dans un restaurant. Un restaurant gastronomagique.

Pourtant, celui-ci paraissait étonnamment calme, plongé dans une stase hors du temps.

Que s'était-il donc passé par ici ?

Pourquoi n'y avait-il aucun mirmiton agité, courant dans tous les sens ? Aucun gastronomage en tenue ? Tout laissait penser à un restaurant gastronomagique… fantôme.

OH...
DES STATUES DE CUISINIERS ! IMPRESSIONNANT...

Sébastiane observa longuement les statues.

Elle n'avait jamais vu d'œuvre d'art façonnée avec autant de soin. S'ils n'avaient pas été faits d'or, elle aurait juré qu'il s'agissait de véritables cuisiniers. Elle fit un pas de plus, et souffla contre le visage doré d'une des statues, faisant voler un nuage grisâtre qui s'accrocha aux rayons de lumière. Du bout des doigts, elle effleura le bras du jeune homme, une cuillère en bois à la main. Tout y était, les plis de sa chemise, les poils qui recouvraient ses bras, les ridules au coin de ses yeux. Jamais elle n'avait vu un tel degré de réalisme. Tellement réaliste que…

Prise d'un doute, elle passa d'une statue à l'autre, toutes réparties en différents endroits de la pièce. Même des mirmitons étaient là, aux traits plus vrais que nature, donnant l'impression qu'ils allaient se mettre à lui crier dessus.

Alors, fouillant la pièce du regard, elle finit par découvrir, empilés sur un coin de table, une série de menus à la couverture reliée en cuir. Lorsqu'elle en saisit un, un morceau de cuir se détacha mais le symbole dessiné en son centre était toujours visible : une tornade aux lignes dorées.

Fébrilement, elle frotta la poussière du bout des doigts et fit apparaître le nom du restaurant, qui confirma son intuition :

« *Tourbillon.* »

22

« Tu ne crois tout de même pas que ce sont de vrais cuisiniers ? »

Sébastiane Grandélice

À toute allure, le cœur battant sous le choc de sa découverte, Sébastiane redescendit les marches pour prévenir Maxim. Janus dormait profondément sur le sol, abrité sous une nappe que le commis-pâtimage avait dénichée dans un placard.

Au fond du couloir, le gardien de Nüvi attendait, impassible, ses énormes yeux ouverts dans l'obscurité. Les carnets de sa grand-mère lui revinrent en mémoire et elle comprit qu'il s'agissait du Gloups.

– Maxim ! Maxim ! Devine où nous sommes ?

– Dans un restaurant gastronomagique, j'imagine, s'il est relié à Nüvi.

– Oui mais pas n'importe lequel ! Nous sommes dans *Tourbillon* !

En prononçant ce nom, elle donna vie à une réalité : celle du restaurant où sa grand-mère avait passé sa jeunesse de gastronomage.

– Dans *Tourbillon* ?! Comment le sais-tu ?

– J'ai trouvé leurs menus. Tu verrais leur cuisine, elle est emplie de statues de cuisiniers et de mirmitons. Il y en a partout.

– Vraiment ? Des statues ? Montre-moi ça !

– Et Janus ? demanda-t-elle en indiquant le garçon étendu sous la nappe qui produisait un ronflement discret.

– Je pense qu'il en a encore pour un petit moment avant de se réveiller.

Ils quittèrent la grande salle aux colonnes et ensemble, visitèrent les cuisines, plongées dans un calme étrange, à la fois apaisant, mais aussi terriblement inquiétant.

Les statues en or des gastronomages occupaient tout l'espace, et Maxim les examina attentivement.

– C'est incroyable. Elles sont tellement réalistes que l'on dirait que…

– … qu'elles sont vivantes ? C'est ce que tu te dis, toi aussi ?

Il hocha la tête.

– En effet. Et je pense qu'il ne s'agit pas de véritables statues.

– Mais enfin qu'est-ce qui a bien pu leur arriver ?

Maxim hésita, les yeux rivés sur le visage d'une statue, comme s'il attendait qu'elle se mette à parler.

– Hmm. Tu te souviens de ce que je t'ai dit sur *Tourbillon* ?

– Oui. Qu'il fallait mieux éviter d'en parler à Véribon. À cause d'une histoire de compétitions. D'ailleurs j'ai lu quelque chose à ce sujet dans le journal de ma grand-mère. Cette compétition, il s'agissait du Cuisine Master, non ?

Le regard de Maxim s'attarda sur le mur de la cuisine, juste à côté d'une étagère garnie d'ustensiles. Il fit quelques pas et décrocha une affiche portant des inscriptions en lettres d'or recouvertes de poussière.

– Ma grand-mère parlait de ce tournoi dans son journal. Mais j'ignore ce qu'il s'est passé. Son récit s'arrête juste avant le début de la compétition.

– Le Cuisine Master était autrefois le plus grand tournoi de Savoria, qui permettait de désigner le plus prestigieux restaurant.

– Et le vainqueur devenait le restaurant gastronomagique royal ? demanda Sébastiane en lisant l'affiche. Pas étonnant qu'il y ait eu tant de compétition.

– En effet.

– Mais s'ils n'ont pas gagné, pourquoi Véribon les détestait tant ? Et surtout que leur est-il arrivé ?

Maxim fit quelques pas dans la cuisine, inspectant les cuisiniers statufiés, examinant leurs ustensiles.

– Honnêtement, je l'ignore. Après tout, cette histoire remonte à plus de quarante ans. Mais il me semble que mes parents y ont fait allusion pour me mettre en garde.

– En garde ? Contre quoi ?

Maxim se plongea dans ses pensées, sondant sa mémoire.

– Ils disaient que les cuisiniers de *Tourbillon* étaient allés trop loin, et avaient tenté une recette à partir… de glumens interdits. Oui… je me souviens à présent que cette idée me terrifiait.

Sébastiane réfléchit. Le carnet de Viola ne mentionnait aucun glumen interdit, mais comme elle l'avait dit, le récit de sa grand-mère s'arrêtait juste avant le début de la compétition.

Elle observa attentivement les statues des cuisiniers. Ils paraissaient cueillis en pleine action, immortalisés pour l'éternité.

– Ce serait une recette qui leur aurait fait ceci ? C'est pour ça que ces glumens ont été interdits et *Tourbillon* fermé ?

Les pauvres, se dit-elle en observant leurs traits figés. S'étaient-ils rendu compte de ce qu'il leur arrivait ? Avaient-ils eu le temps d'avoir peur ?

Leurs expressions paraissaient tellement vivantes. À peine surprises. Une lueur de vie brûlait-elle encore sous ce masque de pierre ?

En les frôlant, Sébastiane fut saisie par plusieurs interrogations. Pourquoi sa grand-mère n'était pas avec eux ? Comment avait-elle réussi à s'échapper ? Tristan, l'amoureux de Viola, dont elle semblait si éprise dans ses carnets, était-il parmi eux ? Lequel de ces cuisiniers avait fait battre le cœur de sa grand-mère ?

– C'est fou... murmura-t-elle.

– Oui, confirma Maxim. Tu l'as dit.

Sur le mur, derrière l'un des nombreux plans de travail, plusieurs recettes à demi effacées avaient été inscrites à la craie. Elle essaya de les déchiffrer, mais n'y vit rien qui sorte de l'ordinaire, du moins pour un restaurant gastronomagique.

– Et pourquoi personne n'a essayé de les sauver ?

– Je ne sais pas. Certaines recettes sont impossibles à annuler, comme pour…

Maxim s'arrêta, mais Sébastiane savait parfaitement ce qu'il avait failli dire. « Comme pour ton père. »

– Tout ce que je sais, c'est qu'après cet incident, les portes de *Tourbillon* ont été fermées à tout jamais. Et personne n'a jamais plus entendu parler de ce restaurant…

Quel monde impitoyable, se dit Sébastiane. Comment avait-on pu abandonner ces malheureux à leur sort ? D'ailleurs, dans quelle région de Savoria se trouvaient-ils exactement ? À supposer qu'ils soient bien dans Savoria… On ne faisait pas disparaître un restaurant aussi facilement.

Elle traversa la cuisine, et chercha la porte principale, dans l'espoir de sortir de là. Mais ici, tout était différent de la *Tour d'Or*. La salle de restaurant se trouvait au-dessus des cuisines et non au-dessous. Elle était composée d'une dizaine d'alcôves aux ambiances variées. Les murs peints de motifs géométriques noirs et blancs, d'arcs-en-ciel et de fresques naturalistes, offraient tout un panel d'atmosphères différentes. Au centre, une gigantesque fontaine avait l'allure d'un ouragan de pierre. D'un tourbillon.

Sébastiane emprunta un long couloir qui distribuait de nombreuses pièces et aboutissait sur une porte majestueuse, sévèrement fermée.

D'une pression sur la poignée, elle tenta de l'ouvrir. En vain.

– Maxim, viens m'aider.

Malgré l'aide du pâtimage, la porte refusa de bouger. Ils réussirent néanmoins à jeter un œil par une petite fenêtre, sur le côté, qui ne leur en apprit pas beaucoup sur leur localisation. À l'extérieur, une surface rocailleuse semblait entourer le restaurant. Comme si celui-ci se trouvait dans une cave obscure.

Les fenêtres étaient également fermées et paraissaient impossibles à briser.

– Bon, il est tard, fit Sébastiane. Et je suis épuisée. Je propose qu'on trouve un endroit pour dormir un peu. Nous continuerons nos recherches demain.

– Bonne idée, allons chercher Janus. Je suis sûr qu'il doit y avoir des lits disponibles par ici. Et nous trouverons peut-être de quoi nous changer. Ma tenue n'a jamais été aussi sale.

Maxim avait raison. Une des ailes du restaurant abritait des dizaines de chambres inoccupées, semblables à celles des cuisiniers de la *Tour d'Or*, aux placards garnis de vêtements en parfait état. Ils en préparèrent trois d'entre elles, secouant la poussière qui sommeillait sur les couvre-lits, puis y traînèrent Janus, plongé dans un demi-sommeil. Aussitôt en contact avec le matelas, il se rendormit dans un ronflement sonore.

– Bon, eh bien… bonne nuit, fit Sébastiane, prête à regagner sa propre chambre.

– Bonne nuit.

Alors qu'ils allaient se séparer, Maxim saisit sa main. Surprise, la jeune fille se laissa faire et dévisagea son ami de ses grands yeux réglisse.

– Sébastiane, je suis désolé de t'avoir caché la vérité sur Janus. Tu sais, s'il y a bien une personne en qui j'ai entièrement confiance, c'est… toi.

Alors qu'elle l'écoutait, elle sentit un sourire se dessiner malgré elle sur son visage. Elle se hissa sur la pointe des pieds et déposa un baiser fugace sur ses lèvres. La bouche de Maxim, comme la sienne, avait un goût discret de Tonuflor.

– Merci, dit-elle.

Son cœur battait encore plus vite qu'un fouet à pâtisserie lorsqu'elle regagna sa chambre. Portée par les émotions de la journée, elle se glissa dans son lit, dont le matelas lui parut encore plus moelleux que de la pâte à beignet.

En quelques secondes, ses paupières se fermèrent, et elle fut happée par le sommeil, sans entendre les pas sur le parquet à quelques mètres d'elle.

23
« Z'êtes bête ou quoi ? »
Champion

Un cri, en provenance de la chambre voisine, tira Sébastiane du sommeil.

Elle se redressa précipitamment dans son lit, cherchant rapidement à se rappeler où elle se trouvait.

Nüvi. *Tourbillon.* Une des chambres…

Le cri venait d'à côté.

– Maxim ? appela-t-elle à travers la cloison de la chambre. Tout va bien ?

– Sébastiane ! Viens ! Vite !

Bon, se dit-elle. S'il y avait un véritable danger, son ami ne l'aurait pas appelée sur ce ton enthousiaste. Elle sortit de sa chambre et tomba nez à nez avec Janus qui, à première vue, venait lui aussi de se réveiller. Échevelé, les traits encore tirés par la fatigue, il avait néanmoins retrouvé une lueur rassurante dans le regard.

– Sébastiane ? Que se passe-t-il ? Où sommes-nous ?

– Je t'expliquerai. Suis-moi.

La porte de la chambre choisie par Maxim était ouverte. Ils entrèrent.

Maxim était bien là, recroquevillé sur son lit. Devant lui, un petit être le regardait. Un mirmiton, dont le crâne garni de longues feuilles vertes témoignait de son âge avancé.

Il se retourna vers eux, l'air surpris et méfiant.

– Qu'est-ce qu'il se passe ? demanda Sébastiane. Que fait ce mirmiton ici ?

– Il était penché sur moi. Je… je ne m'y attendais pas.

– Vous êtes ensemble ? demanda la créature d'une petite voix aigüe.

– Oui, répondit Sébastiane. Ne t'en fais pas, nous ne te voulons aucun mal. Qui es-tu ?

Le mirmiton effectua un demi-tour sur ses courtes pattes et s'approcha de Sébastiane et Janus. Il les inspecta des pieds à la tête, tout en reniflant leurs vêtements qui n'avaient pas été lavés depuis longtemps. Puis il esquissa un sourire.

– Vous paraissez gentils gentils. Je m'appelle Champion. Je suis… un des mirmitons de *Tourbillon*.

– Enchantée Champion, moi c'est Sébastiane. Voici Maxim et Janus.

– Et… vous venez d'où comme ça ? demanda Champion.

Les trois apprentis ne s'étaient pas mis d'accord sur ce qu'ils comptaient dire en cas de rencontres, et ils ignoraient encore s'ils pouvaient faire confiance à ce mirmiton.

– De Nüvi, fit Sébastiane. Nous nous sommes perdus alors que nous cherchions des glumens pour la *Tour d'Or*.

À ce mot, le mirmiton fronça les sourcils. Un muscle aux coins de sa bouche commença à sauter de nervosité.

– Le passage vers Nüvi a été verrouillé il y a bien longtemps. Quant à la *Tour d'Or*… C'est le méchant Véribon qui vous envoie ? demanda-t-il d'une voix tout à coup menaçante.

– Non, non, non, expliqua Janus. Pas du tout. Ne t'en fais pas. Comme nous te l'avons dit, nous ne te voulons aucun mal.

– Ouais parce que la *Tour d'Or* nous a fait assez de dégâts. C'est à cause d'eux que tous mes amis ont été transformés !

– Tu veux parler des cuisiniers qui sont en dessous ? demanda Sébastiane.

Champion haussa les épaules.

– Évidemment. Vous les avez vus ?

– Mais pourquoi accuser la *Tour d'Or* ? demanda Janus. Ce n'est pas eux qui ont utilisé des glumens interdits ?

Sur ces mots, Champion effectua de petits bonds de rage.

– Mensonges ! Affreux mensonges racontés par la *Tour d'Or* ! Jamais les cuisiniers de *Tourbillon* n'ont tenté d'utiliser des glumens interdits.

– Je ne comprends pas, poursuivit Sébastiane. Ce n'est pas en préparant leur recette que tout ceci est arrivé ?

– Si. Mais quelqu'un a remplacé le Kubor par un glumen interdit.

Il regarda Sébastiane droit dans les yeux.

– De la poudre de Midas.

Sébastiane se tourna vers Maxim, le sourcil interrogateur, attendant qu'il lui explique ce qu'était cette poudre de Midas. Mais le pâtimage semblait aussi perplexe qu'elle.

– Pourquoi quelqu'un aurait-il fait cela ?

– Z'êtes bête ou quoi ? C'est pourtant évident ! Comme ça, la poudre de Midas a transformé les gastronomages en statues en faisant croire que c'était leur faute. Et hop ! Véribon pouvait remporter le Cuisine Master.

– Et qui aurait fait une chose pareille ? Si Véribon s'était introduit dans *Tourbillon*, vous l'auriez tout de même remarqué.

– Je ne l'ai jamais su. Peut-être qu'il a profité d'un moment d'inattention pendant le Cuisine Master.

Ou alors il y avait un traître parmi nos cuisiniers. Certains ont disparu dans la nature après ce triste évènement.

Malgré elle, Sébastiane ne put s'empêcher de penser à sa grand-mère. Après tout, cela aurait pu expliquer pourquoi elle seule s'en était sortie. Mais, étant donné le peu d'affection qu'elle portait à Véribon, elle avait du mal à se représenter Viola comme une complice.

Elle hésita, puis demanda à Champion :

– Vous avez connu une certaine Viola Grandélice ?

– Viola ?! Bien évidemment ! L'une de nos plus brillantes gastronomages ! s'exclama Champion. L'une des rares à avoir réchappé à la catastrophe.

– Vous pensez que… ce pourrait être elle la traîtresse ?

– Possible… Mais cela me surprendrait. Elle était l'une des adversaires les plus farouches de Véribon. Vous auriez dû la voir cuisiner, c'était quelque chose. Une vraie guerrière.

Oui. Sébastiane voyait exactement ce que Champion voulait dire. Quand elle était derrière les fourneaux, Viola devenait comme possédée, tout son être tourné vers un seul objectif : créer le meilleur plat possible.

– Et toi ? Que fais-tu là ?

– J'étais dans Nüvi au moment de la préparation. Et quand je suis revenu, tout le restaurant était ainsi… comme fossilisé. Je… Je suis un mirmiton. Je suis lié à ce restaurant et je ne peux vivre ailleurs. Alors je suis resté ici, et depuis des années, j'attends. J'attends que quelqu'un vienne les réveiller.

Quelle abnégation, se dit Sébastiane.

– Mais pourquoi n'as-tu rien dit ?

– J'ai bien essayé, mais je ne suis qu'un mirmiton dont la parole ne vaut rien comparée à celle de Véribon.

– Et vous pensez que les cuisiniers sont encore en vie ? hasarda Sébastiane. Je veux dire… ils ont l'air drôlement pétrifiés.

– J'en suis convaincu, répondit Champion. Vous pensez pouvoir m'aider ?

– J'aimerais te dire oui, répondit Maxim, mais j'en doute. Les glumens interdits sont puissants, et je ne suis même pas certain que les plus grands gastronomages soient capables d'annuler ce sort.

Sébastiane fit quelques pas en direction d'une des fenêtres et tenta d'apercevoir le ciel.

– Et vous savez où nous sommes ?

– Évidemment, répondit Champion. *Tourbillon* a été enfermé dans un des hangars d'Agraria, à quelques encablures du château du roi.

Sébastiane frémit en pensant à Delicius IX et à la dernière fois qu'elle l'avait croisé. Était-il toujours en vie, convaincu qu'elle avait essayé d'attenter à sa vie ? La recherchait-il comme une criminelle ? Savoir qu'elle se trouvait à proximité du château lui fit froid dans le dos. Elle n'avait aucune envie de finir sa vie dans les geôles du roi.

– Écoutez, proposa-t-elle. Je pense que le mieux serait que l'on sorte d'ici pour aller chercher de l'aide. Maxim, tu crois que tes parents pourraient nous aider ?

Le pâtimage prit un air soucieux.

– Franchement, je préfèrerais éviter, fit Maxim. J'aime beaucoup mes parents, mais je suis parti à la *Tour d'Or* en affirmant que je serais capable de me débrouiller tout seul.

Quelle étrange famille, se dit Sébastiane. À quoi cela servait-il d'avoir des parents si ce n'était pour compter sur eux ?

– Dans ce cas, nous pouvons aller chez ma grand-mère, suggéra Sébastiane. Elle nous aidera, et je suis certaine qu'elle sera à Papillettes-Ville. Sans compter que c'est une excellente cuisinière. Vous la connaissez Champion, il s'agit de Viola !

Le mirmiton eut un sursaut de surprise, et inclina la tête comme pour juger si la jeune cuisinière lui faisait une blague ou non.

– Viola est ta grand-mère ? Hmm… maintenant que tu le dis, il y a en effet comme un air de famille.

Maxim se tourna vers Sébastiane.

– Et comment comptes-tu aller là-bas ? Si je ne me trompe pas, tu m'as dit que ton village se trouvait dans le sud de Savoria.

– En effet. Je me disais que peut-être nous aurions pu essayer de préparer des Truc-Toques ? Vous sauriez en faire ?

Maxim et Janus se dévisagèrent. Leurs regards se croisèrent quelques secondes, comme s'ils étaient en pleine discussion mentale. Puis ils esquissèrent un sourire et hochèrent la tête.

– Je pense que oui, annonça Maxim. Par contre, avons-nous tous les ingrédients ?

– Oh, dites-moi ce dont vous avez besoin, annonça Champion. Le garde-manger de *Tourbillon* est bien rempli.

– De la Farinel, des nœufs, un peu de sel, des fruits des bois et du caramel pour le goût. Et surtout, une carte de Savoria.

– Ça ne devrait pas poser problème. Je vais vous chercher ce qu'il faut.

Sur ces mots, Champion disparut à toutes jambes, laissant les trois pâtimages au centre de la cuisine déserte. De temps en temps un bruit de porte qui s'ouvre leur parvenait, ponctué d'un cri de satisfaction du mirmiton.

– C'est bien beau de faire des Truc-Toques, mais vous ne voulez pas que je cuisine un truc normal pour qu'on se remplisse l'estomac avant ? demanda Janus. Je meurs de faim.

– Oh que si, approuva Sébastiane.

En attendant le retour de Champion, ils fouillèrent la cuisine et découvrirent dans une petite cagette de nombreux légumes qui ne demandaient qu'à être pelés et transformés en une délicieuse soupe.

Ils n'en revenaient pas ! L'estomac de Sébastiane accueillit cette trouvaille avec bonheur.

Rapidement, la cuisine s'emplit d'une odeur alléchante, à mesure que l'une des marmites prenait une teinte orangée.

– Je vois que vous avez trouvé mes légumes, fit Champion. Vous avez bien fait.

– Oui, répondit Maxim, légèrement surpris. Je ne m'attendais pas à en trouver par ici.

– Il faut bien que je mange. Eusèbe de Rafinade notre grand gastronomage avait installé un jardin suspendu dans *Tourbillon*. Il aurait été idiot de ma part de ne pas m'en servir.

Tandis que les pâtimages se servaient de larges bols de soupe, le mirmiton déposa sur la table les divers ingrédients qu'il avait trouvés.

– Voilà de quoi faire vos trucs-toques, annonça-t-il. La Farinel est un peu passée, mais elle devrait fonctionner.

– Ouais, au pire, on atterrit à l'autre bout de Savoria, fit Sébastiane.

– SI vous atterrissez, répondit doucement Champion. J'ai déjà entendu parler de convives qui se sont écrasés suite à une erreur de proportion.

– Hein ? Attends ! Il a dit quoi, là ? s'exclama Janus.

– Rien. Et puis, nous maîtrisons les proportions. Pas vrai Seb ?

– Tu l'as dit. Allez, au travail, annonça-t-elle, en avalant une cuillère de soupe.

Maxim se leva et répartit les ingrédients soigneusement sur la table devant lui. Les Truc-Toques se préparaient exactement comme des macarons.

Maxim versa donc le blanc des nœufs dans un saladier, ce qui leur fit pousser un petit cri de surprise. Puis il ajouta le sucre et commença à les battre délicatement. De petits « ouille ouille ouille » s'élevèrent et Sébastiane eut du mal à se convaincre qu'ils n'étaient pas vivants.

– Farinel, s'il vous plaît, demanda-t-il d'une voix pleine d'autorité et d'efficacité.

Quand Maxim se mettait à cuisiner, il devenait un autre homme. Sa décontraction laissait place à une profonde concentration. Et s'il ne se départait pas de son sourire, ses yeux se plissaient pour mieux se fixer sur la tâche en cours. Sébastiane lui passa les glumens, auxquels il ajouta quelques gouttes de caramel.

Il versa ensuite une pointe de sel et de la poudre de caramel, et mélangea le tout sans casser les blancs.

Pendant ce temps, Janus alluma le four et sortit deux grandes plaques en tôle.

– Sébastiane, tu t'occupes de la carte ?

La jeune cuisinière déplia l'immense feuille ramenée par Champion qui représentait l'intégralité du royaume de Savoria. On y distinguait sa forme si particulière qui pour certains évoquait une soupière. Toutes les villes, les cours d'eau, les routes principales y apparaissaient, tout comme les royaumes frontaliers d'Astringie au nord, d'Aquaria à l'est et du Benshar au sud. En localisant la capitale Agraria, Sébastiane mesura à quel point elle était à l'opposé de Papillettes-Ville.

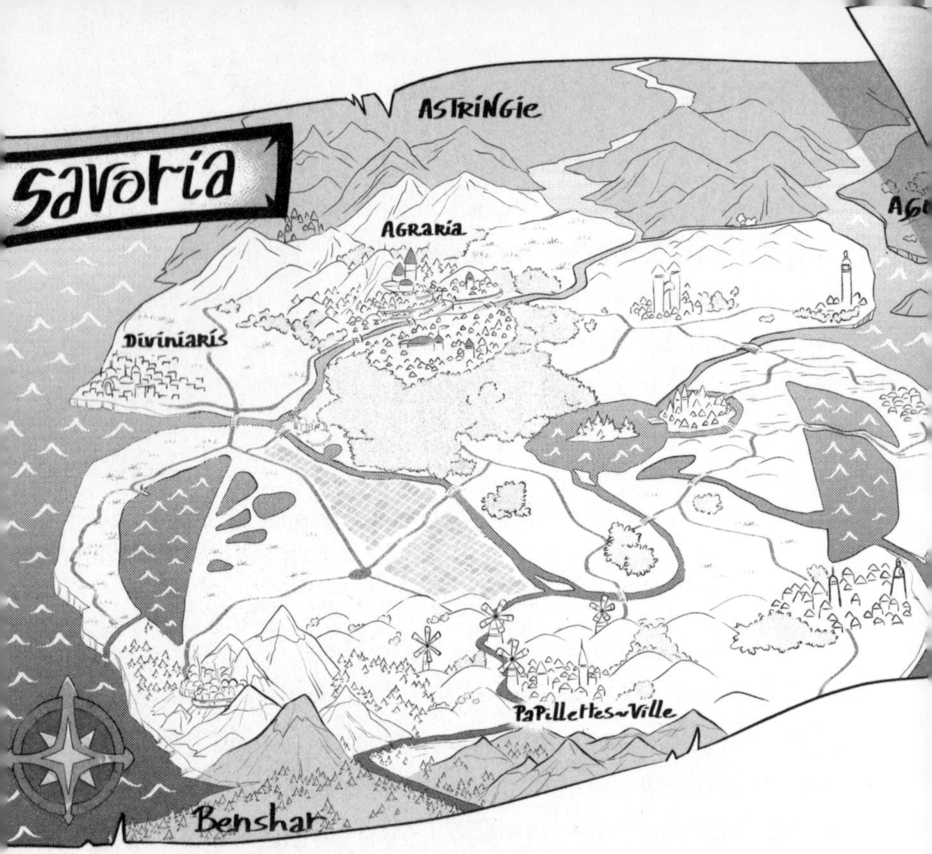

– Les Truc-Toques sont capables de mémoriser un trajet à partir de n'importe quelle carte, expliqua Maxim. Pour cela, il suffit de leur montrer trois fois le chemin. Comme ceci.

Il prit une petite boule de pâte, et la posa sur Agraria.

– Où habite ta grand-mère ?

– Ici, fit Sébastiane en mettant son doigt sur la carte. Papillettes-ville.

Maxim fit alors rouler la pâte le long d'un chemin imaginaire allant de la capitale de Savoria à la petite bourgade où était installé le *Relais des Merveilles*. Trois fois.

Puis il disposa les Truc-Toques sur la plaque en tôle qu'il enfourna.

– Et voilà, trente minutes de cuisson.

– C'est tout ?

– Eh oui. C'est le pouvoir des glumens. Faire de grandes choses à partir de petits riens.

Sébastiane se pencha et observa les gâteaux prendre forme dans le four. Ils n'avaient pas l'air différents de simples macarons que sa grand-mère cuisinait parfois.

À leurs côtés, Champion sautillait de joie, visiblement heureux de retrouver un peu d'activité dans la cuisine de *Tourbillon*. C'était d'ailleurs la première fois que Sébastiane croisait un mirmiton qui ne soit ni désagréable ni renfrogné. C'était plutôt appréciable.

Quand la cuisson fut achevée, une clochette tintinnabula. Maxim ouvrit la porte du four et laissa reposer les gâteaux quelques minutes. Les Trucs-Toques étaient en tous points semblables à ceux que Sébastiane avait reçus, quelques mois plus tôt, alors qu'elle se trouvait à Papillettes-Ville. Dire qu'elle s'apprêtait à faire le chemin inverse par le même moyen, à partir de pâtisseries magiques concoctées en partie par ses soins…

– Champion, tu nous ouvres le restaurant ? demanda Maxim.

– Bien sûr, laissez-moi vous accompagner.

Le mirmiton se saisit d'une énorme clé en cuivre, suspendue à un crochet dans l'entrée de la cuisine. La petite troupe le suivit dans le long couloir qui menait jusqu'à la porte principale, Janus portant le plateau de Truc-Toques à bout de bras. Le bruit de leurs pas était muet, étouffé par l'épaisse moquette carmin qui se déployait au sol telle une langue gigantesque.

Champion glissa la clé dans la serrure, et, lentement, la porte de *Tourbillon* s'ouvrit en grinçant, laissant un peu d'air frais à l'intérieur.

– Et tu n'as jamais pensé à partir d'ici ? demanda Sébastiane à l'attention de Champion.

– Si bien sûr. Mais je n'avais nulle part où aller. Aucun mirmiton ne peut vivre en dehors des restaurants gastronomagiques.

Décidément, ces créatures étaient vraiment étranges, se dit-elle.

Ils firent quelques pas à l'extérieur, aussi prudents qu'un servitor venu s'occuper du général Krogan. Sébastiane leva la tête. Le ciel était empli de nuages qui prenaient peu à peu les couleurs de la nuit. Elle essaya de distinguer le paysage autour d'elle, mais ne vit que d'immenses murailles qui formaient une barrière gigantesque impossible à franchir.

– Où sommes-nous exactement ? demanda Maxim.

– Dans le parc du château royal, derrière les écuries, expliqua Champion.

– Incroyable, murmura le pâtimage. Je ne me serais jamais douté que *Tourbillon* se trouvait si près de la *Tour d'Or*.

– Justement, autant ne pas traîner, fit Sébastiane en prenant un Truc-Toque. J'espère que vous ne vous êtes pas trompés sur la recette.

– À priori, non, répondit Maxim.

– À priori ? C'est rassurant.

Elle distribua un macaron à Maxim puis à Janus. Alors qu'ils s'apprêtaient à fourrer les gâteaux dans leur bouche, ils réalisèrent que Champion les regardait d'un air hésitant.

– Et alors ? demanda Sébastiane. Tu… tu en veux un aussi ?

Les joues du mirmiton se colorèrent.

– Il y a tellement longtemps que je suis ici. S'il y a une chance de sauver mes amis de *Tourbillon*, alors oui, je veux venir avec vous.

– Mais je pensais que les mirmitons ne pouvaient vivre en dehors des restaurants gastronomagiques ?

– Peut-être que nous n'avons jamais vraiment essayé…

– Alors en route, s'exclama Sébastiane avec un large sourire.

Elle tendit un Truc-Toque à la petite créature qui croqua dedans en même temps qu'eux, d'un coup de dent gourmand et déterminé.

Aussitôt, une colonne d'air les souleva du sol et les projeta dans les airs, à plusieurs dizaines de mètres de hauteur.

Ils filaient au-dessus d'Agraria en direction du village de Sébastiane, laissant la silhouette de la *Tour d'Or* dans leur dos.

Que se passait-il à l'intérieur ? Véribon en était-il toujours le grand gastronomage ? Était-il toujours à leurs trousses ?

24

« Alors là, il va vraiment falloir que tu me racontes »

Viola Grandélice

Si la qualité des ingrédients était essentielle dans le succès d'une recette, la carte de Savoria qui avait servi à préparer le trajet des Truc-Toques manquait de précision. Pour cette raison, Sébastiane, Maxim, Janus et Champion atterrirent à quelques kilomètres de Papillettes-Ville, non loin de l'étang aux truites perlées où Sébastiane s'était rendue avec le petit voisin. Cette aventure, bien terne en comparaison de ce qu'elle avait vécu depuis qu'elle avait rejoint la *Tour d'Or*, lui semblait s'être déroulée dans une autre vie.

– Quel trajet ! s'exclama Janus en reprenant son souffle. C'était incroyable !

– Ah ah. Tu doutais de mes talents ? demanda Maxim en s'étirant.

Sébastiane ne dit rien, mais elle ne pouvait se départir d'un large sourire. Elle ressentait une forme d'ivresse à l'idée de se trouver là, avec ses amis, non loin de Papillettes-Ville, et sur le point de retrouver sa famille, son rivage, ses attaches. Mais elle se rappela également pourquoi elle était là et reprit son sérieux.

La nuit était aussi noire que le fond d'une marmite, et il lui fallut quelques instants pour se mettre dans la bonne direction. Le vieux chêne qui s'élevait tel un gardien ancestral aux portes de la ville lui montra le chemin.

Après quelques minutes de marche, le halo des lampadaires qui illuminaient discrètement l'entrée de Papillettes-Ville agirent comme un phare. Sébastiane fit quelques pas dans la ville déserte jusqu'à atteindre une façade qu'elle connaissait par cœur.

– Nous y sommes. Bienvenue au *Relais des Merveilles*.

Comme la devanture lui paraissait petite, et les murs étroits, après plus de six mois passés dans la *Tour d'Or*. Pourtant, elle se sentit instantanément chez elle.

La main sur la poignée elle essaya d'ouvrir la porte du restaurant.

– Mince, c'est fermé.

– Et tu n'as pas la clé ? demanda Maxim, surpris.

– Je n'avais pas prévu que nous viendrions ici. Tu te souviens ? Notre départ a été un peu précipité.

– Et alors, qu'est-ce que tu attends ? Frappe à la porte ! l'encouragea Champion.

Soudain le volet au-dessus vint cogner la pierre.

– Nom d'une cuillère en bois ! C'est pas bientôt fini ce raffut ?! Y en a qui veulent dormir !

– Mamie ! C'est moi !

Viola se pencha par l'embrasure de la fenêtre, ses cheveux couleur lune rassemblés sous un énorme bonnet de nuit.

– Sébastiane ! Ma délicieuse ! C'est toi ?!!

Sans même lui laisser le temps de répondre, elle referma la fenêtre, et, à l'intérieur du restaurant, on entendit ses pas s'égrainer sur le parquet. La lumière de la salle s'alluma, et la porte s'ouvrit.

– Viens là que j't'embrasse ! s'exclama Viola en prenant sa petite-fille dans ses bras, sans un regard pour ses amis qui l'accompagnaient.

Sébastiane rendit son étreinte à Viola, profitant de son odeur chaude et caramélisée.

– Mais nom d'une courgette à lunettes, on dirait que tu as grandi ! Pourquoi tu ne m'as pas écrit plus souvent ?! Tu sais que je m'inquiétais !

– J'ai été assez occupée. Mais si tu nous laisses rentrer, je vais tout t'expliquer.

– Bien entendu. Allez, venez vous mettre à l'abri. C'est Hap et ton père qui vont être surpris ! Tu vas me présenter à tes am… Mais… dis donc, je… je te connais toi ! dit-elle alors qu'elle aperçut la tête de Champion, caché derrière Janus.

Sébastiane vit le visage de sa grand-mère se figer de surprise.

– Salut Viola.

– Alors là, il va vraiment falloir que tu me racontes, dit-elle à sa petite-fille.

En entrant dans la salle principale, Sébastiane découvrit que celle-ci avait été intégralement refaite. Les peintures neuves vert pomme s'harmonisaient avec la faïence framboise qui recouvrait les nouvelles tables ovales.

Le comptoir était également flambant neuf, légèrement plus grand que l'ancien et tout en châtaignier brillant. Les habitants de Papillettes-Ville s'étaient montrés généreux.

Malgré l'heure tardive, Viola insista pour préparer une boisson chaude à ses invités.

– Papa dort j'imagine, fit Sébastiane en s'approchant de sa grand-mère.

– Oui. Tu peux aller le voir. Tu connais le chemin.

Sébastiane se rendit dans le petit appartement de son père de l'autre côté de la cour. À l'intérieur, contrairement au *Relais des Merveilles*, rien n'avait bougé. Le cocon que Viola leur avait construit était toujours là, intact. Dans un coin du salon se trouvait le fauteuil d'Hectorio. Juste à côté d'une petite table basse, où était posée une tasse à moitié remplie d'un lait chaud devenu froid.

Elle ouvrit discrètement la porte de la chambre plongée dans l'obscurité. On y entendait la respiration discrète et apaisée d'Hectorio, ce léger murmure qui avait longtemps bercé son enfance. Sébastiane attendit quelques minutes, le temps que ses yeux s'habituent à la pénombre, puis elle finit par distinguer la silhouette de son père étendue dans le lit. Elle ne pouvait s'empêcher de ressentir une forme de culpabilité en revenant ici sans remède. Elle était partie tellement pleine d'espoir qu'elle s'en voulait de ne pas avoir fait plus de progrès pour le guérir. Bien sûr, ce n'était pas sa faute si elle n'avait pas eu plus de temps. Mais tout de même, une part d'elle la blâmait de s'être laissé happer par toutes ces intrigues au détriment de son père.

Elle l'observa un instant, espérant que dans ses rêves, il était affranchi de la maladie qui lui étreignait le corps, et qu'il pouvait courir, sauter, danser, et surtout se rappeler qui il était.

Elle lui adressa un baiser de la main et referma la porte.

– Dors bien papa. À demain.

Quand elle revint dans la salle du *Relais des Merveilles*, tous étaient attablés devant une tasse de tisane parfumée. Une chaise vide l'attendait, juste à côté de Viola qui bouillait d'entendre leur histoire. Pas question qu'ils se couchent sans lui raconter ce qu'ils faisaient là.

Sébastiane prit donc la parole, et relata à sa grand-mère tous les évènements qui s'étaient succédé depuis son arrivée à la *Tour d'Or* jusqu'à aujourd'hui. Maxim ou encore Janus se permirent quelques interventions discrètes durant ce récit qui dura une bonne partie de la nuit. Au fil des mots, le visage de Viola se durcit, se fronça, s'illumina. C'était comme si elle vivait avec eux leurs aventures à la *Tour d'Or*.

Quand Sébastiane lui parla de la conspiration organisée par le second gastronomage en chef, Viola l'interrompit.

– Tu as bien dit Aigredou ? Sigil Aigredou ?

– Oui. Tu le connais ?

– Bien sûr ! Il travaillait à *Tourbillon* en même temps que moi. Il n'était qu'un jeune commis à l'époque, prometteur mais un peu maladroit, et très discret si ma mémoire est bonne. Si j'avais pu me douter qu'il finirait à la *Tour d'Or* ! J'étais persuadé qu'il avait été pétrifié comme tous les autres.

– Vous êtes sûre de vous ? demanda Maxim. Je n'avais jamais entendu dire que Sigil était passé par *Tourbillon*.

– Dis donc, ce n'est pas parce que tu es un Médugra que tu peux me traiter de menteuse. Mais peut-être a-t-il décidé de passer sous silence cette partie de sa vie. Après tout, *Tourbillon* avait été accusé de tricherie par la Guilde des restaurateurs et le roi de Savoria.

– D'ailleurs mamie, pour échapper à Sigil, nous nous sommes rendus dans Nüvi où nous avons trouvé un passage jusqu'à ton ancien restaurant.

Viola sembla se figer un instant. Ses pupilles brillèrent de surprise.

– Tu... Vous... *Tourbillon* ?? Nüvi ? Vraiment. Et...

– Oui, les cuisiniers étaient là, pétrifiés.

La paupière de Viola se mit à trembler de nervosité.

– C'est là que nous avons trouvé Champion qui nous a parlé du Cuisine Master, et de la recette à la poudre de Midas. Il prétend que personne n'a triché et que quelqu'un a utilisé ce glumen à l'insu des gastronomages de *Tourbillon*.

Champion hocha la tête, visiblement fier de se trouver soudainement au centre du récit de Sébastiane.

– Ah Champion ! Après tout ce temps. Je n'aurais jamais cru te revoir.

– Moi non plus Viola.

– Je suis sûre que tu as dû te demander si ce n'était pas moi qui avais utilisé cette poudre, n'est-ce pas ?

Le mirmiton rougit et fit non de la tête. De toute évidence il ne voulait pas froisser leur hôte.

– Je ne peux pas t'en vouloir, mais je te promets que je n'y suis pour rien. Au moment du Cuisine Master, notre gastronomage m'avait envoyée faire des recherches à la bibliothèque d'Agraria en prévision du dernier round de ce tournoi. Lorsque je suis revenue, le mal était fait…

Viola avait beau tenter de se contenir, Sébastiane voyait bien que brasser ces souvenirs lui faisait monter les larmes aux yeux.

– Je… Je n'ai pas pu le supporter. J'aurais dû être plus forte, mais j'étais jeune à l'époque, je ne me sentais pas capable d'affronter seule Véribon. J'ai déjà eu de la chance de ne pas avoir été dans *Tourbillon* au moment des faits, et que le roi ne me juge pas coupable. Alors j'ai décidé de partir et d'oublier tout ce qui avait un rapport avec les restaurants gastronomagiques.

Cette fois, la voix de Viola fut tordue par les sanglots, son passé douloureux avait fini par la rattraper.

– Personne n'a essayé de les guérir ? demanda Maxim. Personne n'a cherché d'antidote ?

– Hélas. Une enquête rapide de la Guilde des restaurateurs a conclu en la culpabilité de *Tourbillon*. Et le roi Delicius IX a donc décrété que les cuisiniers étaient responsables de ce qu'il leur était arrivé, et que leur sort leur servirait de punition bien méritée.

– Mais c'est injuste ! s'exclama Sébastiane. Tout ceci pour une simple histoire de cuisine ?

– Oui. Tu comprends pourquoi j'ai décidé de tirer un trait sur le monde de la gastronomagie ? C'était trop pour moi.

– Et tu as décidé d'ouvrir ton propre restaurant, en souvenir de Tristan ?

À l'évocation de ce nom, Viola dressa les sourcils, et ses joues s'empourprèrent de manière imperceptible.

– J'ai lu ton carnet, tu te souviens ? expliqua Sébastiane. Tu parlais beaucoup de ce Tristan.

Viola laissa échapper un profond soupir, lourd de regrets.

– Mais nous ne sommes pas là pour parler de ça. Il faudrait que tu nous aides, mamie. Même si les apparences sont contre nous, nous n'avons jamais voulu nous en prendre au roi. Au contraire.

Viola réfléchit un instant, tapotant la table du bout des doigts.

– Mon garçon, tu es un Médugra, dit-elle en s'adressant à Maxim. Tes parents ne peuvent pas t'aider ? Ils doivent avoir de l'influence.

– Si bien sûr. J'imagine. Mais la dernière fois que nous nous sommes vus, je leur ai expliqué que je voulais réussir dans le monde de la gastronomagie par moi-même. Et dans la mesure du possible, je préfèrerais m'en sortir tout seul. Du moins sans leur devoir quoi que ce soit.

– Je comprends, même si parfois il faut savoir ravaler sa fierté. Hélas je ne connais plus grand monde à la Guilde des restaurateurs. Mais je vais voir ce que je peux faire auprès des quelques contacts qu'il me reste. En attendant, jeunes gens, il est tard. Je vais vous installer de quoi dormir. Quant à toi ma délicieuse, ta chambre t'attend.

Pendant que ses amis s'installaient au dernier étage, sous les combles du *Relais des Merveilles*, Sébastiane retrouva avec bonheur la sienne, telle qu'elle l'avait laissée quelques mois plus tôt. Elle se glissa entre les draps et sombra dans le sommeil, s'imaginant un instant que demain serait une journée ordinaire et qu'elle devrait cuisiner aux côtés de sa grand-mère et Hap.

– Sébastiane ! Sébastiane ! Réveille-toi !

La jeune fille, enveloppée dans son rêve comme une boulette de viande dans des Ratavias, aurait bien aimé dormir quelques heures supplémentaires. Mais la voix de Hap lui fit ouvrir les yeux.

Le cuisinier était penché au-dessus de son lit, mais étonnamment il ne paraissait nullement joyeux de la voir.

– Hap… Qu'est-ce qu'il se passe ? Je suis contente de te voir, mais tu ne pouvais pas me laisser dormir un peu ?

– J'aurais bien aimé. Mais il y a urgence.

Elle se redressa dans son lit, et sentit la fatigue refluer aussitôt.

– Urgence ?

– Eh bien Viola a prévenu quelqu'un à la Guilde des restaurateurs de votre arrivée.

– Oui je sais. Nous en avons discuté hier soir. Elle a dit qu'elle essaierait de nous aider.

– Je crains qu'elle ait fait une bêtise. Un de mes amis vient de me contacter. La Guilde est bien en route… pour vous arrêter !

En une seconde, Sébastiane bondit hors de son lit. Dans le salon, tout le monde l'attendait, y compris Hectorio, assis immanquablement dans son fauteuil, une couverture sur les genoux.

Aucune expression n'illuminait son visage, mais dans son regard quelque chose frétilla, comme s'il réalisait qu'il connaissait cette jeune fille.

– Papa ! dit-elle en le prenant dans ses bras.

– Tu es au courant ? demanda Maxim. La Guilde des restaurateurs arrive pour nous arrêter. Ils seront là d'une minute à l'autre.

– Vous voulez que je m'occupe d'eux ? proposa Janus en frappant son poing dans sa main. Trouvez-moi un peu de Fortisia, vous allez voir.

– Nous ne sommes pas dans un restaurant gastronomagique, Janus. Et de toute façon le Fortisia fait partie des glumens interdits, je doute que la grand-mère de Sébastiane en ait… N'est-ce pas ? ajouta-t-il afin de s'en assurer.

– Non. Évidemment que je n'en ai pas, grommela Viola. Oh ma délicieuse, je suis désolée. Je ne pensais vraiment pas que la Guilde était à ce point corrompue…

– Je sais, mamie.

– Je ne veux pas vous presser, mais il faudrait songer à partir, et vite, suggéra Maxim.

– Maintenant ? demanda Sébastiane. Mais on vient juste de…

Elle regarda son père. Elle venait à peine de le retrouver et n'avait aucune envie de l'abandonner à nouveau. Et puis pour aller où ? Allait-elle passer sa vie à fuir, pourchassée par la Guilde, Sigil Aigredou et le roi Delicius IX ?

– Ton ami a raison Seb', fit Hap. Vous ne pouvez pas rester là. Passez par-derrière, Viola vous a préparé un panier repas.

Devant tant d'urgence, la jeune fille eut envie de pleurer. C'en était trop pour elle. La première fois, elle était partie de son plein gré, avec l'espoir de payer sa dette et de guérir son pauvre père. Mais là, elle se sentait comme un parasite que l'on voulait absolument chasser du jardin contre sa volonté, et c'était plus qu'elle ne pouvait le supporter.

Pourtant, Hap avait raison. S'ils restaient ici, la Guilde des restaurateurs ne ferait qu'une bouchée d'eux. Et elle préférait ne pas penser au sort qu'elle leur réservait.

Viola, les yeux rougis de fatigue et de tristesse mélangées, leur offrit de quoi manger pendant leur cavale.

– Tenez, voici quelques sandwichs maison aux boulettes de champignons, dit-elle d'une bouche tordue par le chagrin.

– Merci mamie…

Viola leur ouvrit la petite porte verte qui donnait sur l'allée derrière la maison, où étaient stockées les poubelles du restaurant. Les premiers rayons de soleil s'engouffraient timidement dans la rue, pour tenter de réchauffer l'air glacé du matin. Viola prit les mains de sa petite-fille et l'embrassa maladroitement.

– Ne t'en fais pas. Je vais trouver une solution. Je te le promets.

Alors que Sébastiane s'apprêtait à lui répondre qu'elle avait confiance, des silhouettes étendirent leur ombre à quelques mètres d'elle.

– Eh bien. On dirait que nous arrivons à temps !

La voix était sèche, pleine d'autorité. Vêtus du tablier traditionnel de la Guilde, aux bretelles de cordes et aux épaulettes en cuir, un groupe de six hommes et femmes leur barraient le passage. Ils étaient armés de lances dont la pointe avait la forme de fourchettes.

– Mademoiselle Grandélice, monsieur Médugra, vous êtes en état d'arrestation. Et… euh… vous deux également ! fit l'homme à l'attention de Champion et Janus.

Ce dernier serra le poing, tandis que Sébastiane faisait un pas en arrière. Maxim se plaça à côté d'elle, prit sa main dans la sienne, et la serra comme pour lui signaler qu'il était prêt à se battre avec elle.

– Et ne cherchez pas à vous enfuir. Le restaurant est cerné. Vous n'irez nulle part.

25

« Je vois que vous êtes drôlement informés. »

Isidore Véribon

En captivité, le plus difficile pour Sébastiane n'était ni l'obscurité, ni l'étroitesse de sa cellule, collée à celle de Maxim, Janus et Champion.

Non, le plus dur, le plus insupportable, était bien la nourriture infecte qu'on osait leur servir. Toute sa vie, elle avait été élevée aux plats délicieux de sa grand-mère, éduquée aux meilleures saveurs. Même le Tonuflor cru qu'elle avait mangé lors de son passage à Nüvi lui paraissait divin en comparaison du gloubi-boulga beigeasse et informe que venait de leur apporter un garde au visage fermé. Si Viola lui avait toujours rappelé qu'il ne fallait jamais négliger les qualités olfactives d'un plat, Sébastiane était plutôt rassurée de ne rien sentir dans le cas présent. La première bouchée lui donna l'impression de croquer dans une pâte rance, dont le seul but était de lui donner un haut-le-cœur.

– C'est infect ! cria-t-elle. Hé ! Comment pouvez-vous servir une telle abomination ?

Mais le garde avait déjà fait demi-tour, sans doute pour se tenir aussi loin que possible de cette pitance monstrueuse.

– Absolument infâme, confirma Maxim.

– Vous trouvez ? Ce n'est pas si désagréable, fit Champion qui engloutit son écuelle avec un appétit vorace.

Lorsque la Guilde les avait conduits ici, ils ne savaient absolument pas à quoi s'attendre, et personne n'avait jugé bon de les informer. La seule chose que leur avait dite les gardes, c'est qu'ils étaient emprisonnés sur ordre du roi Délicius IX.

Au moins, s'était dit Sébastiane, celui-ci était toujours en vie. Ils ne seraient donc pas accusés de régicide.

Simplement de tentative de régicide.

– Ils vont nous garder longtemps ici ? demanda Janus, l'air lugubre. Je n'ai même pas pu prévenir ma pauvre maman que j'étais encore en vie…

– Je n'en sais rien, soupira Maxim. De toute façon, ils ne peuvent pas nous retenir enfermés sans procès.

À peine eut-il fermé la bouche que la grille au fond de la salle s'ouvrit. Le bruit de la serrure grinçante emplit les geôles aux murs glacés d'humidité. Sébastiane se prépara à réclamer qu'on lui serve une nourriture de meilleure qualité. À travers les ombres, un couple d'une quarantaine d'années s'avança. L'homme portait un costume noir, rehaussé d'une petite cape brodée d'or. Ses cheveux impeccablement plaqués s'harmonisaient avec la fine moustache qui soulignait son nez aquilin. Tout dans son visage respirait l'autorité et la noblesse. Des reflets rouges parsemaient les cheveux de la femme, coupés en un carré austère, qui encadraient un visage long et fin dont les yeux rappelaient ceux de Maxim. Elle portait une longue robe traînante, qui paraissait à peine effleurer le sol.

– Père ? Mère ?

Le ton de Maxim fut celui d'un petit garçon surpris et Sébastiane n'aurait su dire s'il se réjouissait véritablement de les voir.

– Vous avez été prévenus que nous étions ici ?

– Évidemment, répondit son père d'une voix guère chaleureuse. Eddy Palabre a eu vent de votre arrestation à Papillettes-Ville.

Décidément, l'ami journaliste de Maxim possédait un très bon réseau d'informateurs.

– On dirait que vous vous êtes fourrés dans de beaux draps, fils, ajouta sa mère. Je savais que tôt ou tard vous auriez besoin de notre aide. J'espère que vous êtes innocent des faits qui vous sont reprochés.

Quelle étrange manière de s'adresser à son propre enfant, se dit Sébastiane.

– Évidemment mère. Qu'imaginez-vous ? Vous n'avez pas idée des intrigues qui agitent la *Tour d'Or*…

La mère de Maxim eut un petit rire hautain et précieux.

– Oh si nous sommes au courant. Mais, fils, j'aimerais surtout savoir comment vous vous êtes retrouvé mêlé à tout ceci, au lieu de vous concentrer sur votre pâtimagie… C'est à cause de vos… amis ? dit-elle en posant un regard intrigué sur Sébastiane.

En sentant sa pupille noire braquée sur elle, la jeune fille eut la désagréable impression d'être inspectée sous toutes les coutures. Visiblement, Maxim n'avait pas hérité sa décontraction et sa jovialité de ses parents.

– Mes amis sont aussi innocents que moi. Mais laissez-moi vous les présenter. Voici Sébastiane Grandélice, Janus Lafrite et Champion le mirmiton. Les amis, voici mes parents, Flora et Théophile Médugra.

Les parents de Maxim se contentèrent d'un hochement de tête à la fois terriblement discret et plein de mépris.

– En fait, nous nous sommes trouvés au mauvais endroit au mauvais moment, expliqua Maxim. Mais nous n'avons absolument rien à voir avec l'attaque contre Delicius IX, je vous le garantis. Tout est la faute de Sigil Aigredou.

– Oui, répondit Théophile Médugra. Nous avons pu parler à Régine Sansell. Elle a plaidé en votre faveur.

– Dans ce cas, pourquoi sommes-nous ici ? Elle n'a qu'à dire la vérité !

Le père de Maxim soupira. Sébastiane pouvait clairement voir le sillon creusé entre ses deux sourcils.

– En effet, elle pourrait la dire, si elle et Véribon n'avaient pas été écartés et mis à pied par le roi.

– Quoi ?! Véribon et Sansell ont été renvoyés ? s'écria Sébastiane. Mais pour quelle raison ?

– À votre avis ? Ils sont accusés de négligence pour ne pas avoir décelé le complot qui se tramait contre le roi.

– Le roi n'a donc pas compris que nous avions déjoué le complot qui le visait !? s'emporta Maxim.

– Non. C'est d'ailleurs une chance pour eux de ne pas avoir été arrêtés, poursuivit Théophile sans même la regarder. D'après ce que nous a appris Eddy, Sigil Aigredou est désormais le grand gastronomage à la tête de la *Tour d'Or* !

– Ce n'est pas juste ! poursuivit Sébastiane. C'est lui qui a tout manigancé !!

Les Médugra dardèrent leurs regards sur elle comme si elle se mêlait d'une conversation qui ne la regardait pas mais ce n'était pas le genre de chose qui arrêtait Sébastiane. Elle en avait plus qu'assez de leurs grands airs et de leurs manières suffisantes. Après tout, ce n'était pas eux qui étaient enfermés à tort.

– Il doit bien y avoir un moyen de prouver notre innocence ! Le roi ne peut pas nous garder prisonniers sans procès ! ajouta Maxim.

– Nous allons essayer de plaider votre cause auprès de la Guilde, mais ce ne sera pas aisé. Elle est gangrénée par les alliés d'Aigredou.

– Évidemment Sigil a acheté tout le monde en leur promettant d'utiliser les glumens interdits ! expliqua Maxim.

– Ce qui est impossible à prouver, précisa sa mère.

La porte s'ouvrit à nouveau, et cette fois ce fut au tour du garde de s'approcher d'eux.

– Messieurs dames, votre temps de visite est terminé. Merci de regagner la sortie.

– Ne vous en faites pas, mon fils, nous ne vous laisserons pas tomber, murmura sa mère.

– Oui. Vous êtes un Médugra après tout ! s'exclama son père. Et personne ne salira notre nom en vous traitant comme un vulgaire criminel.

– Je sais bien que notre réputation vous importe plus que tout.

Lorsqu'ils furent repartis, Sébastiane ne savait que penser. Les parents de Maxim ne pouvaient être plus à l'opposé de Viola, avec leurs mots et leur ton ciselés comme du basilic. S'il était évident qu'ils avaient une influence certaine dans le monde de la gastronomagie, elle doutait malgré tout qu'ils parviennent à raisonner le roi. Sigil avait réussi à tisser sa toile.

Les jours défilèrent, sans que rien ne se passe, et avec eux l'espoir de sortir de leur cellule commença à diminuer. Leurs journées n'étaient ponctuées que par la livraison de la traditionnelle bouillie à laquelle Sébastiane finit par s'habituer. Fatiguée de répéter en boucle les mêmes explications, leurs discussions se faisaient de plus en plus rares.

Sébastiane n'avait cessé d'espérer la venue de Viola ou de Hap, mais ni l'un ni l'autre n'étaient venus lui rendre visite. Comme elle ne pouvait concevoir qu'ils ne se soucient pas de son sort, elle s'imagina qu'ils n'étaient sans doute pas aussi importants que les parents de Maxim et que l'on ne leur permettait pas l'accès.

Janus, quant à lui, s'enfonçait de plus en plus dans son mutisme. Il ignorait si sa mère avait été prévenue de sa captivité et cela le déprimait terriblement.

Au bout du septième jour, la grille s'ouvrit à nouveau et un visiteur inattendu s'approcha.

La première fois que Sébastiane avait vu sa silhouette, son embonpoint paraissait aussi démesuré que son ego. Aujourd'hui, l'homme avait perdu de sa superbe, ainsi que quelques kilos. Sans sa toque, il paraissait tristement banal, et seule sa moustache, toujours fine et blonde, rappelait son élégance d'antan.

– Vérib… Je veux dire, grand gastronomage Véribon ! s'exclama Maxim. Que faites-vous là ?

– Mon pauvre Maxim. Vos parents m'ont appris que vous étiez enfermé ici. Et j'ai décidé de venir vous voir pour que nous discutions de toute cette… affaire.

Véribon avait perdu de sa faconde. En l'entendant parler, Sébastiane devina le choc qu'il avait dû subir en se faisant destituer de son titre au profit de son second gastronomage en chef.

– Ce n'est pas nous qui avons tenté de nous en prendre au roi ! déclara-t-elle aussitôt. Vous devez nous faire sortir de là !!

– Je sais bien. Mais…

Ses yeux se posèrent un instant sur Janus, recroquevillé dans sa cellule.

– Tiens, je vous reconnais vous. Vous êtes le pâtimage qui a quitté la *Tour d'Or* sans le moindre avertissement…

– Oui, confirma Maxim. Il s'agit de Janus Lafrite.

Ce dernier se redressa et recoiffa maladroitement ses cheveux pour s'efforcer d'avoir l'air présentable devant son ancien chef.

– Bonjour, grand gastronomage. Je... je m'étais perdu dans Nüvi. Dupé par Sigil Aigredou.

– Comme beaucoup d'entre nous, soupira Véribon. Comment ai-je pu être si naïf ?

Tous se gardèrent bien de répondre à cette question.

– Vous savez pourquoi il fait tout ceci ? demanda Sébastiane.

Véribon la regarda, l'air visiblement gêné. Pour la première fois, Sébastiane ne voyait pas un gastronomage puissant et presque intouchable, mais un homme hésitant.

– Pour le pouvoir. Je ne vois pas d'autres explications. Qui ne rêverait pas de devenir le grand gastronomage de la *Tour d'Or* ? Ce fourbe a voulu m'évincer.

– Mais tout de même, vous étiez amis. Et il a tenté d'assassiner le roi... Ce n'est pas rien.

Lorsqu'il prononça ces mots, il ne put retenir un tremblement d'émotion.

– Sigil est capable de beaucoup de choses.

– Comme utiliser la poudre de Midas à l'occasion du Cuisine Master ?

Véribon écarquilla les yeux, visiblement soufflé par le travail de déduction de ses anciens cuisiniers.

– Je vois que vous êtes drôlement informés. Peut-être a-t-il en effet introduit la poudre de Midas…

– Mais cela n'a pourtant aucun sens, poursuivit Sébastiane. Ils étaient sur le point de gagner le Cuisine Mast…

– Gagner ?!! rugit Véribon. Comment ça « gagner » ?!! Non, malgré ce que certains racontent, ils n'allaient pas gagner le Cuisine Master ! Juste nous poser quelques problèmes, rien de plus.

En un instant, la rage et la passion étaient revenues habiter Véribon, comme lors de leur première rencontre. Mais le gastronomage déchu se ressaisit aussitôt et tira sur sa moustache nerveusement.

– Hum… Pardon, je m'emporte. En ce qui concerne Sigil, il a tout simplement présumé de ses capacités, et n'a pas réussi à cuisiner la poudre comme prévu.

– Mouais… marmonna Champion à voix basse.

– Et cela ne vous a pas empêché de le recruter ? poursuivit Maxim. Avouez que c'est étrange que le responsable de la catastrophe de *Tourbillon* se soit retrouvé à la *Tour d'Or*.

Véribon soutint le regard accusateur de Maxim.

– Qu'insinuez-vous exactement ? Même déchu de mon titre de grand gastronomage, je ne vais pas me laisser intimider par un jeune pâtimage, y compris un Médugra. Oui, j'ai recruté Sigil et je ne le regrette pas. Il a toujours été un fidèle second. Après tout, même si c'était involontaire, il m'a débarrassé de ces bons à rien de *Tourbillon* !

Après tout, Véribon disait peut-être la vérité. Mais pourquoi Sigil s'en était-il ainsi pris à Véribon après tant d'années de bons et loyaux services ? Voulait-il faire réellement évoluer la *Tour d'Or* comme il l'avait promis auprès du Comte Vilnus ? À moins que la trahison soit pour lui, ce que la farine était au pain.

– Mais je ne suis pas venu pour parler de moi. Je voulais vous faire part d'une nouvelle qui vous concerne. Voyez-vous lorsque j'ai compris que vous n'y étiez pour rien, je suis allé trouver le roi pour plaider votre cause et lui expliquer que vous et moi sommes tous des victimes de Sigil.

À la différence que Véribon était encore libre de ses mouvements, pensa Sébastiane.

– Et alors ? demanda-t-elle.

– Il a écouté ce que j'avais à lui dire, mais demeure très méfiant. D'autant que Sigil est soutenu par la Guilde des restaurateurs qui continue d'affirmer que vous avez essayé de vous en prendre à Delicius IX, sous mon autorité… C'est votre parole contre la leur.

– Et donc ? demanda Janus. Il va y avoir un procès ?

– En quelque sorte. Mais il ne s'agira pas d'un procès ordinaire. Comme le veut la coutume quand les restaurants gastronomagiques sont concernés, vous allez participer à une glutordalie.

En prononçant ce dernier mot, il se lissa la moustache.

– Une quoi ?! demanda Sébastiane.

– Une glutordalie. Ou si vous préférez, un banquet de justice…

En voyant la mine décomposée de Maxim, Sébastiane comprit qu'il ne s'agissait pas d'une bonne nouvelle.

– Dans toute l'histoire de Savoria, seuls deux banquets de justice ont été organisés, rappela alors le garçon. Le premier a servi à élucider le meurtre du grand gastronomage de chez *Lafleur*, le restaurant gastronomagique situé dans les montagnes au sud-ouest du pays. Le second pour juger un trafic de glumens en direction du Benshar.

Malgré les circonstances, elle l'écouta, fascinée par ses connaissances du monde de la gastronomagie.

– Ces deux banquets ont duré des jours et ont agité tout le pays. Mais avant toute chose, ils ont surtout rempli les estomacs des nobles convoqués comme jurés. À la fin, certains avaient tellement mangé qu'ils ne tenaient plus sur leurs jambes pour rentrer chez eux.

– Donc, tu veux dire que pour prouver son innocence, il suffit de préparer les meilleurs plats ?

– En quelque sorte.

– Mais c'est absurde. Pourquoi ne pas faire un procès classique ?

– Parce qu'un gastronomage ne peut être jugé qu'à travers sa cuisine, fit Véribon.

– Oui, la nourriture ne ment jamais, ajouta Sébastiane, en se rappelant ce que lui répétait sa grand-mère.

Tout de même, quel étrange système, se dit-elle. *Comment parler de justice dans ce cas précis ?*

– Autant rester ici, grommela Janus. Si nous devons affronter Sigil Aigredou, nous n'avons aucune chance de rivaliser avec ses plats.

– Pas question que je renonce ! s'exclama Sébastiane. Si la justice doit triompher à travers notre cuisine, alors qu'il en soit ainsi !

– Bien dit, jeune fille. Je ferai tout mon possible pour être à vos côtés. Je ne vous laisserai pas tomber, conclut Véribon.

Évidemment. Surtout si la glutordalie pouvait lui permettre de redevenir le grand gastronomage de la Tour d'Or, songea Sébastiane.

Les bruits de pas des gardes indiquèrent à Véribon que son temps de visite était écoulé. Il jeta un dernier regard plein de compassion aux jeunes gens, ainsi qu'au mirmiton sans âge et prit congé.

– Attendez. Grand gastronomage…, demanda Janus. Pourrais-je vous demander une faveur ?

– Je vous écoute.

– Il s'agit de ma mère… Je n'ai pas eu l'occasion de la contacter, pour lui dire que j'étais bien en vie… Pourriez-vous la rassurer pour moi ?

Véribon s'immobilisa et poussa un soupir.

– J'imagine que oui…

26

« Garde ton calme et ignore-le »

Maxim Médugra

Trois jours après la visite du grand gastronomage, Champion fut libéré, Delicius IX ayant admis que le mirmiton était étranger à toute cette histoire. Celui-ci partit en promettant de tout faire pour apporter de l'aide à ses nouveaux amis. En attendant, sous la pression des époux Médugra, Maxim, Sébastiane et Janus furent également autorisés à sortir des geôles royales pour être installés dans une des tours du palais qu'ils ne devaient quitter sous aucun prétexte en attendant la glutordalie.

Et même s'ils étaient simplement passés d'une prison à une autre, au moins celle-ci était plus confortable et garnie de lustres dorés qui leur apportaient de la lumière.

Avec la convocation officielle à la glutordalie, ils surent au moins à quoi s'en tenir. Celle-ci aurait lieu deux semaines plus tard devant toute la noblesse de

Savoria. La proclamation avait été épinglée sur l'un des murs du salon commun où ils passaient leurs journées à réfléchir à ce qu'ils allaient cuisiner.

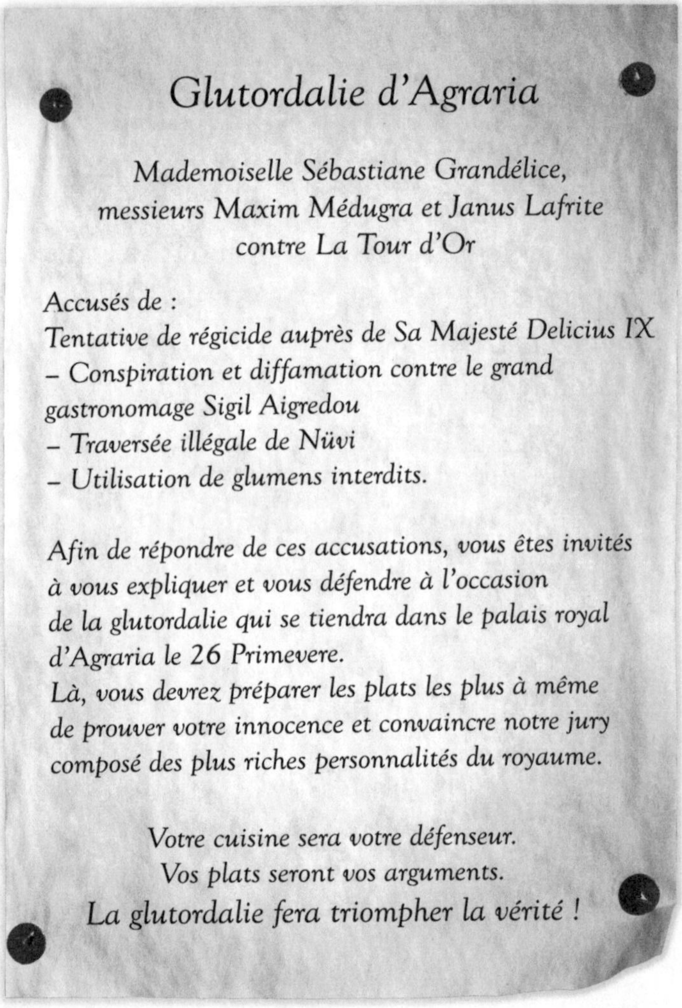
Glutordalie d'Agraria

Mademoiselle Sébastiane Grandélice,
messieurs Maxim Médugra et Janus Lafrite
contre La Tour d'Or

Accusés de :
Tentative de régicide auprès de Sa Majesté Delicius IX
– Conspiration et diffamation contre le grand gastronomage Sigil Aigredou
– Traversée illégale de Nüvi
– Utilisation de glumens interdits.

Afin de répondre de ces accusations, vous êtes invités à vous expliquer et vous défendre à l'occasion de la glutordalie qui se tiendra dans le palais royal d'Agraria le 26 Primevere.
Là, vous devrez préparer les plats les plus à même de prouver votre innocence et convaincre notre jury composé des plus riches personnalités du royaume.

Votre cuisine sera votre défenseur.
Vos plats seront vos arguments.
La glutordalie fera triompher la vérité !

– Ils auraient pu autoriser Véribon à cuisiner avec nous, soupira Sébastiane qui faisait les cent pas, à la recherche d'une idée lumineuse. Ce n'est quand même pas juste. Nous sommes trois contre tout un restaurant.

– Et prendre le risque que Sigil perde ? Tu veux mon avis ? Tout ceci n'est qu'une mascarade destinée à faire de nous des coupables ! s'agaça Janus.

– Oui, tu as sans doute raison.

– Il ne sert à rien de paniquer. Continuons à réfléchir calmement, les encouragea Maxim. Nous n'avons peut-être pas les ressources de Sigil, mais cela ne nous fera pas baisser les bras. Pas vrai ?

À mesure que les jours passaient, il était le seul à résister à la pression qui se faisait pourtant de plus en plus forte, et commençait à peser sévèrement sur le moral de Sébastiane.

– Je ne sais pas, soupira Janus. Comment voulez-vous que l'on rivalise avec la *Tour d'Or* ? Pour moi, c'est perdu d'avance.

– Mais non ! La qualité prime sur la quantité. Ma grand-mère me l'a toujours répété. Et puis Champion a promis de nous aider…

– À mon avis, mieux vaut ne pas compter sur lui. Nous ne sommes même pas sûrs de le revoir…, soupira Janus.

Sébastiane en doutait. Champion était différent des autres mirmitons, elle sentait qu'elle pouvait lui faire confiance, et qu'il ferait ce qu'il leur avait promis. Mais la compagnie de Janus lui plombait le moral. Miné par sa captivité, après s'être enfin échappé de Nüvi, l'apprenti-pâtimage ne semblait plus rien attendre du monde de la gastronomagie. Et Sébastiane n'était pas loin de le rejoindre. La seule chose qu'elle avait trouvée pour ne pas craquer était de se concentrer sur les plats à préparer, ainsi que la présence de Maxim, il fallait bien l'avouer. Leur relation était restée assez discrète. Ils avaient d'un commun accord décidé de ne rien laisser paraître devant Janus pour ne pas le mettre mal à l'aise. Ce qui ne dérangeait guère Sébastiane, qui n'avait jamais véritablement eu d'histoire d'amour avec un garçon jusqu'à présent.

– Alors, récapitulons, proposa-t-elle en prenant la liste sur laquelle ils travaillaient. Pour commencer, nous avons les Bouchées de vérité de Maxim. Si j'ai bien compris ce plat fait dire la vérité à quiconque les déguste ?

– C'est cela.

– Dommage que tu ne nous en aies pas parlé plus tôt. Nous aurions pu forcer Aigredou à avouer il y a bien longtemps.

– Parce que tu imagines que Aigredou se serait laissé faire ?

– Avec un peu de ruse… D'ailleurs, pourquoi accepterait-il de goûter notre plat pour la glutordalie ?

– Si les jurés le lui ordonnent, il ne pourra pas refuser.

– Bon, et au cas où ça ne marcherait pas ? Nous devons prévoir autre chose. Je suggère mes Ratavias.

– Et une salade de modus, proposa Janus.

– Bonne idée. Quoi d'autres ? Peut-être un rôti de Bréfeuillette ? Qu'en pensez-vous ?

– Pourquoi pas, approuva Maxim. Il faudrait également trouver quelques desserts. Je peux leur faire des îlots flottants au sirop d'orage. Après tout, ils ont été inventés par ma grand-tante, et seuls les Médugra connaissent l'ingrédient secret qui fait leur renommée.

En l'écoutant, Sébastiane reprit espoir. Comme s'il y avait une chance pour qu'ils sortent victorieux de cette glutordalie.

Pourtant, lorsque le jour fatidique arriva, elle avait l'impression de n'être absolument pas prête. Malgré les dizaines de menus élaborés, les centaines de variations, elle était toujours pleine de doutes et d'interrogations.

Il était à peine sept heures du matin, lorsque deux gardes accompagnés du grand ordonnateur royal vinrent les chercher pour les conduire dans la grande cour du château. Le grand ordonnateur, vêtu d'un costume bouffant à carreaux violet et jaune, tenait un bâton en forme de fouet à pâtisserie.

– Je suis là pour veiller au bon déroulement de la glutordalie, et j'entends bien faire appliquer les règles de cet évènement si rare, précisa-t-il.

Un ciel tranquille surplombait les immenses tables dressées, réparties en deux rangées bien distinctes dans la cour. Des guirlandes dorées bruissaient au-dessus de la cinquantaine de couverts préparés pour l'occasion.

Au centre, une petite table rectangulaire avait été installée spécialement pour le roi et la reine, et partout les assiettes en faïence laiteuse et les verres cristallins réfléchissaient les discrets rayons du soleil printannier.

Tout autour, des estrades avaient été montées pour permettre à des centaines de personnes de s'asseoir à l'abri de grandes tentures. La glutordalie s'annonçait comme un évènement public de grande ampleur.

Cinq étendards soulignaient la présence des cinq restaurants gastronomagiques, et des bannières aux couleurs des écoles de Saint-Fumet, Bonne-Louche et Hors-d'œuvre, flottaient également. Une glutordalie était une opportunité unique et inespérée pour les professeurs de ces prestigieuses écoles qui avaient fait le déplacement avec leurs élèves pour l'occasion.

Et Sébastiane aurait trouvé cette mise en scène somptueuse si la présence de Sigil Aigredou, déjà en place avec ses équipes, n'avait pas tout gâché. Deux pièces attenantes avaient été aménagées en deux cuisines, et Sigil, installé dans l'une d'elles, l'air sûr de lui, donnait plus l'impression d'un restaurateur recevant ses convives que d'un gastronomage en attente de jugement.

– J'ai envie d'avaler un peu de Fortisia et de lui régler son compte, maugréa Janus en l'apercevant.

– Cela ne servirait à rien, le reprit Maxim.

– Si. À me faire du bien.

– Garde ton calme et ignore-le.

Tandis que les trois pâtimages s'installaient derrière les îlots de cuisine qui leur étaient réservés, le grand ordonnateur s'avança vers eux.

– Vous êtes prêts ? demanda-t-il sèchement.

– Oui, confirma Sébastiane.

– Et vous grand gastronomage ? fit-il en se tournant vers la pièce contigüe.

– On ne peut plus prêt, répondit Sigil.

– Dans ce cas…

Pour ponctuer ses mots, il frappa le sol de son bâton et les portes de la cour s'ouvrirent.

LA GLUTORDALIE PEUT COMMENCER !
BROUHAHA
BROUHAHA
BROUHAHA
VOUS SERVIREZ VOS PLATS À TOUR DE RÔLE TOUT EN RÉPONDANT AUX QUESTIONS.
À L'ISSUE DU REPA
CHACUN SE PRONONC
ET VOUS SEREZ
CONDAMNÉS OU
INNOCENTÉS !
LE GRAND SIGIL AIGREDOU SERA LE PREMIER À SERVIR SES PLATS.
EST-CE BIEN CLAIR ?

Un flot de spectateurs avait gagné les gradins, tandis qu'autour des tables la cinquantaine de jurés prenaient place, tous vêtus de leurs plus belles tenues d'apparat. Certains étaient même coiffés d'impressionnantes perruques vraisemblablement inspirées de pièces montées.

Les visages étaient radieux, réjouis de ce procès si particulier qui allait avant tout leur permettre de se remplir l'estomac à moindres frais. En particulier celui du général Krogan, que Sébastiane reconnut.

À quelques mètres de lui, elle croisa le regard du Comte Vilnus et frissonna devant son sourire inquiétant. Il ne perdait rien pour attendre, se dit-elle.

Le silence se fit lorsque le roi Delicius IX et la reine Merveilla s'avancèrent et prirent place dans leurs larges fauteuils en forme de trônes. Sébastiane sentit leurs regards empreints de solennité passer de Sigil à elle. Après tout, l'un d'eux avait véritablement tenté de l'assassiner.

Le grand ordonnateur prit la parole :

– Votre Majesté Delicius IX et Votre Altesse Merveilla, mesdames et messieurs les jurés, chers membres du public, bienvenue à cette nouvelle glutordalie visant à faire le jour sur l'affaire qui oppose Sigil Aigredou à mademoiselle Sébastiane

Grandélice, et ses complices, messieurs Maxim Médugra et Janus Lafrite.

D'un coup sec, il frappa à nouveau son bâton contre le sol.

Dans les cuisines temporaires une montagne d'aliments les attendait, prêts à être cuisinés. En un regard Maxim identifia ce dont ils avaient besoin : Farinel, beurre, nœufs, champignons eloca, une pincée de noix de véritassines.

ALLEZ AU TRAVAIL !
COMMENÇONS PAR
LES BOUCHÉES DE VÉRITÉ !
OUAIS !

Bien préparées, les Bouchées de vérité transformaient la personne la plus muette en un véritable orateur, forcé de dire la vérité. Avec de tels aliments, Sigil Aigredou ne pourrait pas longtemps garder ses mensonges.

Pendant que Janus s'attaquait à la confection des bouchées, Sébastiane se chargea de la farce. Maxim, lui, devait concasser les noix de véritassines pour en faire de minuscules pépites.

Régulièrement, la jeune fille jetait un regard inquiet à la cour, qui avait revêtu des allures d'arène. Il n'y avait plus une seule place de libre, qu'il s'agisse du banquet ou des gradins, et il lui fallut plusieurs minutes avant d'apercevoir les silhouettes de Viola et Hap en pleine discussion avec… Véribon. Passée la surprise de les voir tous les trois ensembles, leur présence la rassura. Par contre Champion manquait à l'appel, ce qui n'était guère réjouissant.

Allait-il réussir la mission qu'elle lui avait confiée ? Les révélations qu'elle comptait faire reposaient sur lui…

Leurs bouchées étaient sur le point d'être terminées lorsque Sigil Aigredou fut invité à servir ses propres entrées.

Tout autour du banquet, les servitors de la *Tour d'Or* dansaient un ballet hypnotique, servant les magnifiques œufs arc-en-ciel sur un tapis de crème de lave.

OH !
AH, ÇA COLLE
J'ARRIVE À RIEN !
DU CALME SEB ! C'EST PAS LE MOMENT DE CRAQUER.
OUI JE SAIS. C'EST LA NERVOSITÉ, NE T'EN FAIS PAS.
...
HMMM
Oeufs arc-en-ciel sur lit de lave

Sébastiane attendait avec impatience le moment de servir ses Bouchées de vérité, pour que Sigil réponde enfin de ses actes. Que faisait-il dans la cave de la *Tour d'Or* le jour où elle l'avait surprise avec le Comte Vilnus ? Pourquoi avait-il envoyé Janus en quête de glumens interdits dans Nüvi ? Qui lui avait envoyé des menaces de mort à plusieurs reprises ? Qui avait piégé les plats devant être servis au roi Delicius IX, le jour où le restaurant avait accueilli la cantatrice Diva Marx ?

Ce n'était vraiment pas les questions qui manquaient.

Quand un membre de l'assemblée leva la main pour prendre la parole, elle s'imagina que le gastronomage allait enfin devoir s'expliquer. Hélas, le noble ventripotent se contenta de demander s'il pouvait avoir un peu plus de ce délicieux pain aux herbes folles…

Maxim et Janus étaient en train d'assembler les Bouchées de vérité en une sorte de pièce montée, mais la chose s'avérait plus ardue qu'escomptée. Ils n'avaient ni l'expérience, ni le savoir-faire des servitors, et ne devaient compter que sur eux-mêmes.

ILS ATTENDENT QUOI POUR POSER LEURS QUESTIONS ?
SEB ! ARRÊTE DE RÊVASSER, ÇA VA BIENTÔT ÊTRE À NOUS !
JE NE RÊVASSE PAS, JE PENSE À NOTRE STRATÉGIE !
PSST. SÉBASTIANE !
CHAMPION ! TU AS PU VENIR !
OUI, REGARDE ! J'AI CE QUE TU VOULAIS.
MERCI GRAND GASTRONOMAGE ! AU TOUR DE MADEMOISELLE GRANDÉLICE ET DE SES COMPLICES.
NOUS ALLONS POUVOIR PASSER AUX CHOSES SÉRIEUSES...

Au loin, un juré finit tout de même par demander à Sigil s'il était coupable de ce dont on l'accusait, et le gastronomage laissa échapper un rire serein, assurant que sa présence ici n'était qu'une simple formalité et qu'il ne leur faudrait pas longtemps pour comprendre qui étaient les vrais coupables. Surtout quand ils goûteraient leur cuisine affreuse.

L'éclat de rire de l'assistance ne rassura guère Sébastiane sur son sort. Mais elle avait appris à ne pas cuisiner la peau de l'ours avant de l'avoir tué.

Sébastiane jeta un œil rapide à l'intérieur de la boîte. Elle contenait deux petits dés de poudre compacte, l'un orangé, l'autre jaune, et un morceau de papier sur lequel une écriture maladroite avait recopié une recette. Champion avait tenu parole.

– Mais qu'est-ce que tu fabriques à la fin ? la héla Maxim. C'est à nous.

– Champion a tenu parole, fit-elle en exhibant la boîte.

27

« Non mais c'est une farce ? »

Janus Lafrite

Lorsqu'elle s'avança dans l'arène où étaient disposées les tables, une boule d'angoisse se coinça en travers de la gorge de Sébastiane. Et si leur plan ne fonctionnait pas ? Et s'il s'agissait de la dernière fois où elle cuisinait ? Et si, à l'issue de cette glutordalie, elle était condamnée pour tentative de meurtre contre le roi ?

Subitement, elle fut prise d'une envie de fuir le plus loin possible de Savoria et de la *Tour d'Or*. Mais il était trop tard pour reculer.

Elle leva les yeux vers l'assistance. Aux premiers rangs, elle aperçut Viggo et Prune qui l'encouragèrent d'un pouce en l'air plein de confiance. Derrière eux, Viola et Hap croisaient également les doigts, et s'efforçaient de lui envoyer autant d'ondes positives que possible.

– Ils ne pourraient pas nous aider un peu ? pesta Janus en regardant les servitors de la *Tour d'Or* se reposer.

– Je préfère autant m'en occuper, répondit Maxim. Je ne suis pas sûr de leur faire confiance.

Les Bouchées de vérité furent distribuées à tous les membres du jury qui les enfournèrent dans leurs gosiers avides sans prendre le temps de savourer.

– Attendez, fit Sébastiane. Il faudrait que Sigil Aigredou en goûte également.

– Allons, protesta un membre du jury. Le grand gastronomage Aigredou a autre chose à faire que de manger pendant la glutordalie.

– Oui, cela est contraire au règlement, confirma le grand ordonnateur.

– Non, mais c'est une farce ? rugit Janus.

– Oui, et délicieuse avec ça, confirma une femme ventripotente, à la coiffe en forme de gâteau.

Sébastiane commençait à comprendre pourquoi Sigil arborait un air si sûr de lui. Les membres du jury étaient tous acquis à sa cause. Comment le roi pouvait-il tolérer une telle chose ?

Mais les faits étaient là, et si le jury avait laissé le nouveau grand gastronomage tranquille, il n'en fut guère de même pour Sébastiane et ses amis. Surtout que les Bouchées de vérité les rendirent encore plus incisifs dans leurs questions.

« Est-il vrai que vous avez cuisiné des glumens de première catégorie sans autorisation, manquant ainsi de brûler tout votre village ? » « Était-ce intentionnel ? »

« Avez-vous délibérément tenté de vous en prendre à nos scientifiques de l'Académie ? »

« Comment vous êtes-vous procuré le moyen d'entrer dans Nüvi ? »

« Avez-vous vraiment usurpé la place de votre grand-mère pour vous introduire dans la *Tour d'Or* ? » « Janus Lafrite, avez-vous volontairement déserté votre poste ? » « Que cherchiez-vous dans Nüvi ? » « Plusieurs personnes vous ont aperçu poser des questions autour du Glumenodus, que cherchiez-vous ? »

« Vous êtes-vous faite passer pour un servitor afin d'approcher notre cher roi ? »

Présenté ainsi, il fallait bien reconnaître que les apparences étaient contre elle, et, acculée par cette salve de questions, Sébastiane avait bien du mal à conserver son calme.

Heureusement Maxim, plus à l'aise, ne se laissa pas perturber et réussit à plusieurs reprises à instiller le doute dans leurs esprits.

Oui Sébastiane avait cuisiné du Feu-Fou mais elle avait brûlé son propre restaurant par accident, sans faire la moindre victime. Elle s'était procurée le moyen d'entrer dans Nüvi en déchiffrant une recette rédigée par Sigil Aigredou lui-même. C'était d'ailleurs lui qui avait envoyé Janus dans le monde des glumens. Elle avait pris la place de sa grand-mère, simplement parce que l'invitation prêtait à confusion, et si elle s'était approchée de Delicius IX, c'était simplement dans le but de le protéger. D'ailleurs, il ne lui était rien arrivé.

Hélas, seule une petite partie de l'auditoire paraissait encline à l'écouter.

– Merci à tous les trois, les remercia le grand ordonnateur. Maintenant, si vous n'avez plus d'autres questions, nous allons passer à la suite du repas. Grand gastronomage Aigredou, c'est encore à vous !

Ce qui sortit de la cuisine laissa Sébastiane bouche-bée. Une véritable montagne de nourriture avait été disposée sur un plateau long d'au moins vingt mètres. Mais il ne s'agissait pas d'un simple empilement de mets en tous genres, mais bien d'une véritable œuvre d'art culinaire.

– Ça va être difficile… soupira Janus.

– Ce n'est peut-être pas bon, essaya de relativiser Sébastiane.

– Allez, on ne se décourage pas. La glutordalie ne fait que commencer, dit Maxim tel un entraîneur encourageant son équipe. Mais il va falloir les convaincre de rester. Car vous savez ce qu'il se passe si un juré mange trop et décide qu'il n'a plus faim ?

– Non.

– Il se retire du jury.

– En quoi est-ce un problème ?

– Parce que s'il se retire, il vote pour l'accusé l'ayant rassasié…

– Quoi ?! Mais elle sort d'où cette règle débile ?

– Ça a toujours été comme ça. Bon, je crois qu'il est temps de passer à la recette de Champion.

Sébastiane sortit la recette de la boîte.

– Tu es sûre de toi ? demanda Janus.

– Non mais nous n'avons guère le choix.

Ils se mirent au travail avec le plus grand des sérieux. Le temps jouait contre eux et pour réussir cette recette, que personne n'avait cuisinée depuis des dizaines d'années, leurs gestes devaient être plus précis que jamais. La cuisson parfaitement calibrée, et le dosage respecté.

Si la création de Sigil Aigredou évoquait une montagne, celle des pâtimages rappelait une véritable forêt. Ce plat, que finalement personne n'avait jamais dégusté, était organique, inventif et devait avant tout être délicieux.

Quand vint le moment de mettre la touche finale, Sébastiane entendit le jury applaudir à tout rompre Sigil Aigredou. Trois heures s'étaient écoulées, et elle se demanda si seulement les jurés auraient encore envie de goûter son plat.

– Seb' on est bon ? demanda Maxim.

– Oui, je crois, dit-elle en adressant une prière mentale au grand dieu de la gastronomagie, si celui-ci existait.

Mais, au dernier moment, elle vit l'assiette contenant les Bouchées de vérité auxquelles Aigredou n'avait pas touché. Et elle eut une idée…

Quand ils sortirent dans la cour, la grande table des jurés était quasiment vide. Seuls restaient une dizaine d'hommes et de femmes, aux visages rouges et transpirants, mais qui avaient encore un peu de place pour un dernier met.

– On est foutu, fit Janus. Ils ne sont que dix. Nous n'aurons jamais assez de voix contre Sigil.

Ce dernier, les bras croisés, les toisait d'un air méprisant et satisfait à la fois, curieux d'assister à leur humiliation.

– J'avoue que je ne vois pas comment nous pourrions gagner, concéda Maxim.

– Taisez-vous, tenez bien le plateau, ne vous loupez pas, déclara Sébastiane.

À bout de bras, ils agrippèrent leur création et la trainèrent difficilement jusqu'au milieu de la cour.

– Mesdames et messieurs du jury, Votre Majesté Delicius IX, annonça-t-elle sur un ton qu'elle voulait solennel. Malgré les manigances de Sigil Aigredou, voici un plat qui devrait vous faire réaliser sa culpabilité. Le festin d'or !

– Pff, n'importe quoi. Je ne demande qu'à voir, s'esclaffa ce dernier.

La jeune fille emprunta alors un bougeoir et approcha la flamme de leur création culinaire. Toute la forêt d'aliments s'embrasa subitement. Il y eut quelques cris dans l'assistance, et plusieurs gardes se tinrent prêts à intervenir. En quelques secondes, les flammes s'éteignirent, et laissèrent place à une forêt étincelante et dorée. Sébastiane composa les premières assiettes.

Le goûteur du roi s'approcha, sortit sa cuillère en diamant et préleva une bouchée qu'il mastiqua soigneusement sous les regards éberlués du public.

– Hmm. Délicieux, dit-il.

Sébastiane jeta un regard à Champion, qui les observait et leva un pouce victorieux dans sa direction.

Pendant qu'ils découpaient de généreuses parts, un des jurés, aux joues cramoisies, demanda :

– En quoi ce plat, certes fascinant, devrait-il nous faire prendre conscience de la prétendue traîtrise de Sigil ?

– Parce que c'est avec le festin d'or qu'il a empoisonné ses collègues de *Tourbillon* lors du dernier Cuisine Master… Il s'agit du plat exact qui devait leur faire remporter le Cuisine Master mais qui les a transformés en or et a signé la fin du restaurant !

En voyant que certains s'apprêtaient à recracher ce qu'ils mangeaient, elle reprit aussitôt.

– Ne vous en faites pas. Vous ne craignez rien, car j'ai soigneusement respecté les proportions et contrairement à Sigil, je n'ai pas utilisé de poudre de Midas qui est un glumen interdit, mais du Kubor, un glumen de troisième catégorie aux vertus simplement esthétiques…

Pour rassurer les jurés, elle exhiba alors le petit cube de poudre de Midas auquel elle n'avait pas touché.

– Regardez ! Voici le glumen interdit retrouvé dans *Tourbillon* dont s'est servi Sigil.

– Balivernes, s'exclama Aigredou dans un éclat de rire. Cela ne prouve rien du tout ma pauvre Grandélice.

– Cela prouve juste que vous êtes un piètre gastronomage. Car si vous aviez utilisé du Kubor, comme moi, votre plat aurait été bien meilleur…

Sébastiane vit une lueur de fureur s'allumer dans le regard d'Aigredou.

Sans s'offusquer de cette provocation, plusieurs membres du jury goûtèrent alors une bouchée et poussèrent un petit cri de délice. Bientôt ce fut un concert d'exclamations ravies, qui redonnèrent un peu d'espoir à Sébastiane.

Pourtant, si tous se régalaient, ils n'étaient pas en nombre suffisant à voter pour elle. Jusqu'à ce que la reine, elle-même, s'extasie.

– Hmm. Exquis. Vraiment. Excusez-moi grand gastronomage, je n'étais pas présente lors du fameux Cuisine Master dont j'ai beaucoup entendu parler, mais ce plat est vraiment la meilleure chose que j'ai mangée de la journée.

À en juger par le sillon qui se creusait entre ses deux yeux, Sigil bouillonnait de rage.

– Vous plaisantez ?!… enfin… je veux dire, vous plaisantez Votre Majesté ?

Les yeux rivés sur le plat empli d'aliments dorés, il s'en approcha et saisit une fourchette.

Maxim adressa un clin d'œil rapide à Sébastiane.

– Sigil Aigredou ? Que faites-vous ? demanda le grand ordonnateur. Vous n'êtes pas censé toucher au plat.

– Une seconde voulez-vous, dit-il d'une voix sèche qui ne laissait pas de place à l'objection.

Il plongea sa fourchette dans la forêt comestible, et en mastiqua un bout avec application, à la recherche de la moindre imperfection.

– Mouais… pas mal. Mais le festin d'or que j'avais préparé était bien meilleur. Pardonnez-moi, mais comment osez-vous comparer les compétences de cette gamine à mon talent ?

Il goûta une deuxième bouchée. Puis une troisième. Et quelque chose changea dans son regard.

– Hmm. Mais il est vrai que le Kubor a une saveur insoupçonnée. Voilà ce que j'aurais dû utiliser…

Il avala un dernier morceau avant d'ajouter :

– … au lieu de la poudre de Midas.

En entendant le nom du glumen interdit, l'assistance fut parcourue d'un murmure de surprise.

– Une seconde, intervint le roi. Vous reconnaissez avoir utilisé de la poudre de Midas lors du Cuisine Master ?

– Évidemment. Comment croyez-vous que mes camarades se sont transformés en or ?

Sébastiane n'en revenait pas. Telle une pâte qui finit par se lever dans le four, son plan était en train de prendre forme. Grâce à son initiative de dernière minute, Aigredou ne semblait pas prêt à s'arrêter en si bon chemin. Et d'une manière étonnamment calme, il poursuivit sa confession.

– Voulez-vous dire que vous aviez consciemment introduit la poudre de Midas dans la recette lors du Cuisine Master ? demanda un membre du jury.

– En effet.

Cette fois ce n'était pas un murmure mais un véritable brouhaha qui agita les rangs des spectateurs de la glutordalie.

– Par contre, jeune fille, j'aimerais savoir comment tu as découvert tout ceci ? Jusqu'à présent le secret avait été bien gardé.

– Parce que nous nous sommes rendus dans *Tourbillon*.

À nouveau, des éclats de voix retentirent devant cette révélation incroyable. La plupart des spectateurs s'imaginaient que *Tourbillon* n'existait plus depuis des années.

– Vous vous êtes donc introduits dans ce restaurant maudit ? demanda Delicius IX. Eh bien, voilà une nouvelle charge à retenir contre vous.

– Si vous voulez, répondit Sébastiane, bravache. Mais c'était la seule solution pour sortir de Nüvi. Par contre, c'est grâce à cela que nous avons pu découvrir la recette d'origine, prévue pour le Cuisine Master. Or, il n'y était pas question de poudre de Midas. J'ai donc compris que les cuisiniers de *Tourbillon* n'y étaient pour rien et que quelqu'un avait modifié la recette originelle.

– Et pourquoi soupçonnez-vous chef Aigredou ?

– Parce que j'ai appris qu'il travaillait pour *Tourbillon* à cette époque-là. Il peut remercier Véribon pour l'avoir sauvé et avoir gardé le secret tout ce temps.

Pour une fois tout l'auditoire semblait pendu aux lèvres de Sébastiane et ne manquait pas une miette de son récit. À l'exception de Sigil qui éclata d'un rire frénétique.

– M'avoir sauvé ?! C'est donc cela que vous croyez ? Vous pensez que le grand gastronomage est un bienfaiteur ? Que je devrais le remercier pour m'avoir donné une seconde chance ?

– Pourquoi ce n'est pas le cas ?

– Pas exactement.

Il observa la foule quelques secondes. Les jurés continuaient de mastiquer, ravis par ce que leurs papilles découvraient, et par ces révélations qui venaient pimenter cette glutordalie. Contre toute attente, Sigil avait encore quelques confidences à faire.

– Oui, roi Delicius IX, je reconnais avoir conspiré afin de faire accuser Véribon et de prendre sa place. Mais celui-ci le méritait.

– Je ne comprends pas gastronomage, expliquez-vous, intima le roi.

– Je… je n'ai pas fait cela que pour me venger. Mais pour venger mes camarades de *Tourbillon* ! J'ai en effet utilisé de la poudre de Midas lors du Cuisine Master. Mais savez-vous qui me l'avait donnée ?

Il pointa alors un doigt accusateur en direction des gradins.

– Véribon lui-même !

Un juré manqua de s'étouffer en avalant de travers.

– C'est lui qui m'a demandé d'échanger les glumens en me promettant une place de second chef gastronomage dans son restaurant ! J'étais jeune, inexpérimenté, avide de gravir les échelons, je ne savais pas ce qu'il allait se passer. Si je m'étais douté des conséquences, je n'aurais jamais accepté !

Je pensais simplement faire perdre le Cuisine Master à mes camarades, pas les transformer pour l'éternité.

Et pourtant, il n'avait pas hésité à faire la même chose avec Janus Lafrite. En promettant l'impossible à un apprenti crédule, et en l'abandonnant à son sort.

Dans les gradins, Sébastiane vit sa grand-mère se tourner vers Véribon, porter un regard horrifié sur lui et lui flanquer une gifle monumentale qui résonna comme un coup de tonnerre.

– Qu'est-ce qu'il se passe ? demanda Janus.

– Je dirais qu'on est en train de gagner notre glutordalie, chuchota Maxim. Mais je ne comprends pas pourquoi Aigredou s'est finalement décidé à passer à table, si vous me permettez l'expression.

– Au dernier moment, j'ai décidé de changer le plat et d'incorporer quelques Bouchées de vérité. Sigil a tout avoué sans même s'en rendre compte. Et il nous gratifie de quelques révélations supplémentaires.

Pour forcer Aigredou à goûter les Bouchées de vérité, il suffisait donc d'attiser sa curiosité en reproduisant son plat du Cuisine Master.

– Attends, tu veux dire que l'on ne va pas leur servir de desserts ? demanda Janus. C'est trop dommage, on avait réussi à faire les îlots flottants et le sirop d'orage de ta grand-tante.

Face aux jurés, Sigil paraissait incapable de se taire, comme si les mots demandaient à sortir malgré lui.

– Pendant toutes ces années, j'ai supporté Véribon, et travaillé du mieux que je pouvais en espérant pouvoir oublier ce que j'avais fait. Mais cela m'était impossible. Je le voyais récolter les honneurs à travers tout le royaume, tout en sachant que son succès était bâti sur le mensonge et la trahison. *Tourbillon* aurait dû être à la place de la *Tour d'Or*. Et Eusèbe de Rafinade à la place de Véribon… Alors, quand l'occasion s'est présentée de prendre sa place, je l'ai saisie.

– Mais, pourquoi vouloir s'en prendre à notre roi ?

– C'était la seule condition pour que la Guilde des restaurateurs m'apporte son soutien. Tout ceci à la demande du Comte Vilnus ! C'est lui qui m'a forcé : « Pour faire évoluer le royaume de Savoria », disait-il.

Il y eut un murmure de stupéfaction suivi des protestations vigoureuses dudit Comte. Mais, alors que ce dernier se leva brusquement, probablement pour prendre la fuite, il fut rattrapé par le général Krogan qui l'immobilisa d'une seule main.

Pendant que Sigil terminait ses explications, le roi Delicius IX se leva subitement. Ses yeux brillaient d'une colère sourde, et il leva sa main droite, prête à abattre le couperet de la justice.

– J'en ai assez entendu. Gardes, saisissez-vous d'Isidore Véribon et de Sigil Aigredou. Qu'on en finisse avec toute cette histoire.

28
« J'exige que l'on me laisse regagner mon restaurant ! »
Sigil Aigredou

Véribon, encore sonné par les révélations de son second et par la gifle de Viola, se laissa arrêter sans broncher. Ce ne fut pas le cas de Sigil. Apeuré, ce dernier recula en demandant à ses servitors de s'interposer entre lui et les gardes qui s'approchaient, lances en mains. Perdu et désemparé, le pauvre Antonio fut donc forcé de barrer la route aux gardes royaux. Armé d'un plateau dans chaque main qu'il tenait comme un bouclier de fortune, il était sur le point de se battre. Soudain, une voix grave s'éleva des gradins.

– Antonio ! Que fais-tu ? Tu nous as déjà fait assez honte en devenant servitor. Tu ne vas pas en plus protéger ce criminel !

Le garçon leva les yeux en direction de son père, debout parmi les spectateurs. La voix du grand critique gastronomique parvint à faire entendre raison à son fils qui bégaya quelques mots avant de s'écarter devant les lances des soldats.

Hélas, ces quelques secondes d'hésitation permirent à Sigil de prendre la fuite et de se barricader à l'intérieure de sa salle de préparation, dont il referma les larges portes en bois massif.

– Sortez d'ici immédiatement ! tambourina l'un des gardes à la porte.

– Il ne faut pas le laisser s'échapper, maugréa Sébastiane.

Mais la porte était solidement verrouillée de l'intérieur et ne paraissait pas prête à céder si facilement.

– Aigredou, il n'y a aucune issue ! Soyez raisonnable, et rendez-vous, tenta de le convaincre le grand ordonnateur.

Visiblement, Aigredou n'avait aucune envie d'être raisonnable, et encore moins de se rendre. Il ne répondit à aucune de ces injonctions.

Sébastiane prit appui sur Maxim pour jeter un œil à l'intérieur de la pièce qui jouxtait leur propre salle de préparation. À travers les carreaux de la fenêtre, hélas trop petits pour lui permettre de passer, elle repéra la silhouette de Sigil derrière des casseroles.

– Il cuisine ! Je pense qu'il prépare un mauvais coup ! avertit-elle ses camarades.

Avait-il anticipé l'issue de la glutordalie ? Cela n'était pas impossible. Mais que comptait-il donc faire ? Quels glumens avait-il cachés pour l'aider à s'enfuir ?

Les coups des gardes redoublaient d'intensité contre la porte, et la serrure finit par émettre un craquement timide.

– Allez ! Continuez ! La porte va bientôt céder, s'écria l'un d'eux.

Dans les gradins, le temps était comme suspendu. Tous attendaient de découvrir quel tour Sigil allait leur sortir de sa toque dorée.

Soudain, une odeur de curry commença à se répandre, délicieuse, enveloppante, et tellement puissante que tous ceux qui se trouvaient dans l'enceinte du château la sentirent. Mais lorsque le sol se mit à trembler, ils réalisèrent que ce parfum délicieux n'était que le présage d'une terrible menace.

Dépassant du toit, débordant de la pièce, un titan haut de plusieurs mètres se dressait dans la cour du château. Un monstre de nourriture dont la peau semblait couverte d'une délicieuse sauce aux épices. Le parfum du curry qui l'accompagnait embaumait l'air de manière presque hypnotique. Jamais Sébastiane n'avait senti une odeur aussi étourdissante, jamais elle n'avait vu un monstre qui paraissait aussi terrifiant et comestible à la fois.

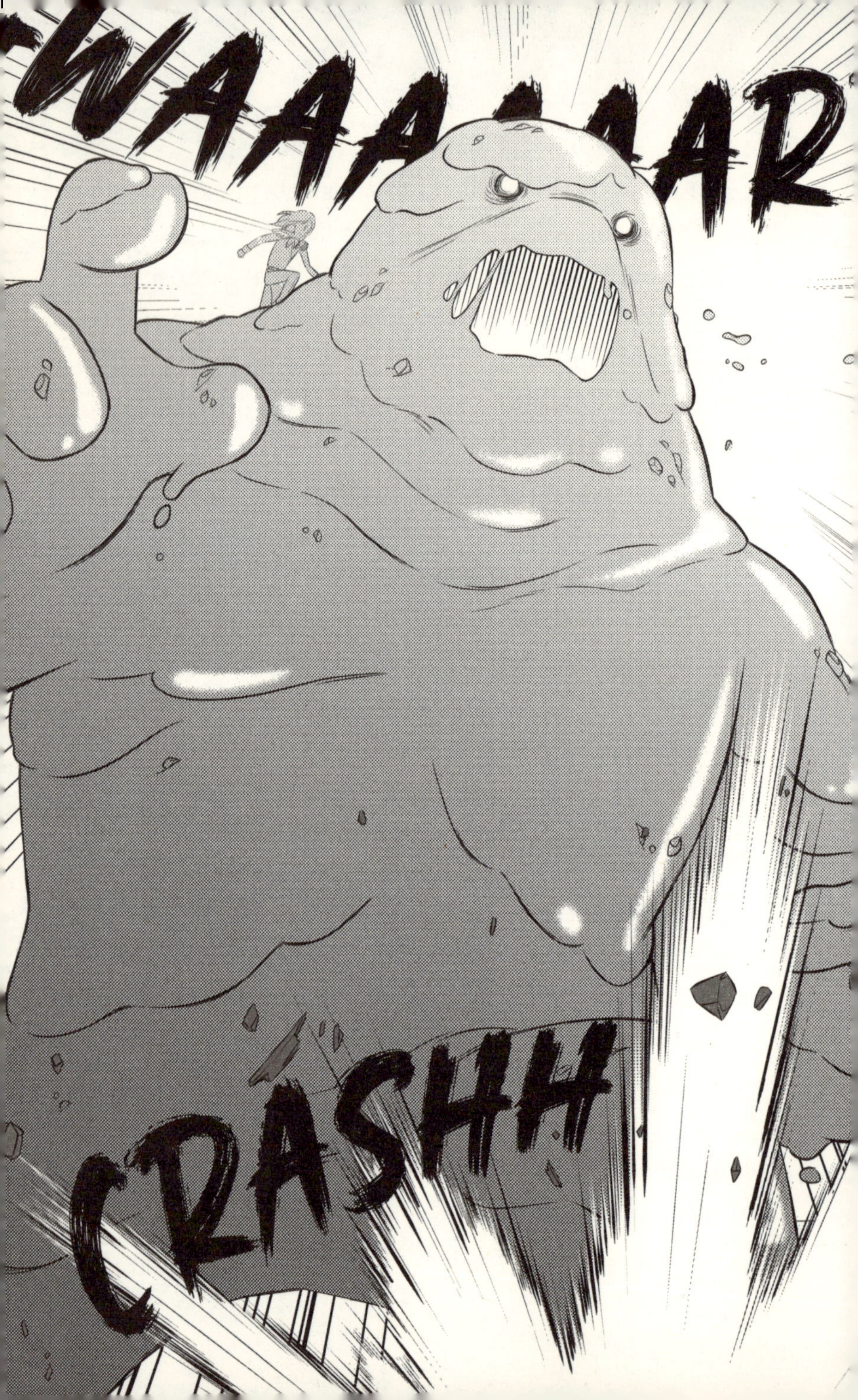
WAAAAAAR
CRASHH

ATTENTION !
QU'EST-CE QUE C'EST QUE CE TRUC ?!
C'EST PAS POSSIBLE...
IL A CRÉÉ UN GOLEM OBSCURRY !

Dans un râle glaçant, le golem leva une jambe et s'extirpa de la salle de préparation qui venait d'être réduite en miettes. Son visage évoquait une assiette de purée dans laquelle on aurait creusé à la petite cuillère deux yeux, un nez ratatiné, et une bouche capable des pires grognements. Le monstre atteignait les plus hautes murailles du château. D'un pas lourd, il se dirigea vers la table des derniers jurés, qui regrettaient bien d'être restés pour le festin d'or.

Plusieurs gardes s'interposèrent, jetant leurs lances dans un geste désespéré, mais celles-ci furent absorbées par le corps crémeux, et disparurent dans un « blop » discret et indolore pour le golem.

– Vous n'auriez pas dû me condamner ! Je suis le grand gastronomage de la *Tour d'Or* ! cria alors Sigil Aigredou, perché sur les épaules du titan.

Dominant ainsi l'espace, le gastronomage paraissait intouchable. Sébastiane et ses amis n'eurent d'autre choix que de détaler pour se mettre à l'abri dans une tour, à proximité des gradins, tandis que le golem martelait le sol de son pas lourd.

– C'est la cata, marmonna Maxim. Je ne vois pas ce qui pourrait arrêter un golem Obscurry.

– Mais d'où sort cette chose ? Je n'en ai jamais entendu parler.

– C'est normal. Il est conçu à partir d'Obscurry, un autre glumen interdit, qui permet de transformer n'importe quel animal en créature monstrueuse.

À cet instant, le golem abattit un poing vengeur sur l'immense banquet, faisant voler en éclats assiettes, verres et couverts. Sébastiane passa la tête, et vit plusieurs jurés à terre, prisonniers d'une sauce orangée qui les empêchait d'avancer. Elle chercha du regard sa grand-mère dans les gradins, espérant que celle-ci ait réussi à prendre la fuite.

– Que peut-on faire ? demanda Janus. Est-ce qu'il existe un moyen pour l'arrêter ?

Deux explosions consécutives retentirent alors que des canons crachaient leurs boulets du haut des remparts. Mais comme les lances des gardes avant eux, ceux-ci furent avalés sans même faire ralentir le monstre de nourriture.

Le golem se campa au milieu de l'arène, attendant les instructions de Sigil.

– J'exige que l'on me laisse regagner mon restaurant ! Vous entendez ? Autrement je charge mon golem de raser ce château.

Delicius IX était introuvable, probablement déjà à l'abri et protégé par sa garde rapprochée.

– Tu n'as pas une idée ? demanda Sébastiane à Maxim.

– On peut essayer de mélanger le sirop d'orage au Feu-Fou pour faire une explosion ?

– Mouais. Pas sûre que cela fonctionne. Tu as vu ce qu'il a fait aux boulets de canon ?

– En tout cas, cela ne sert à rien de rester ici. Essayons de regagner les cuisines !

Sébastiane passa la tête, et vit que le golem leur tournait toujours le dos.

– C'est le moment, annonça-t-elle. Tous derrière moi !

Elle se précipita à l'extérieur, et traversa la cour, jonchée de gigantesques cratères remplis de sauce au curry. La salle de préparation à moitié éventrée n'était qu'à quelques mètres.

Malheureusement, si le golem lui tournait bien le dos, ce n'était pas le cas de Sigil, perché sur ses épaules, qui balayait le lieu de son regard dément.

– Grandélice ! rugit-il en l'apercevant. C'est à cause de toi si tout ceci est arrivé. Tu n'aurais pas pu rester dans ton village pathétique ? Golem, occupe-toi d'elle !

La créature fit demi-tour dans une secousse percutante.

– Vite ! À l'intérieur ! hurla Sébastiane. Il faut se mettre à l'abri.

– Ça ne sert à rien ! Tu crois vraiment qu'une porte peut l'arrêter ?! demanda Janus.

– Pas le choix ! On y va.

Ils coururent à toute allure, avec la frénésie d'un mirmiton en plein service du déjeuner. Pourtant, le golem les rattrapa en deux enjambées. Il s'apprêtait à les écraser, lorsque deux ombres jaillirent de derrière un pilier et s'interposèrent entre les trois fugitifs et le monstre de nourriture.

– Mamie ?! Hap ?!

Viola et son second se tenaient là, tous deux campés sur leurs deux jambes, une louche à la main, prêts à en découdre.

– Qu'est-ce que vous faites ? C'est trop dangereux !

– Nom d'une courgette à lunettes, aucun plat n'a jamais eu raison de Viola Grandélice ! Filez et trouvez une solution pour arrêter ce truc. Tu en es capable ma délicieuse.

– Euh…

– Nom d'une cuillère en bois, tu vas m'écouter ? Pas le temps de discuter !

Maxim entraîna Sébastiane en la tirant par le bras.

Elle tenta de rassembler ses esprits pour trouver une idée, ce qui n'était pas facile en sachant que sa grand-mère adorée faisait face à un monstre de nourriture.

Devant eux, les îlots flottants et le sirop d'orage qu'ils avaient préparés pour la glutordalie attendaient, prêts à être servis.

Maxim saisit le saucier et tenta en même temps de faire chauffer la dernière graine de Feu-Fou qu'il leur restait.

Sébastiane ne put s'empêcher de jeter un regard en arrière et vit Viola qui barrait toujours la route au golem.

– Je te préviens, si tu touches un cheveu de ma petite-fille, tu vas connaître la colère d'une Grandélice.

Sur ces mots, elle se jeta en avant et d'un coup de louche, tenta d'entamer le mollet gauche du monstre. Hap fit de même sur le droit, arrachant de grandes louchées de nourriture.

– Pathétiques… s'exclama Sigil. Vous pensez sincèrement m'arrêter ainsi ?

Sur ces mots, le golem abattit une de ses jambes et Hap dut effectuer un roulé-boulé pour l'éviter. Malheureusement, dans le choc une énorme flaque d'Obscurry gicla du golem, et immobilisa le cuisinier au sol, comme prisonnier dans une toile d'araignée. Viola, elle, ne se laissa pas impressionner et, pendant que le golem s'en prenait à son second, redoublait ses attaques en faisant tournoyer son poignet comme pour égoutter une salade.

– Approche un peu espèce de citrabouille farcie ! Tu m'fais pas peur.

Malgré sa petite taille, la grand-mère de Sébastiane paraissait prête pour le combat. Et son chignon grisé s'agitait sur sa tête comme électrifié.

Tout à coup, il y eut une terrible explosion dans la cuisine, et Sébastiane sentit un liquide gluant lui picoter dans la nuque.

– Oh non ! C'est pas vrai ! enragea Maxim.

Le sirop d'orage venait d'exploser avant même qu'il ait le temps de le lancer.

– On n'y arrivera jamais ! Sébastiane ? Une idée ! Vite !

Mais la jeune fille ne parvenait pas à détacher le regard de l'arène, où s'annonçait un combat totalement disproportionné entre Viola et le golem Obscurry. Grâce à sa petite taille, sa grand-mère réussit à esquiver un coup de poing rageur, et plaça un coup de louche en plein dans ce qui devait être la rotule du monstre. Dans un cri de fureur elle arracha une poignée de nourriture, et parvint à le faire fléchir légèrement. Assez pour que Sigil manque de perdre l'équilibre.

– Mais c'est pas possible, tonna le gastronomage. Tu ne vas donc pas me laisser tranquille. J'aurais mieux fait de te transformer en or avec toute l'équipe de *Tourbillon* !

Sur ces mots, le golem se redressa et leva les poings en l'air, prêt à frapper à nouveau.

Sébastiane le vit faire, horrifiée, médusée par l'effroi.

SCHPLAF

Un projectile laiteux s'écrasa sur les yeux du monstre, permettant à Viola de battre en retraite.

– Seb ! Tu te réveilles ! Il faut agir ! Vite.

Maxim, un îlot flottant à la main, venait de sauver sa grand-mère. Malheureusement il venait également de donner une nouvelle cible au golem qui frappa ses deux poings l'un contre l'autre, prêt à charger.

– Seb !

Une idée surgit alors, comme par magie. Une idée qui venait de lui être suggérée par Aigredou lui-même.

Elle se précipita vers la table et sortit la petite boîte confiée par Champion.

– Magne ! Il arrive ! cria Janus qui venait de se saisir d'une fourchette.

– Voilà, voilà. Oui, ça peut marcher. Maxim ! Dis-moi qu'il reste des îlots flottants.

– Deux.

– Ça devrait suffire. Par contre il va falloir bien viser !

D'un geste leste, elle se saisit du cube doré à l'intérieur de la boîte et effrita un peu de poudre de Midas au-dessus des îlots crémeux qui scintillèrent. Puis elle se saisit d'une louche dans laquelle elle plaça son projectile.

Le golem n'était plus qu'à cinq mètres. S'ils ne l'arrêtaient pas maintenant, il allait les réduire en bouillie. Une bouillie parfumée au curry…

Alors, Sébastiane prit une grande inspiration, et fit un arc de cercle avec sa main, de la même manière que pour capturer les Patavols dans son filet. Sauf que cette fois, il ne s'agissait pas de capturer des glumens innocents, mais d'arrêter un monstre fabriqué à partir de glumen interdit.

Le golem bomba le torse, leva le poing, et reçut un îlot flottant juste au-dessus de la bouche. Celui-ci fut immédiatement absorbé par la peau crémeuse de l'obscurry.

– Ah ah ! s'esclaffa Aigredou. Ridicule. Qu'espérais-tu accomplir ? Golem, écrase-les.

Mais le monstre ne bougea pas. Il refusa d'obéir, et demeura, le poing dressé vers le ciel, tandis que sa peau épaisse se figeait, chatoyant d'une teinte dorée qui l'enveloppa complètement.

Des pieds à la tête, le golem se figea. Et, dans un dernier râle, il se transforma en statue d'or. La poudre de Midas avait fonctionné.

– Quoi ?! Non ! Ce n'est pas possible ! rugit le gastronomage qui se tortilla sur les épaules du colosse. Lai… laissez-moi descendre.

Hélas, ses jambes étaient prises dans la créature aussi solidement que s'il s'agissait de ciment.

– Venez m'aider ! appela Sébastiane, tandis qu'elle entreprenait de libérer Hap, prisonnier sous une couche de crème épaisse dont les relents de curry flottaient toujours dans l'air.

Dans l'arène, les gardes accouraient, prêts à s'occuper de Sigil Aigredou qui vociférait, prisonnier de la gigantesque statue en or.

– Eh bien, on dirait que ça a fonctionné, la félicita Maxim.

– Ouais, soupira Sébastiane.

– Ça c'est ce que j'appelle un vrai combat gastronomagique, ma délicieuse ! s'exclama Viola.

Le choc d'un bâton que l'on cogne contre le sol attira leur attention. Le grand ordonnateur venait de sortir de sa cachette et s'avançait aux côtés de Delicius IX et de la reine Merveilla.

– Au nom de Sa Majesté, et à l'unanimité des jurés, nous déclarons Sigil Aigredou coupable. Quant à mademoiselle Grandélice, et messieurs Médugra et Lafrite, ils sont lavés de tout soupçons et innocentés.

La sidération qui régnait dans l'arène après l'apparition du golem empêcha toute effusion, mais ce n'était pas grave : tout ce qui comptait pour Sébastiane était d'être libre. Et, en incriminant

Véribon et Aigredou, elle était même parvenue à venger quarante années de trahison et d'injustice.

Delicius IX s'approcha d'elle et l'observa d'un regard intense.

– Jeunes gens, je me réjouis de vous voir innocents et m'excuse pour votre emprisonnement. Je vous remercie également pour les services rendus, auprès de ma personne, en essayant de prévenir une tentative d'assassinat, et auprès du royaume en arrêtant ce golem. La couronne s'engage à vous dédommager comme il se doit.

– Merci Votre Majesté, répondit Sébastiane. Mais nous ne sommes pas les seuls à avoir été punis injustement. Peut-être serait-il temps de s'occuper de *Tourbillon*…

Dessert

29

« Il faut croire que vous êtes plus doués pour confectionner des poisons plutôt que des remèdes »

Viola Grandélice

Pour la dernière fois de sa vie, Isidore Véribon prépara d'une main ferme des glumens.

– Je vous préviens, il vaudrait mieux pour vous que votre recette fonctionne, annonça le roi, qui le surveillait d'un œil intransigeant.

Le gastronomage ravala sa fierté comme si elle avait un goût de foie de morue.

Après les révélations de la glutordalie, le roi avait décidé que Véribon ne travaillerait plus jamais dans un restaurant gastronomagique, à l'exception de cette ultime mission pour essayer de réparer ses erreurs.

Sigil Aigredou avait été libéré du golem et enfermé dans la prison de Savoria où il allait y rester de longues années. La *Tour d'Or* se retrouvait donc provisoirement sans chef gastronomage, et avait été fermée. Grâce à la glutordalie, le roi avait pris conscience que le fonctionnement de ces établissements gastronomagiques était sans doute à revoir afin de permettre une utilisation des glumens plus juste et raisonnée. Une grande réunion avec la Guilde des restaurateurs et les chefs des quatre autres restaurants gastronomagiques devait avoir lieu le mois prochain.

En attendant, dans les cuisines de *Tourbillon*, Champion ne tenait pas en place, tout comme Sébastiane, Maxim et Viola Grandélice, qui avaient été exceptionnellement autorisés à se rendre dans l'ancien restaurant.

Sébastiane devinait l'émotion de sa grand-mère, de se retrouver dans cet endroit qu'elle n'avait pas vu depuis plus de quarante ans. Quarante années pendant lesquelles elle avait tenté d'oublier ce qu'il s'était passé dans ces cuisines, quarante années à essayer de ne plus penser à Tristan, son premier amour qui se tenait ici, immobile. Inchangé, pétrifié dans sa tenue de gastronomage, transformé en statue d'or.

Ses traits figés par la poudre de Midas n'avaient pas pris une ride, contrairement à elle qui avait subi le passage des ans. *Comme une pomme flétrie*, pensait-elle.

– Je pense que c'est prêt, annonça Véribon en soufflant. Viola ? Peux-tu m'aider ?

La grand-mère de Sébastiane s'approcha et saisit la soupière qui contenait la préparation sur laquelle Isidore Véribon travaillait depuis deux jours et dans laquelle il avait fait infuser des glumens de Fortisia et d'Aquang jusqu'à ce qu'ils soient totalement dissouts.

– On commence par lui j'imagine, fit Véribon en pointant Tristan du doigt.

Viola acquiesça.

Le gastronomage plongea sa louche dorée dans la préparation et fit couler quelques gouttes dans la gorge de Tristan. Le liquide descendit et lui macula le menton au passage. À l'intérieur de la cuisine, tous retenaient leur souffle, attendant le miracle. Une seconde, puis deux…

Rien ne se passa.

– Je pensais que vous étiez sûr de vous… gronda le roi.

Véribon toucha la statue du bout du doigt, comme pour vérifier la dureté de sa peau.

– Je… je ne comprends pas. Le remède devrait fonctionner. J'ai respecté les doses au milligramme prêt…

– Isidore, la poudre de Midas est un glumen puissant, fit remarquer Viola. Sans compter qu'ils sont ainsi depuis des décennies. Ou alors il faut croire que tu es plus doué pour confectionner des poisons plutôt que des remèdes.

Véribon la foudroya du regard puis, tout en inspectant les gastronomages statufiés, il se passa la main sur son front en sueur. Malgré les circonstances Sébastiane se réjouissait de le voir ainsi dans la position de l'apprenti paniqué.

À côté, Champion bouillait d'impatience, incapable de se contenir.

– Non non non non, marmonnait-il, il faut que cela fonctionne !

– Je… laissez-moi essayer à nouveau, proposa Véribon.

– Je vous préviens, le mit en garde Delicius IX, il s'agit de votre dernière chance. Sinon vous finirez en prison avec Aigredou.

Sébastiane observa attentivement l'ancien chef de la *Tour d'Or* se remettre au travail, et analysa chacun de ses gestes, qui étaient, elle devait bien l'admettre, d'une précision chirurgicale. Il entama une nouvelle préparation qu'il battit cinquante-deux fois dans le sens des aiguilles d'une montre, puis vingt-six en sens inverse. Il ralluma ensuite le feu sous la large soupière, pas trop fort pour que les flammes se contentent de venir l'effleurer, et attendit que le tout se mette à frémir. Puis il compta jusqu'à sept.

Là, avec sa louche dorée, il préleva quarante centilitres de bouillon qu'il versa délicatement sur sa préparation. Celle-ci commença à fondre tout en grésillant. Il ne restait plus qu'à attendre qu'elle refroidisse.

À côté, Champion n'y tenait plus, et ne cessait d'effectuer de petits bonds, très irritants pour le gastronomage.

– C'est prêt ? C'est prêt ?

Véribon agrippa la soupière et se retourna.

– Oui. Arrête de me tourner autour, tu vas me faire renv…

De la même manière qu'une biscotte tombe toujours sur le côté confiture, le mirmiton donna alors un coup de coude dans le plat, et se renversa tout le contenu sur lui.

– C'est pas vrai ! s'écria Véribon. Tu as vu ce que tu as… fait ?

Au contact du mirmiton, la soupe produisit alors l'une des choses les plus extraordinaires que Sébastiane avait vues de sa vie de cuisinière. Au lieu de se répandre sur le sol, les gouttes orangées s'envolèrent, s'éparpillant telle une pluie inversée, attirée par les nuages. Elles tourbillonnèrent quelques instants autour de Champion avant de venir reprendre place dans l'assiette de soupe que Véribon venait de ramasser.

– Nom d'une cuillère en bois. Qu'est-ce qu'il vient de se passer ? marmonna Viola.

Dans son réceptacle, la soupe crépitait à nouveau mais l'éclat qui en jaillissait était intense comme si sa puissance était démesurée. Comme si elle était chargée d'orage.

Les battements de cœur de Sébastiane s'accélérèrent.

– Ma louche, demanda Véribon en baissant le nez.

Sébastiane se tourna vers lui et vit l'instrument de cuisine qui dépassait de son tablier.

– Ma louche. Prenez-la et versez-lui un peu de soupe dans la bouche, dit-il en désignant du menton le cuisinier statufié.

– Euh… très bien, dit-elle en se saisissant du porte-bonheur du gastronomage.

Sébastiane s'appliqua et la soupe se fraya à nouveau un chemin dans le gosier de Tristan, doucement, délicatement. À nouveau, tous attendirent, les yeux rivés sur la statue dorée… qui eut un léger frémissement dans le coin de la bouche.

Suivit d'un battement des paupières.

En s'en apercevant, Champion poussa un petit cri aigu et frappa ses mains encore maculées de soupe.

– La recette fonctionne, s'exclama Viola.

Peu à peu, la teinte dorée du cuisinier disparut comme si ce dernier était en train de renaître. Tout son corps, jusqu'à présent si rigide, s'assouplit et finit par bouger.

– Vite ! s'exclama Véribon. Distribuez-leur le remède !

Sébastiane s'exécuta, nourrissant un à un les cuisiniers immobiles qui, quarante ans après avoir été paralysés, revenaient à la vie.

– Je ne comprends pas, avoua le roi Delicius IX. Pourquoi la recette s'est-elle subitement mise à fonctionner ?

– Lorsque la soupe a touché Champion, les glumens ont comme… gagné en puissance, fit remarquer Maxim.

– Oui, confirma Sébastiane. Comme une sorte de catalyseur.

– Le mirmiton ? s'étonna Véribon.

– Moi ? ajouta Champion.

Tous se tournèrent vers lui. Il paraissait aussi heureux qu'un enfant dans un magasin de jouets et dansait entre les batteries de cuisine.

En le voyant ainsi, Sébastiane eut soudain une étrange inspiration. Et si les mirmitons avaient une relation spéciale avec les glumens. Et s'ils étaient eux-mêmes…

– Je… Que s'est-il passé ? Le Cuisine Master est terminé ?

La voix de Tristan interrompit aussitôt ses réflexions. Si pour donner un goût à un plat, Viola n'hésitait pas à le faire baigner dans les épices pendant des jours, Tristan lui avait mariné pendant quarante années… Et elle était curieuse de voir le résultat. Allait-il reconnaître son amoureuse ? Allait-il accepter que toute sa vie s'était déroulée sans lui, à cause du gastronomage qui venait de le réveiller ?

– Oh mon Tristan ! s'écria Viola.

Malgré la fatigue et sa difficulté à se mouvoir, il eut un mouvement de recul qui brisa le cœur de la vieille femme.

– Excusez-moi, mais… qui êtes-vous ?

– Tristan, tu ne me reconnais pas !? C'est moi ! Viola ! Viola Grandélice.

Il posa son regard fatigué sur elle pendant quelques secondes, cherchant à faire le lien entre ses souvenirs et la femme qui se tenait devant lui.

– Vio… la ? Mais. Que s'est-il passé ? Tu es si…

– Vieille ?! C'est ça ?

– Eh bien…

La grand-mère de Sébastiane partit d'un grand éclat de rire.

– Oui, il faut bien l'admettre. Je suis aussi décati equ'une patate flétrie. C'est qu'il s'en est passé du temps, mon Tristan. Quarante-quatre ans exactement. Mais ne t'inquiète pas, je vais tout t'expliquer.

Un par un, les cuisiniers de *Tourbillon* revenaient à la vie, déboussolés, épuisés. Ils s'assirent dans leur cuisine qui n'avait pas connu autant d'activité depuis très longtemps. Champion était aux anges et embrassait ses anciens collègues avec une ferveur qui réchauffait le cœur.

Parmi eux, Eusèbe de Rafinade paraissait complètement déboussolé. Il ne faisait que parler du Cuisine Master tout en jetant des coups d'œil hagards autour de lui.

Rapidement, les questions survinrent et il fallut tout leur expliquer. De la trahison d'Aigredou à leur retour à la vie. Ils réalisèrent que plus de quatre décennies s'étaient écoulées sans eux, que leurs amis et leurs familles avaient vieilli et continué leur existence. Le monde ne les avait pas attendus.

– Qu'est-ce que… nous allons devenir ? demanda Tristan à mi-voix, et un peu perdu. Nous n'avons nulle part où aller. J'ai l'impression que toute notre vie nous a été confisquée.

– Nulle part où aller ? demanda Eusèbe, reprenant brutalement ses esprits. Et que fais-tu de *Tourbillon* ? C'est notre restaurant, notre maison ! Et je compte bien lui rendre ses lettres de noblesse.

Il fit un pas en direction de Véribon qu'il toisa, les yeux dans les yeux. À l'époque du Cuisine Master, ils devaient être deux chefs gastronomages dans la fleur de l'âge. Mais aujourd'hui, l'ancien chef de la

Tour d'Or avait l'air d'un vieillard, comparé à son ancien rival.

– Vous avez raison, mon cher Eusèbe de Rafinade, annonça le roi Delicius IX. En réparation des préjudices subis, il me semble juste de faire de *Tourbillon*, le nouveau restaurant royal de Savoria. Mais je dois vous prévenir, je compte bien revoir et mieux réglementer l'utilisation des glumens.

Eusèbe tapa des mains et remercia le roi. À ses côtés, Véribon ne put réprimer une grimace de douleur.

La justice avait fini par le rattraper. Il avait tout perdu. Son restaurant, et son titre. Qu'allait-il devenir ? Il était sans doute temps pour lui de se retirer et d'oublier la gastronomagie.

– Et toi Viola ? demanda Tristan. Tu… tu voudrais venir avec nous ?

– Allons mon garçon, tu m'as bien vue ? J'ai l'âge d'être ta mère à présent. Et puis je possède déjà un petit restaurant dans une bourgade au sud du pays.

Le jeune gastronomage regarda son amour de jeunesse. Les yeux de Viola brillaient de larmes fines.

– Oh mon Tristan… C'est comme si on nous avait volé notre amour. Quel gâchis.

Décidément, se dit Sébastiane, *la gastronomagie aussi merveilleuse soit-elle, était également capable de ruiner des vies*. En se faisant cette réflexion, elle se tourna vers

Champion qui venait d'essuyer ses mains pleines de soupe contre le tablier d'un gastronomage de *Tourbillon*.

Elle observa le mirmiton et, réfléchissant à ce qu'il venait de se passer, fut prise d'une intuition. Et si…

Et si les mirmitons n'étaient autre que les fameux Edenis que Tryphon et ses acolytes du Glumenodus recherchaient ? Elle repensa alors à l'étrange arbre aperçu dans Nüvi.

Était-ce de là que venaient les mirmitons ?

Comment ces étranges créatures pouvaient-elles avoir oublié qui elles étaient ? Et comment se faisait-il que pendant tant d'années, personne n'ait cherché à les comprendre ? Ni à connaître leur origine ?

– Pourquoi tu me regardes de la sorte ? Tu veux quelque chose ? demanda Champion.

– Eh bien, est-ce que cela t'embêterait de nous accompagner également ? J'ai un service à te demander…

Le petit mirmiton la fixa avec de grands yeux.

– Un service ? Quel service ?

– J'aimerais que tu m'aides à préparer un plat, dit-elle en lui adressant un sourire plein d'espoir. Ou plus exactement un antidote.

Fin

Cet ouvrage a été mis en pages
par Nord Compo à Villeneuve-d'Ascq

Imprimé en Italie par Grafica Veneta
en janvier 2025
pour le compte des Éditions Bayard